何建明文集

卷二十九

文章情事

何建明 著

新世界出版社
NEW WORLD PRESS

图书在版编目（CIP）数据

文章情事 / 何建明著 . -- 北京 : 新世界出版社 , 2018.3

（何建明文集 ; 29）

ISBN 978-7-5104-6370-9

Ⅰ . ①文… Ⅱ . ①何… Ⅲ . ①中国文学－当代文学－作品综合集 Ⅳ . ① I217.2

中国版本图书馆 CIP 数据核字 (2017) 第 198939 号

文章情事

作　　者 : 何建明
特邀丛书编辑 : 韩小群
责任编辑 : 贾瑞娜
责任校对 : 宣　慧
责任印制 : 王宝根　苏爱玲
出版发行 : 新世界出版社
社　　址 : 北京西城区百万庄大街 24 号(100037)
发 行 部 :(010) 6899 5968 （ 010) 6899 8705 (传真)
总 编 室 :(010) 6899 5424 （ 010) 6832 6679 (传真)
http://www.nwp.cn
http://www.nwp.com.cn
版 权 部 : +8610 6899 6306
版权部电子信箱 : nwpcd@sina.com
印　　刷 : 北京京华虎彩印刷有限公司
经　　销 : 新华书店
开　　本 : 710mm × 1000mm　1/16
字　　数 : 340 千字　　印　　张 : 22.25
版　　次 : 2018 年 3 月第 1 版　2018 年 3 月第 1 次印刷
书　　号 : ISBN 978-7-5104-6370-9
定　　价 : 58.00 元

1978 年——中国改革开放启幕

1978 年——我的文学生涯开始

庆幸，我的命运与时代、与祖国同行。还有一份安慰：当我离开这个世界时，有人可以从我的文字里触摸到中国今天的脉搏是如何跳动的……

何建明

重要创作历程及个人成就

1978 年	创作第一篇中篇散文《湘西探险记》
1980 年	发表第一篇报告文学《腾飞吧，苍龙》
1982 年	创作第一部军事题材小说《第二道战壕》
1986 年	出版第一部报告文学作品集《缉私大王》
1988 年	出版第一部长篇小说《东方毒蛇》
1989 年	由同名作品改编的电影剧本《西行囚车》被搬上银幕，此片获珠江电影制片厂优秀故事片奖
1990 年	第一次获中华宝石文学奖
1993 年	任文学杂志《新生界》主编
1993 年	发表第一部长篇报告文学《野性的黑潮》
1994 年	第一次成为《青年文学》封面人物
1995 年	《共和国告急》出版，此后获第一届鲁迅文学奖
1995 年	《科学大师的名利场》发表
1998 年	《落泪是金》发表，此后获第二届鲁迅文学奖、第一届徐迟报告文学奖、中国改革开放优秀报告文学奖
2000 年	《中国高考报告》出版，此后获第一届正泰杯全国报告文学奖
2001 年	《中国高考报告》被日本、澳大利亚翻译出版
2002 年	《根本利益》发表，此后获第二届徐迟报告文学奖、人民文学奖特等奖、第六届国家图书奖提名奖、第二届正泰杯全国报告文学奖，入选中宣部推荐的党的十五大献礼书目
2002 年	《国家行动：三峡大移民》出版，此后获中宣部第九届“五个一工程”奖，入选中宣部推荐的党的十六大献礼书目

2003 年　《北京保卫战》发表，获《文汇报》优秀作品奖

2003 年　完成电影剧本《廊桥悠悠》创作（此为与谢晋导演合作项目）

2004 年　由《根本利益》改编的电影《信天游》上映

2004 年　《永远的红树林》发表，此后获第四届正泰杯全国报告文学奖

2005 年　《李琬若：从中国留学生到美国市长》出版，并被美国翻译出版

2005 年　获国务院授予的"全国劳动模范"称号

2005 年　任《中国作家》杂志主编

2006 年　《男人的美丽男人的梦》出版

2007 年　散文《父亲的体温》入选中学课本及教辅资料

2007 年　《部长与国家》获第四届鲁迅文学奖、第三届徐迟报告文学奖荣誉奖

2008 年　《生命第一——5·12 大地震现场纪实》出版，此后获第二届"中华优秀出版物"奖、第四届徐迟报告文学奖

2008 年　任作家出版社社长

2008 年　荣获"全国新闻出版行业领军人才"称号

2008 年　根据《国家行动》改编的同名电视连续剧在央视播出

2009 年　任中国作家协会党组成员、书记处书记，中国作家出版集团党委书记、管委会主任

2009 年　《国家行动》电视连续剧获中宣部第十一届"五个一工程"奖

2009 年　《我的天堂》出版，获中宣部第十一届"五个一工程"奖

2009 年　《永远的红树林》获新中国六十年优秀中短篇报告文学奖

2009 年	获中华全国总工会“时代领跑者——新中国成立以来最具影响的劳动模范”评选活动提名奖
2010 年	根据《部长与国家》改编的电视连续剧《奠基者》在央视黄金时段播出，此后获中宣部第十二届“五个一工程”奖
2010 年	《忠诚与背叛：告诉你一个真实的红岩》出版，此后获中宣部第十二届“五个一工程”奖、第三届中国出版政府奖，入选“2013 年全国青少年推荐阅读的优秀书目”
2010 年	任中国作家协会副主席至今
2011 年	《国家——2011·中国外交史上的空前行动》出版，后获人民文学奖特等奖，入选“2012 年中国报告文学优秀作品排行榜”、中宣部推荐的党的十八大献礼书目
2012 年	《三牛风波》出版，荣登北京图书大厦畅销书排行榜
2012 年	任中华文学基金会理事长至今
2012 年	当选中国报告文学学会理事长至今
2014 年	《南京大屠杀全纪实》出版，此后获第四届中国出版政府奖、人民文学奖特等奖
2015 年	获亚洲品牌协会“中国文化品牌新领军人物”荣誉
2015 年	《真假之间》发表
2016 年	《爆炸现场》出版，获中国出版集团优秀销售奖，入选“2016 年中国报告文学优秀作品排行榜”
2017 年	《死亡征战》出版，被英国、法国翻译出版
2017 年	《那山，那水》发表

（截至 2017 年 9 月）

目　录

第五篇　近年心路

第一篇　亲情与友情

父亲的体温冰碎了我的心

男人之间的爱与恨，莫过于父子之间的情感；父子之间的爱与恨，其实可以用一个词来表达——钻心刺骨！我与父亲之间的感情就是这样。

在我童年、少年甚至是青年时代，有时觉得父亲是世界上最让我恨的人。

第一次恨父亲，是20世纪60年代初正值困难时期的年份。我刚刚懂事，却被饥饿折磨得整天哭闹。有一次，因为食堂的大师傅偷偷给了我一块山芋（北方人常叫它红薯）吃，当干部的父亲见后便狠狠地将我手中的山芋摔在地上，说我是“贪吃囡”。为此他在“三级干部会议”上作了自我检讨。因为年幼，那时我并不懂得父亲绝情的背后是彻底的廉政。

第二次恨父亲，是因为我家宅前有棵枣树，结的果子特别甜。每年枣熟的时候，总有人前来袭击枣树，摘走一颗颗又甜又脆的大红枣，我为此怒火冲天。有一天，邻居的一个比我小一岁的男孩子在偷袭枣树的时候，被我抓到了，我与他大打出手。不料被父亲发现，他竟然不训斥“偷枣”人，而是操起一根很粗的竹竿将我的腿肚子打得铁青，并说：“你比人家大，凭什么跟人家打架？”我无法理解他的逻辑，在心底恨透了父亲。

第三次恨父亲时，我已经二十多岁了，并已在部队扛枪保卫边疆多年。记得那是第一次回家探亲，本来，多年不见，家人很是兴奋和开心。哪知，到了晚上，父亲瓮声瓮气地瞪着眼睛冲我说：“人家比你读书少的人都提干了，你为啥没有？”这、这……

我气极了！本来我对那几个专门靠拍首长马屁的老乡提干就很想不通，父亲这么一说简直像针扎在我心尖儿上。

从此，我对父亲的恨根深蒂固了，并发誓要做个有头有脸的人。后来我终于也算混出个人样了，在部队提了干，又成了记者、作家，再后来在京城也常常被人在身份之前冠以“著名”两字。但与父亲的“账”一直没有算清——因为以后每次我回老家探亲时，父亲的脸上总是笑眯眯的，与他年轻时相比像换了一个人似的。我有点纳闷儿，父亲是变了性格，还是真的老了？但我一直没有细细去想，就在忙碌中度过了一年又一年……

前年年末的一天，姐姐和妹妹相继打电话来，说父亲肺部长了一个肿块，而且是恶性的。一向对父亲满怀“恨意”的我，那一刻心猛地颤抖起来：怎么可能？！当我火速赶到上海的医院时，父亲见我后眼圈红了一下，但即刻便转为笑呵呵的，扬起他那明显瘦弱的臂膀对我说：“你看我不是还很有劲嘛！哪有啥病！”我尴尬地朝他笑笑，转过头去，不禁泪水纵横……

爸爸啊，你知道自己还有多少日子吗？几分钟前医生告诉我，说父亲最多还有半年时间……太残酷了！无法接受的残酷——一个好端端的人，一个才过 70 岁的人，怎么说没就马上会没呢？

陪床的那 10 天，是我成人后的 30 多年里，第一次全天候与父亲在一起。白天除了挂吊瓶就是挂吊瓶，于是，父子之间有了从未有过的漫长的交谈……

为了分散父亲对病情的恐惧，我时不时地提起以往对他的“记仇”。父亲听后常笑得合不上嘴：“你光记得我对你不好的事，就没有记过我对你好的时候？”

“还真没有。”我有意逗他。

“没良心！”父亲笑着冲我说。然后躺在床上长叹起来，仿佛一下回到了他久远的记忆之中——

"……你刚出生那几年，我每年都带着民兵连在几个水利工程上干活，那个时候一干就是十几个钟头，'大跃进'嘛！干活干死人的事也有，我的病就是那个时候落下的（父亲到生命的最后时刻，仍坚持认为自己的绝症是当年拼命干活受潮引起的）。你小时候几乎天天尿床，记得你当兵前还尿湿过床吗？"

我点点头，脸红了。

父亲问："你小时候因为这，挨过我不少打，这你没有记我的仇？"

我摇摇头，说："这事我一点不怪你，是我理亏。"

父亲摇摇头："开始你一尿床我就打你，后来知道这也是一种病，就不怎么打你了。不过你尿得也玄乎……"

父子俩对笑起来。如今七尺男儿的我为小时候的毛病羞愧不已。对这事我记忆太深刻了，母亲不知想过多少办法，晚上不让我喝稀的，可我只要一进入梦乡，就总会做那些跟小伙伴们穷玩傻玩的游戏，什么都顾不上。那光景里又急得找地方尿尿，最后一着急，就随便找个地方痛痛快快地尿了——等身子下感觉热乎乎时，便已晚矣：被褥又让我尿了个通湿……

父亲在病榻上侧过头，问："还记得你尿床后我做啥吗？"

我忙点头："知道，每回你把我拉到被窝里，用你的体温暖和我……"

父亲又一次长叹："算你还记得！"

当然记得！我忙说："爸，还有一次我印象特深。那年你成'走资派'后，我正好放寒假，我们俩分在一个班次里摇船到上海运污水。半途上，跟上海人打架，我们的船被人家撞破后漏水，结果舱里全湿了，晚上没地方睡，最后是你上岸到地头抱了一捆稻草，让我光着身子贴着你睡的……"

"唉，那个时候也难为你了，才十五六岁，要干一个壮劳力的活。”父亲扭过头，闭上双目，似乎在责备自己因“走资派”而害了他的儿子。

其实，现在想来也没什么，我记得那一夜自己睡得特别香，因为爸的怀抱真暖和……我沉浸在少年时代那温馨的往事之中。

我转过头向父亲的病榻看去，见他的眼角边正流淌着一串泪水，便不由急叫：“爸，你怎么啦？”

父亲没有张嘴，只是闭目摇头，许久才说：“为啥现在我的身子一点也不热乎了呢？”

“是吗？”我赶忙用手摸摸他的身体，“挺热的，而且发烫呢！”

“不，我冷……”父亲突然很害怕地一把抓住我的胳膊，于是我只好紧张地顺势身贴身地挨着他……我马上意识到，父亲在恐惧死亡……“没事没事，治两个疗程就大体好了。”我找不到更合适的话语来安慰他，只好违心地说着这样的假话。而且之后的几个月内，无论在父亲身边还是在电话里，我都对他说这样的假话。

我注意到，父亲的体温始终是发烫的，烫得厉害——那是可恶的病魔在无情而放肆地袭击和摧残着他日益干枯的躯体。

之后的几个月里，我多次从京城返回老家看望被死神一步步拉走的父亲。我注意到父亲的体温依然在上升，有时我甚至感觉他的肌体是一个燃烧的火球——烧得父亲不能着床，如今每每想起他生前那钻心刺骨的疼痛情景，我依旧胆战……

去年国庆前夕，父亲的病情急剧恶化，开始是每小时吸一次氧，后来根本就不能离氧气了。最后，我和母亲不得不决定再次将他送进医院。这个国庆长假，是我与父亲诀别的最后日子，也是他生命的最后几天。以前听人说那些肺癌患者最后都是痛死的，我有些不信，但经历了父亲的病情后，我才真正感受到肺癌真的太可恶、太恐怖了——它能把世界上所有的疼痛聚集在一起并最终摧毁一个人的生命。

患此病的父亲太可怜。他一边艰难地大口大口地吸着氧，一边则要忍受着全身如蛇啃噬般的疼痛。我和家人守在他的病榻头，无可奈何。我想帮助他翻身，可手刚触其肤，父亲便会大声叫疼……躺着的他既不得翻身，又不能动弹，一翻身筋骨皮肉更疼。我想用手轻轻地扶起他靠在软垫上躺一会儿，可父亲说那软垫太硬——他的骨架已经被病魔噬空和噬酥了。

“来，靠在我背上吧！”看着父亲这也不是那也不行的痛苦，我拭着泪水，突然想出了一招——与父亲背对背地蜷曲在床头，让他靠在我的背上歇着……

“怎么样？这样行吗？”我低着头，将身子蜷曲成45度左右，轻轻地问父亲。父亲没有回话，一旁的妈轻轻告诉我：他睡着了。

真是奇迹！多少天又叫又喊的父亲，竟然会靠在儿子的背上酣睡了！我的泪水又一次淌湿了胸襟。

十分钟、二十分钟……一小时、两小时……先是我的双脚麻了，再是我的腰麻了，后来是全身都麻了。但我感到无比幸福，因为这是我能为父亲做的唯一一点点事了。那段时间里，我感受着小时候那么熟悉的父亲的体温，同时我又深感神圣——我意识到在我们爷儿俩背对背贴着的时候，是我们何氏家族两代人的生命在进行最后的传承……

热血从一个人的身上流到另一个人身上，从上一代人传承到下一代人血脉里……那是一种精神的传承，一种性格的传承，一种文化的传承，一种魂魄的传承，一种无法比拟和割舍的父子之情的传承！

作为儿子，我愿意永远以这种姿势陪伴父亲，这是一种必需的责任，一种必需的义务，一种必需的良心，一种必需的品质，一种必需的人性，一种父与子之间才能够有的必需！

与父亲背贴背的感觉真好！

啊，父亲，儿子真幸福，能如此长久地感受父亲的体温，尽管它那么微弱，但那是自己父亲的生命体温！因为这熟悉的体温，曾经让我摆脱过恐惧，曾经让我摆脱过尴尬，曾经让我在羞愧和徘徊中增加勇气，迅速成长，直至也可以撑起一片世界！

"你累了，下来歇一会儿。"父亲重新醒来时竟然脸上露出一丝极其满足的笑意对我说。

我伸伸胳膊，伸伸腿，浑身有些酸疼，但嘴里说着"没事"。

这天中午，许多年没有见面的几位战友邀我去吃饭。我本不想离开父亲，但他劝我走，说你们一起当兵多年，分别后又难得一聚，应该去。

约两个小时后我重新回到医院时，推开病房的那一瞬，我一下惊呆了：父亲的病榻头，瘦小干枯的母亲竟然学着我的样子，也蜷曲在床头，与父亲背靠着背……看着两位相依为命的老人，尤其是 73 岁的老母亲那蜷曲的身影，作为独生子的我当时不知有多么心疼……我一边擦着泪，一边赶紧上床替下母亲。

当我与父亲重新背靠背的时候，只听身后的父亲舒坦地叹了一声："还是你的背宽……"

泪水再一次模糊了我的双眼。父亲啊，除此之外，儿还能为你做什么呢？

国庆长假结束，单位要我回京。无奈中我向父亲告别，我意识到这可能是与父亲最后的诀别了。父亲见我流泪，安慰地拉住我的手，放在他胸前，说："我的身子还是热的，上班去吧，没事。"我噙着泪珠朝他点点头。

四天后，父亲走了。那一天是农历九月初九，我得讯的那一刻，直奔机场。我不相信父亲在没有我在场的时候会闭眼，可他确实闭眼了，永远地闭眼了……

下午两点，当我赶回家时，父亲被一片悲恸的哭声包围着。我双膝跪下，不由放声号哭，因为我发现，在我双手抚摸父亲脸庞的时候，感觉他的体温已经冰凉，我的心彻底地碎了……

父亲呵，你的体温一直那么温暖，可是，离我而去时为什么竟会这般冰凉？

2009 年 12 月 21 日

（本文荣获首届“真情人生纪实散文征文”一等奖）

母亲，永远的“铁姑娘”

母亲今年到了北京，第一次可以有那么长久的时间跟儿子一起生活，这对我来说是一份幸福。而在这份幸福感里多少潜藏着我内心的几分歉疚，因为老人家现在已经80岁了……人活80不易，尽管现在许多人远远超过80岁的寿命，但在我看来这是个很高的人生峰岭——我的父亲和我的爷爷都没有完成这个任务，相反我的奶奶则活到了90岁。

女比男长寿，这在我的家族里获得验证。不过，我最想表达对母亲的一份敬意是，她比我奶奶更具有铁一般的意志。奶奶一生细声细语，小脚，长相完全像个大家庭出身的贵族太太，但她的娘家是离我家不足五百米远的一户纯粹的农户。人不能貌相，我母亲相反，她出身则纯粹是一个“街上人”（苏南话，意思“城市人”）。我的外公是位商人，做布匹生意，往返于上海和苏州、常熟之间，这也许是我舅舅后来有了一位上海籍妻子的缘由。外公生意做得好的时候，我出生地的何市镇上有半条街都是他的，但他最终没出息，赚了钱就赌和抽大烟（鸦片），最后把家里所有东西都卖光了，连孩子也卖给了乡下人——那个孩子就是我母亲。母亲半岁时，穷困潦倒的外公病逝，无奈之下，外婆把我母亲卖给了成为我后来外婆家的一户乡下人家。“街上人”的母亲从此也成了一个半农半城的人。因为母亲后来的家里太穷，房子全是茅草铺垒的。这个外婆家有我的三位姨妈和一个舅舅，生活不是一般的穷。据母亲自已讲，她懂事后就经常回生母身边。相比之下，“街上人”的生活好一些，可我印象中，我的亲外婆住的地方也很破落，两个房间似乎只是被隔开的侧房而已，由我的两位表哥住着。亲外婆是个天主教徒，吃素。

舅舅是个小职员，与我上海人的舅妈生了好多孩子，所以小时候我经常把表哥们认混，至今依然不记得他们到底谁是谁。舅舅、舅妈对我很好，他们都叫我“明明”。但舅舅、舅妈的晚年过得不咋样，听母亲说他们年龄大了得病后身边没有人，一起双双自尽谢世，这对我刺激很深。某些上海人的种种劣迹，从小给我留下了极深的印象：他们小气而心胸狭窄，没有人情味，稍稍触犯了他们的一点儿针头大的利益便会终生与你结仇。一个不争气的外公给一个家庭带来的命运是非常悲惨的。我的姨妈叫江瑞娥，但人家都称她为“江大大”，至今已 90 多岁了。也许是遗传的原因，我姨妈生来有股天不怕地不怕的精神。她年轻时正值中国抗日烽火硝烟四起的时候。姨妈是个不安分“守纪”的人，她参加了被人称为“土匪”的地下抗日力量，给新四军和地方武装做事，《沙家浜》中的阿庆嫂、沙奶奶的形象就是我姨妈她们当年的典型形象。但姨妈的命运不好，因新中国成立之前参加地下革命一直被人当作“女土匪”。

新中国成立后，由于她天生的“革命性”，总是与那些说假话的干部对着干，可“文革”之中因为这个原因，她受到了很大冲击。

还是来说说我的母亲。

母亲就是生活在这样的家庭里，她原本很不错的出身，却注定要彻底变样。年轻时代的母亲什么样，我没有多少印象，只见过一张她 20 多岁时的照片，齐耳短发，洋气中有股力量。母亲嫁给了我父亲使她摆脱了那个姓“王”的穷家，也使她这个满身“街上人”气息的女人后来成了“铁姑娘”形象。

父亲是生产大队大队长，估计是这个原因才把母亲吸引过来的。听父亲自己说，“大跃进”时他带领民兵营在很多当地有名的水利工程上显过威风。其实在我家族里，当干部的父亲最没有力气，我爷爷和叔叔才是扛几百斤不吱一声的“大力士”。但父亲是大队长，年轻时肯定要“以身作则”，时时处处要冲锋在前。我知道父亲为此一定非常痛苦，因为要干出超出他体力的活。过去的水利工程，其实只有一件事，就是用力气挑泥——将河心底的那些死沉死沉的泥挑到岸头。这种苦力，作为他儿子的我也干过，所以深知其苦。做父亲那类小干部的妻子，除了面子上光彩一点，其他的实惠根本不会沾边，只有更卖力的份儿。母亲就是这样慢慢成了“铁姑娘”。

“铁姑娘”是“农业学大寨”中的中国妇女形象，她们是一支干男人一样的活的突击队，大寨大队的郭凤莲就是最典型的“铁姑娘”。在中国20世纪的六七十年代，除了“文革”之外，还有像“工业学大庆”“农业学大寨”等运动，不能不说这些与经济发展和人民生活相关的运动有其进步意义。我反对一味地对当时的这些运动提出批判，当然不得不承认这样的运动也会有许多违反自然规律的主观色彩，比如“农业学大寨”运动中不能根据各地不同的情况因地制宜，比如“以粮为纲”导致了中国农业生产在许多地方反而倒退。但开展“农业学大寨”运动的主观愿望是为了号召农民们像艰苦奋斗的大寨人学习，并通过这种精神促进落后的中国农业发展，这些良好的主观愿望不应一概被当作坏事。“学大寨”中广大农民激发出的改天换地精神和为国家多打粮的奉献精神，我认为非常宝贵，至今仍然十分需要。其他地方不说，我亲身感受到即使是在我的老家——江南苏州地区这样一个鱼米之乡，也正是因为“农业学大寨”运动，才促使许多农田基本建设获得巨大的改进和提高。虽然那时我年龄还小，却已是“农业学大寨”运动中的一名战天斗地的小社员，并且有刻骨铭心的记忆。那时我仅有十几岁，由于“农业学大寨”的影响，我们那儿一年种三季水稻和小麦，冬天又要搞各种各样的水利建设，辛苦得甚至有些不堪回首。无论如何现在的年轻人和现在的农民兄弟姐妹是不会经历那种苦生活了。也许正是这样的苦难生活，练就了我们那一代人钢铁般的意志和坚定不移的信仰。也正是因为有这样的生活，所以我才更加敬重母亲作为那个时代的“铁姑娘”形象。

当年由于农村里“农业学大寨”等运动搞得农活太多、太繁重，许多地方仅靠男劳力已经无法承担，于是就由妇女来承担，然而能够与男人一起打拼的只是少数年轻的妇女，于是“铁姑娘”队伍就这样诞生了。

其实像我母亲那一代的年轻妇女，除要操持家务外，争强好胜的脾气从某种程度上说是被逼出来的。我记得在小时候，男人们一到冬天就去外地搞水利建设了，留在生产队的妇女们就得顶起男人的活，比如挑河泥、挑大粪、抗旱等重活就得妇女们干。母亲那时身为大队长的妻子，丝毫不会有半点“官太太”的特权，有的只是比别人更卖力的可能。母亲太要强了，我记忆中母亲一生都在干应该是男人们干的重活、累活。尤其是“农业学大寨”的时候，她和队里的几位年龄相仿的妇女们一直是生产队的顶梁柱，甚至连男人们都不愿干的事、胆怯干的活，她们也都担当起来。夏天在最炎热的天气里插秧、收割，她们冲在最前面。尤其是到了“抢收抢种”的双抢时节，母亲天天只能睡四五个小时。早晨三四点钟就得起床为我们一家人做好饭菜，然后便披星戴月去拔秧和割稻子了。白天的干活时间除了几十分钟的吃饭时间，晚上还得干到九十点钟。想想她一天还有多少休息时间？

这就是母亲，这就是“铁姑娘”。

七年前父亲患绝症，我回家探望。我家宅基地后面还有一块菜地，平时浇水一类的事由父亲完成，从河边挑一担水即使只是半桶，也有八九十斤重。有一天我陪父亲在院子里晒太阳，父亲突然说："你去帮你娘挑担水。"我回头一看，瘦小的母亲，竟弓着腰，从河边挑起两桶水，颤颤巍巍地朝岸上走……我赶紧过去抢她肩上的担子，却被她一手挡住："还是我来。"这怎么行？我抢过担子接过来，却直不起腰来。

"看看，还是我来吧！"母亲讥笑我无能。那一刻我深感羞愧，又对矮我一头多的母亲肃然起敬：她都 72 岁了，竟然还能挑得动近百斤的水桶！

不是母亲有超人的体魄，也不是母亲身体格外健康。母亲的个头一般般，年轻时也属中等个，她的身体一直不怎么好，有偏头疼病，一到夏天就头晕；冬天怕热，一热又要晕倒，很可怕。我到北京工作不久，曾经让她到北京小住，哪知第一天进门她就躺倒在床上再也起不来……她说她受不了屋里暖气的热度，大冬天的零下十几摄氏度，她却要穿着单薄的衣衫在外面吹风，看得我们直心疼。她却说这样好受些，转过头她就咳嗽，咳个不停——她的气管毛病，也许就是这样生成的。在老家也是这样，冬天和夏天都是她难过的季节，母亲年年都要经历这些苦难，然而她竟然一年又一年地苦过来了。

顽强地、从无怨言不折不扣地这样负重，这是母亲一生留给我的最大精神财富和最光辉的形象。

或许所有的人从生下来就有一种懒惰的毛病，能少干一点就少干一点，这几乎是每个人的天性。但母亲是个例外。无论是对公家的事还是在自己家里，甚至是在外人家，她一生都是闲不住的人。不干活对她来说是一种罪孽，甚至是痛苦。她的这种"铁姑娘"作风甚至遗传到了我姐姐和妹妹身上，与她们三个人生活在一起，我这个"公子"是最幸福的，因为什么活都不用我插手。对此有时我深感惭愧，但又常常心安理得。

在母亲面前，我经常想：一个人为自己或家里人干活、多干些活，不会有怨言，能自觉自愿。但当为公家而干、为别人而干时，在没有啥报酬的情况下也能做到这一点的人，到底是什么精神在支撑着她呢?

我问过母亲。母亲只说了一句："反正有人要干的事情，你搭一把手就干了，干了就不要去计较。"这是她的话，也是她一辈子的人生哲学。这是一个新中国锤炼出的"铁姑娘"的内心世界。

我亲爱的、苦命的、永远值得我学习和敬仰的母亲!

王蒙
——永远的大青年

2013年国庆期间，文化部和中国作协等单位联合在国家博物馆隆重举办“青春万岁——王蒙文学生涯六十年”文献展览，受中国作协主席铁凝同志和党组书记李冰同志的委托，我代表中国作家协会出席并致了贺词，对展览的举办表示热烈祝贺！10月6日，还陪同贾庆林主席参观了展览。

王蒙老师是我国当代著名作家，是文学界德高望重、广受推崇与爱戴的大家。他在60年前便创作了长篇小说《青春万岁》，当时才19岁。王蒙老师从一位风华正茂的青年变成了一位年逾古稀的长者，岁月如此无情，然而在我看来，王蒙老师依旧是春风拂面、英姿勃勃、中气十足的文学大青年！正乃青春万岁！而《青春万岁》也是王蒙老师早期现实主义小说的代表作。作品描写的正是当年北京学生们如诗的学习和生活景象。我认为，用这部小说命名今天的展览十分贴切，因为这与王蒙老师始终保持的人生青春和文学青春相契合。

回顾王蒙老师迄今六十年的文学生涯，我们不难看出，他始终以高度的社会责任感和智慧灵感，致力于当代文学的繁荣与中国文化的传承，他坚持不懈地用自己手中的笔，参与祖国文化大厦和精神世界的建设，创作了数量众多、质量上乘的作品。如长篇小说《青春万岁》《活动变人形》《青狐》，中短篇小说《组织部来了个年轻人》《蝴蝶》《春之声》《风筝飘带》，随笔《我的人生哲学》，传记《王蒙自传》三部曲等，都曾引起巨大的社会反响，尤其影响了包括我本人在内的几代中国青年们的成长和文学爱好。2013 年初，王蒙老师又推出了七十余万字的长篇小说《这边风景》，最近我们又高兴地见到几个大刊上同时推出他的一批新作，他极其旺盛的创作激情与活力，令我们文学同行和广大读者感叹不已。王蒙老师自己说过一句话，写作也是劳作，而劳动者是永远年轻的。劳动可以让生命延长、让青春延长，王蒙老师以自己的实践和行动又一次向我们证明了这一点。他以他永远年轻的青春激情和青春笔调，生动而深刻地描写和反映了中国半个多世纪以来的历史性进步和社会发展，充分展现了一位文学家与祖国同行、与人民同心的拳拳赤子之心和崇高抱负追求。他的创作是共和国六十多年发展巨变的历史见证，也是中华民族心灵史的艺术纪录，它让我们深深地感受到一位热爱祖国、热爱生活的文学家青春的心跳与炽热的激情。

王蒙老师曾经担任过文化部和中国作协的重要领导职务，主编过文学刊物，扶持过一代又一代青年作家。与此同时，他以自己不断突破自我、不断创新、不断进取的写作精神，影响着众多青年作家，激励着大家一同在文学艺术的道路上出奇、出新，不断开辟着文学艺术的新境界。在自己长期的创作过程中，王蒙老师始终坚持与时代同心的创作追求，始终把社会进步放在心中，把中华文化的传承作为重要出发点和落脚点。王蒙老师自觉接受各族同胞、各族群众的哺育和关爱，并从这种哺育和关爱中汲取创作、情感以及语言的丰沛资源。勤劳、善良、勇敢的中国各族人民，始终是他创作的动力。王蒙老师的人生和创作历程异常曲折与丰富，他博采众长、广泛借鉴，在多种文化的共同激荡与影响下，形成了自己鲜明而独特的风格。他为人坦荡、胸怀开阔，睿智幽默、坚韧乐观，他的这些个性都在自己的作品中得到了很好的体现，这也使他的作品总是具有深入人心的感染力和影响力。他让我们喜爱他的作品，也珍爱他这个永远充满青春活力的人。他的作品和他的文学追求，如一点烛光照耀并引领着当代中国文学与文化的前行征程，我们有理由再次向王蒙老师致敬！

祝愿这位永远的大青年身体健康、创作丰收！

“好婆”杨绛今年 103 岁

癸巳年（2013 年）春节前，中国作家协会安排我去看望和慰问一批老作家，其中有钱钟书先生家。钱老先生已故，他的老夫人杨绛依然健在，杨绛是一代文学大家，所以每年包括铁凝主席在内的作协领导都要去拜会和慰问。能到这样的文坛巨匠之家自然是件幸运的事。但对我来说，还有层特殊意义，因为钱钟书先生和夫人杨绛都是我的老乡，“老乡见老乡，两眼泪汪汪”。可不，当我踏进钱府与 103 岁的长辈见面握手那一刻，我们一老一少用苏州话相拥相亲时，我的眼里含着泪花，不想老人家的眼里竟然也是晶莹闪动……

去之前，同事告诉我：杨绛先生今年有 103 岁了。天哪，103 岁是个什么样呀？我想象：那一定是颤颤巍巍、坐在床头有人替其“翻译”才能点点头的人吧？何曾想，我眼前这位 103 岁的老乡，见到作为晚辈的我踏进门槛，便满脸红光、带着一脸慈祥的微笑，竟然“噌”地从沙发上站起，迈着均稳的小步直面而来。

“谢谢，谢谢你们又来看我。”她用一双柔软的、充满弹性的手将我的双手握紧。

“您……”我一时语塞，这就是杨绛先生？ 103 岁的老人？

“侬好啊！”我不知说啥为好，因为事先知她是苏州老乡，所以说了一句苏州话。

“好好！侬也是苏州人啊！”不想杨绛先生立即用一腔纯正的苏州话回应我。

“是啊是啊。吾俚两个都是苏州人。”我连忙回应。钱钟书和杨绛的老家无锡离我家不远，无锡过去一直是苏州管辖，所以我们是真正的老乡。钱先生和杨先生是一对传奇夫妻，他们两家本来就是熟人，有了这桩姻缘就更加亲近，这在我家乡大家都知道。钱钟书先生的《围城》，堪称“中国近代文学中最有趣、最用心经营的伟大小说”。这部“伟大小说”是钱先生在上海沦陷时所作，同时倾注了夫人杨绛的心血。正如钱先生在《围城》出版时序言中所说：“这本书整整写了两年，两年中忧世伤生，屡想中止。由于杨绛女士不断地督促，替我挡了许多事，省出时间来，得以锱铢积累地写完。”

《围城》成就了一代文豪。钱杨二人相濡以沫，一生相敬如宾，体现了我姑苏大家贵人之家风，也是近代知识界爱情与婚姻的楷模。他们唯一的女儿叫阿圆，钱钟书认为这是他“平生唯一的杰作”。确实，当我读完杨绛先生 2003 年所著的《我们仨》一书后，感叹这一家三口的旷世亲情！敬之佩之。

杨绛先生生于 1911 年，比钱钟书先生晚一年出生，今年就该是 103 岁了。我第一次见如此高寿的长者，不仅是一位文坛前辈，又是一位亲切可敬的大老乡，一时不知如何称呼她为好，于是便只能请教大老乡了。

“称呼您什么呢？”我抚摸着她柔软而暖和的手，凑近她的耳朵问。

大老乡朝我笑笑，抬起右手，干脆把塞在耳里的助听器拔下：“这样反而听得清。”她的话如涓涓流水，百分之百的苏州吴语声调。

“奶奶？”我试探，因为我暗暗一算：怎么着，她也应该是我的奶奶辈了。在她面前，我第一次感觉自己太年轻了！就是活到 80 岁，也会觉得太年轻。

她依然平静地笑。

“杨阿姨？”

她依然平静地笑。

“阿婆？”我想起家乡对比自己长两辈女性的称呼，便马上改口。

大老乡依然平静地微笑，笑得让我有些慌乱。到底该叫什么呢？突然，我想到了自己的奶奶——我奶奶是 1999 年去世的，去世时是 90 岁，如果活到现在，不也正好是 103 岁吗？于是我心头立即涌起一股热流……

“好——婆！”我凑到 103 岁的大老乡耳边，深情地、轻轻地而又清脆地这样叫了一声。

“哎——”大老乡突然声音爽爽地、温暖地应道。

紧接着，便是“孙儿”与“好婆”之间的一个热烈相拥！之后是一阵亲切无比的“哈哈”大笑。

“好婆！好婆——”我连声叫道。

“好婆”又连声应道。

在我们苏州，叫“好婆”是晚辈对祖母的亲昵称呼，有的叫“亲婆”。看来杨绛先生是非常认可我这个小老乡对她的这一称呼的。

之后，“好婆”对我就格外亲热了。她拿出自己的著作《我们仨》签名赠送给我，并且在扉页上认认真真地写下一行字：小老乡建明同志存正　杨绛敬奉　2013 年 1 月 14 日。我看过钱钟书先生赞赏他夫人的字写得好的文章，此番现场亲睹 103 岁的“好婆”书写，其笔锋墨迹清秀端雅，实在令人敬佩不已！

“‘好婆’啥时候回老家？”我问。

她说，已经有二十多年没有回了，她说她非常想念苏州和无锡老家。我告诉她现在我们老家比一二十年前不知又美丽多少倍了！她高兴得直言：“蛮好蛮好！正想回去看看。”

“‘好婆’看上去也就是 73 岁！有啥秘诀？”

一听我这话，她的脸上竟然泛出一片红晕，说：“就是啥都不管。”

是啊，这难道不是百岁老人的长寿和生活的全部诀窍吗?

“好婆”今年 103 岁，“好婆”定能活到 130 岁！我这样祝福和祝愿她。

“好婆”亲昵地握住我的手，说：“谢谢侬，明年再来看我啊！”

“一定！”我们相约新的春天。

谢晋的最后一个遗憾

中国电影界的著名艺术大师谢晋导演去世了，早想写篇文章纪念他，却因一直无法抹去内心的悲痛而几次都未能动笔。在谢导最后的几年里，我与谢导因一部电影而结缘并相处了很长一段时间，这是一部反映农村教育题材的电影，也是谢导从事电影事业几十年以来的一个心愿，电影的名字叫《琴桥悠悠》，我是编剧，谢导是该电影的总策划和总导演，遗憾的是谢导的突然辞世使这部电影成了他一个未了的心愿……

十年前，中国的教育正处于改革转型期。我因写了一部反映贫困大学生的长篇报告文学《落泪是金》和另一部长篇报告文学《中国高考报告》在社会上引起巨大反响，引起社会各界广泛关注，我也因此而名声大振。当时有十几家大大小小的影视制作单位来找我，包括赵宝刚和中影公司这样的大腕级导演与制片单位。那时我对电影并没有太多经验，后来中国青年剧院影视制作中心的院长亲自带着编剧来找我，于是我便以八万元的低价将《落泪是金》的版权卖给了他们。可没过多长时间，中国青年剧院被撤销了编制，他们就将《落泪是金》的电视版权转卖给了中国电视制作中心。之后我得到的消息是这个中心的编剧“一直在抓紧搞”。时过两年，突然在中央电视台一套黄金时间播出了一部反映贫困大学生的电视连续剧。我的编剧打电话气愤地告诉我：“何老师，他们太可耻了，正在播的这个电视剧是我们的，他们剽窃了我们的《落泪是金》内容！我们应该起诉他们！”我当时不太相信，怎么可能呢？我们完整地把电视剧本交给了这样一个国家最高级别的影视制作单位，她一个编剧怎么可以这样无视我们的权益而私自把我们的剧本去“重新”加工一个电视剧呢？我怀着不愿相信的心情静静地看了这部正在央视黄金时段播出的电视连续剧，该片基本剧情或者说主要情节都是我的《落泪是金》内容。最气愤的是他却在电视片名后面加了一句“本片内容取自新闻材料”这句话！《落泪是金》一书其中几个关键的情节是我走访了四十多所大学、采访了四百多个当事人才获得的独家素材，从没在哪个“新闻材料”上出现过。比如有一个情节，一个贫困生交学费时从内裤里掏钱的情节，这是我在采访上海的一所大学时一位大学生给我讲述的一个故事。当时我和两位编剧真的感到很气愤，如果是小公司、小人物干这类事也就原谅了，而一个代表国家电视制作机构的编剧干出这种事，实在太令人气愤了！许多人建议我和编剧跟她打官司，无奈当时因为我工作太忙，精力不够，所以官司最后还是搁浅了。

通过这事确实让我对一些影视公司有了很不好的印象。但是与谢晋导演的相处改变了我的一些成见。影视界毕竟还是有优秀的值得尊敬的人，谢晋大师就是！他的为人和他对艺术的真诚追求让我长久地品味与怀念——

2003 年的 5 月，整个北京城还笼罩在“非典”袭击的阴影当中，到处冷冷清清……有一天，突然一位朋友打电话告诉我说：“谢晋导演要找你，想请你写一部电影本子。”我听后大为意外和激动，谢导那么著名的大导演，他会找我写本子？对方告诉我：他知道你写的几部教育题材的书影响很大，正好谢导要拍一部教育题材的电影。原来是这样！

我们第一次相见是在京广大厦，我如约赶到。大楼里静悄悄的见不到一个人影。到谢导住的房间后，谢导与我一见如故，他那特有的大嗓门，一边笑一边比画道：“整个楼就我一个客人！他们都害怕，我不怕！“非典”算个啥，我不怕！我现在住这儿是半价……”虽是第一次见面，但这位年近80岁的老人那样乐观和爽朗的说笑，使我立刻对他产生一种特别的亲近感——谢导就是这样一个人，他对所有的人都这样平和、亲切和真诚。

坐下后谢导对我说：“建明，你的《落泪是金》一书对当前教育问题写得非常的深刻！这样好的题材，假如不搬上银幕，作为电影人，我感到非常可惜！”

“我打算要拍一部反映农村教育题材的电影。中国的教育问题太多了，江泽民同志在上海当书记时就跟我说过，陈至立同志当教育部长后也非常支持我。我想请你来写剧本。”谢导向我说出了他的打算。

可以这样说，我和无数中国人都是看着谢导拍的电影长大的，面对这样的一位大师的盛情邀请，我又激动又兴奋地问他：“为什么一定要找我写这个电影呢？”

谢导笑呵呵地指着我说：“我找你不容易啊！你是大作家，名声很大哟！我今天总算找到你了！你写的几本教育方面的书我都看了，所以找你。”我有些受宠若惊。

后来在一次朋友聚会中我得知，谢导早有打算拍一部教育题材的电影，他曾经打算与写过《班主任》的著名作家刘心武老师合作，后来又觉得《班主任》反映的是中国二十多年前的教育问题，与目前差异太大了，所以谢导又去找著名作家陈祖芬老师商量，而陈祖芬老师向谢导直接推荐了我。

那一次见面时，谢导跟我说起了《落泪是金》改编的事，他慷慨而气愤地对我说：“建明，你的书被人骗走了！前段时间在中央电视台播出的那部大学生题材的电视剧都是用了你的东西，是一个女编剧先找到我的影视公司，然后又让我们与天津一家影视制作单位合作完成的！最近看了你的书，才知道那部电视剧原来都是剽窃你的东西！你怎么不跟他们打官司？”我听后无奈地苦笑，说：“影视界有些人的德行很差，跟那种人打官司会很无聊，我没那兴趣，再说主要是没时间。”当我把前前后后的过程向这位大师说明白后，谢导仍然愤愤不平地说：“怎么能这样！简直没有一点基本的职业道德！”

关于谢导约我写教育题材的电影，当时我心中并没有数，因为教育是个大概念，写什么呢？

谢导明确地说：“我想拍一部中国式的《山村女教师》！中国的教育我看根源是基础教育，特别是农村的教育问题。现在农村尤其是山区的孩子念不起书，考不上大学，原因就是那里的老师不行嘛！为啥老师不行？主要是那里待遇低，没有几个人愿意在农村和山区教书嘛！”谢导对中国教育弊端这么一针见血，令我大为惊叹。原来他要拍一部教育题材的电影就是为这个啊！我们一老一少即刻有了共同语言。而我知道苏联的《山村女教师》是部著名的电影，谢导一生追求高品位的大艺术，他的愿望就是要拍反映中国形象的《山村女教师》。当时我掂量了一下自己的能力，说：“恐怕难以胜任。”谢导立即鼓励我：“你的书写得那么好，不会有问题的。我们一起来做这件事！”有大师的话，我便鼓足了勇气。

从此，我跟着谢导断断续续地一起为这部电影开始奔波……

因为题材定位“山村女教师”，所以我们一起到了谢导的家乡熟悉情况。先到了他的老家绍兴，最后选择了温州的泰顺县作为“生活原型”基地。泰顺处在浙江与福建交界处，是个偏远的山区。这个地方特别封闭，当时我们去的时候是从温州出发，要坐四五个小时的汽车才能到达，而且一路非常不好走，山路崎岖，蜿蜒绵亘。那一年谢导已经是80岁的老人了，走路常常给人感觉是摇摇晃晃的——其实他一直是这个样。但当只有我们两个人的时候，我就十分紧张，因为一旦出了事，我可担当不起——谢导是我们的国宝呀！果不其然，第一次到泰顺的路上，就把我吓了一大跳，至今仍心有余悸。那一天在半道上，我们从吉普车上下来准备方便。坐在紧挨司机前排的他比我先下，突然我见身材高大的谢导身子一晃，从车门口倒下，顺着公路边的斜坡连续翻滚了几米远……“谢导！谢导！——”我吓得飞奔过去，迅速将他扶起。“嗯——”谢导睁开眼睛，朝我看看，又瞅瞅斜坡，若无其事地从地上直起身，说：“没事，没事，是踩空了。”

我为他检查一遍确定他确实没事后，长长地松了一口气，然而从此以后我常提醒自已：千万不要马虎，紧跟谢导身边！同时我也多次提醒他身边的人：务必要在他单独出门时派个人跟在他身边。“没事！我好好的要派啥人？碍手碍脚的！”谢导总是这样不听别人的劝告，非常执拗。几年后他一个人在房间里去世，跟身边始终没有人照料也有直接关系——为这我常常感到我们许多人是对不住谢导的，他毕竟老了，八十多岁高龄的人怎么放心让他再独自走南闯北地奔波呀？

在泰顺的日子里，我负责采访和实地感受生活，谢导则忙于寻找拍摄点。晚上我们一起在宾馆里商量剧本的写作计划和电影情节的构思。这之后的一年多时间里，我们连续三次因这部电影而到过泰顺。记得 2004 年春节刚过，谢导就把我带到了泰顺。从上海出发时，我从苏州老家给他带去了两只老母鸡和几条阳澄湖的鲜鱼，谢导和他夫人特别高兴。在他书房里我们多次长谈，谈电影，谈社会。谢导对当时的几部所谓的大片恨之入骨，道：“简直是糟蹋电影！”而谢导也常常很无奈，说现在没有几个人到电影院去看电影，他认为电影票价格太高。“老百姓看不起电影了，这中国电影还有啥希望？”他认为电影票应该不高于 10 元钱。“我就是要拍能让老百姓都看得起的电影！”大师对此耿耿于怀，但却无力扭转现实。

“中国那么多的现实主义好题材，他们在干什么？天天拍些乌七八糟的东西骗钱！糊弄老百姓！”谢导对一些所谓的名导的行为十分反感。

大师曾多次对我说，他要用最后的力量来为中国电影“正本清源”。故而，认认真真拍一部中国式的《山村女教师》成了他艺术人生中的最后一个追求和特别期待的美好愿望。然而他最终没能实现，其间的种种原因，令大师和我都对中国当代电影界的价值取向产生了重大的疑惑和不解，这也是造成谢导最后一个遗憾的症结。

而作为中国电影大师的最后一个遗憾的见证者，我在与他一起的日子里学习和感受到了许多他的可贵品质，而这些宝贵的东西时常在我眼前萦绕……

我记得有一次到泰顺正是夏天，特别热。当时，我们已经对泰顺这个偏远的山区产生了浓厚兴趣，主要是谢导和我找到了“山村女教师”的故事原型和实景拍摄地。泰顺这个地方有三样东西令我和谢导激动：一是这里有许多“老房子”，这些老房子多数是明清时期那些达官贵人家留下的建筑，非常气派。难以想象在明清时期交通十分落后的年代，竟然有人将无数巨石和巨木运进深山！我和谢导对那些庭院深深的老房子喜欢得不想离去，其中我们还见到了一个村子里两位状元留下的故居，有意思的是两位状元一文一武，那武状元家居前面，文状元家居后位，一前一后，错落有致。在两居之间有一条通道十分别致，它们由不同的两条石子路并列而成，据说为的是两位状元在同行或者对面而过时相互不用碰撞与躲闪。在封建社会，状元都是有身份的人，讲究排场，在这个小山村里，一文一武的状元相处得十分和谐，堪称一绝。我和谢导对此感慨万千。泰顺的第二绝是遍布于大小山谷之间的那些美丽别致的廊桥，它们或建在悬崖之间，或建在河谷两岸，煞是壮观漂亮。我和谢导在当地百姓的引领下，几乎探秘了当地所有廊桥。泰顺的第三绝是横亘在一条条山川河谷之间的石矴桥，那湍流之中忽隐忽现的一根根插入河底的石桩排列在一起，或长或短，记得有条石矴桥长达260多米，壮观美丽，气势磅礴。这石矴桥的石柱，远远看去就像横在河谷上的一架钢琴的琴键……“啊，谢导，你看这石矴桥像不像琴桥呀！”突然有一天我被眼前的景观所感染而浪漫地涌出一点感触。“是，是很像琴桥！”谢导也被我的联想所感染，笑眯眯地坐在石矴上深深地思考起来……

在我认识谢导时，这位已经在电影界辉煌了半个多世纪的大师早已名扬天下，然而却又那么的平易近人，且特别严格地要求自己。相比之下，我们现在听说和看到的那些一夜成了些小名的演员们的“腕儿相”，实在显得俗气和可笑。

照理说，像谢导这样的大师根本用不着亲自去拍摄地做那些踩点等基础工作，但谢导不仅不带一个助手，而且亲自跑遍每一个可能的拍摄景点。一次，当地人说有一座石矴桥非常漂亮，但在大山深处，路很难走，建议年岁已高的谢导不用去了。我也劝谢导放弃，因为当时正值盛夏，气温高达三十四五摄氏度，我怕出意外。“我要去！要真是一个好景点，我不去怎么行？”谢导非常执拗，抬脚就往山里走。那山道弯曲狭窄，深一脚浅一脚，十分难走，稍不留心就可能掉进路边的沟谷里。当地的百姓听说谢晋大导演来了，纷纷从自己的家里抬出木椅、藤椅和扁担等，要抬着谢导往里走。谢导一看，像小孩似的一边笑一边逃，说：“我坐那轿子不成了南霸天了？不坐不坐！”老乡们和当地干部不干，说一定要抬他。最后拗不过，谢导便坐上了农民们抬的土轿子。于是我们浩浩荡荡地朝山里进发……在前往石矴桥的路上和返回的途中，我特意看着坐在土轿子上的谢导，他是那样的不自然，脸都红了，还常自言自语地咕嘟咕嘟："我……我这不是成南霸天了？当年我拍南霸天，这回我自己当南霸天了……"老人那可爱劲儿越发让当地的乡亲们对他尊敬。

那一回，我们看到了一条最好看的石町桥。那些日子里，谢导和我几乎天天要出去看几座散落在山谷河岸间的石町桥，并被其深深地感染和吸引。而"琴桥"上的故事也就这样在我和谢导的脑海里慢慢成形。最后我演绎出了我的电影本子的基本构思：一个上海女知青因病不能到云南支边而通过亲戚关系到了浙南山区当知青，期间当上了山村教师，后与当地一位农民出身的男教师之间产生了爱情，以及她献身办学的故事。谢导同意了我的这个剧本基调，并且指导我不断深入演绎在这个特殊年代里发生的山村爱情故事。这个最后有些凄婉的爱情故事，除了讲述那位上海女知青本人的特殊经历与特殊爱情外，后来又加进了她和那位山村农民男教师所生的女儿长大后到这个山区小学当志愿者时，意外寻找到了自己的生父并立志留下当一名山村女教师的故事。许多剧情我特意设计在琴桥上，于是将此电影最后起名为《琴桥悠悠》，并得到了谢导的认可。我和谢导都认为自己的电影故事很美，也很抒情，拍出来肯定非常艺术，并具有深刻的思想性和普遍意义。当地政府官员和百姓听说了谢导要在他们那儿拍摄名为《琴桥悠悠》的电影十分高兴，并从此开始将叫了几千年的石町桥改名为"琴桥"，因为这是大导演谢晋给起的名。因为是好事，所以我也不想跟他们争这个"琴桥"的专利权了。泰顺县这几年借谢导的名气，开发以老房子、廊桥和琴桥三绝为主要资源的旅游产业，我和谢导是非常高兴的。但由于这个地方经济十分落后，不能支持我和谢导完成这一电影，从而也没能将琴桥最终地宣传出去，这是我和谢导的另一个遗憾。

谢导的遗憾还在后面。《琴桥悠悠》的剧本用去了我一年多时间，而谢导为这部电影花费的时间和精力则更多，占去了他最后岁月的许多时间。在这期间，谢导在指导我不停改本子和看景的同时，还经常和我一起讨论用哪个演员来主演这部电影。开始谢导告诉我准备用当红的“小燕子”赵薇和陈道明。后来这俩人忙于其他电影电视，谢导只好放弃了他们。有一段时间，台湾的女演员刘若英在大陆很红，谢导说想用这位女演员。最后不知谢导到底想用谁，可有一回我听他亲口愤愤不平地嘀咕道：“这年头，有些演员一出名就想着挣大钱，根本不知道艺术是什么！他们不会有前途的！”

从谢导的言语和表情中，我知道大师对当下的那些演员的所作所为很有自己的看法。他认为一个真正优秀的演员，只能为艺术而献身，绝不能见钱眼开。

我知道后来的几年里，谢导一直在为那部电影奔波操劳。开始由他自己的影视公司投拍，结果皆因经费问题搁置下来。我不懂电影的拍摄需要多少投资，只想像谢晋这样的名导演还怕拉不到钱？然而我错估了这个时代的那些势利眼的能量。

是谢导老了？还是像《琴桥悠悠》这类反映山区教育题材的电影不合时势而没人理会？皆有。

我知道最初谢导想通过自己的影响力筹集这部电影的资金，为此他也拉着我去见了包括温州市委的领导在内的诸多政府官员和北京城里的企业家们，但最后都没有成功。期间我还收到了谢导给我寄来的他求助一位中央领导的信的复印件，我想这一回谢导有希望了，可等了很长一段时间仍然不见结果。记得2006年的一天，谢导在北京见到我，很无奈地拍拍我的肩膀，说：“看来我们的‘琴桥’要夭折了！”“不会吧，您老的面子那么大，人家还不给？”我不相信。谢导长叹一声后，道：“不是不给我面子，而是他们不给真正的艺术和中国的教育面子啊！”

“建明放心，我会继续努力的。”那是我和谢导最后一别时他留给我的一句话。望着走向机场候机厅的谢导的背影，我的心头顿时涌起一阵酸楚：一位献身于中国电影事业的巨人，他已经83岁了，走路摇摇晃晃，却仍在尽心竭力为了一部不可能赚钱的“山村女教师”电影奔波忙碌，并且不惜拿着自己的老脸在到处苦求别人的“帮忙”……

2007年，我看到报纸上一则新闻：上海电影厂已经将《琴桥悠悠》列入当年度要拍的电影，我很高兴，心想总算有人愿为谢导“帮忙”了。可是这一年我最终没有听到《琴桥悠悠》正式开拍的消息。

又到了一个新年。突然有一天我在网上看到了谢导在一家宾馆内去世的噩耗……大师的不幸离世，让我异常悲痛。而让我感到最难受的是：辉煌了一生的谢导，在他最后的日子里却无力去完成一部自己心爱的电影，带着这个遗憾去了天国……

这仅仅是大师的悲哀，还是中国电影和我们这个社会的悲哀？

带着文学人的尊严而走，壮丽！
——哭送程贤章

任何人都要离开这个世界，这是早晚的事。有的人走了，我们喧哗一阵，又忘了伤感；有的人走了，我们热闹一阵，又冷清依旧；有的人走了，你却不想去轻易地提及他，因为那份深深的伤痛一直扎在心口上……程贤章先生的去世，对我而言就是这种感觉。他离世前不久我到过他的居住地梅州。那时他病得相当严重，瘦得皮包骨，但我们去看他的时候，他非常高兴，他说我是他文学道路上最后一程的“挚诚合作者”，因为这，我感到程贤章先生的走，使我久久不能从悲痛中缓过来。

他让我想起了很多……他让我知到一个文学家应该如何在走完最后一程时保持尊严！

五年前我在作家出版社任社长时，有一天一位上了年纪的老人在两位年轻人的陪同下进了我的办公室，他介绍自己是广东的程贤章。这个名字我是熟悉的，但却是第一次见本人。出于对老作家的尊敬，我请他说事，因为我知道老作家们找到作家出版社社长基本上都是想出书——从一听到他的名字、一见到他本人起，我内心已经做好了“同意出书”的准备。老作家耕耘一辈子，却因为种种原因不能出本自己满意的、不用花钱的书，其心情是何等迫切，我们能做到为什么不做呢？

但程贤章老先生没有说他自己要出书，却说他要组织全国的作家写一本《中国治水史诗》：“水是人类文明的开端，水是中国历史的全部痕迹，水对今天的中国依然特别重要，所以我要组织全国的作家来写一本大书！”程贤章老先生说，那双不大的眼睛炯炯有神地逼视着我 ：“你同意不同意出？”

哈，还是为了出书，我内心笑了。

“同意。只要有人写，有人出钱，就出！”我脱口而出。

“好，你社长同意了！我们就干！”程老高兴得像个小孩子，竟然手舞足蹈起来。

“我想听听你的想法，这书到底写什么？谁来写？怎么个写法？”我问。

“是这样 ：从大禹治水开始，一直写到现在长江三峡建设……中国五千年文明史，就是一部治水史。我要请名家、大家写！用报告文学形式写。对了，你是报告文学大家，你也参加。怎么样？”老先生滔滔不绝地给我讲了一个多小时的“规划”，老实说，我被他的精神和动议所吸引。尤其是他给我讲了他的梅州好友、著名企业家杨钦欢先生如何愿意出钱帮助完成此书的计划时，我被深深地感动了。

“我写过长江三峡移民，如果你认为可以收进去，我把部分篇章发你看看。”我这样回答他。

“好。我和杨总看完，审定符合要求，就立即付稿费。”程老底气十足地补充一句 ：“千字千元！”

爽，广东人真有钱。我心里暗暗佩服。

“我今天来，除了问问你同意不同意出这书之外，还有一个主要任务……”程老眯着眼，笑着盯住我。

“说。”

“请你出山，当《中国治水史诗》的主编。”他突然异常严肃道。

“不敢不敢！我怎能做主编，也不知道你们怎么做。不要不要……”我一听赶忙推辞。

“不要推辞嘛！”方才那双炯炯有神的眼睛一下阴沉了下来，

又马上闪出光芒：“来之前我早把你在报告文学上的许多大作阅读了一遍！这个主编，非你莫属！”

“那也不行。这是你们的策划，你又德高望重，你当最合适。”

见我坚持推辞，程贤章老先生想了想，便说：“那这样，我们两个一起当主编，你负责编务出版事宜，我负责组稿拉人。怎么样，说定了！你可再不能推了！”

看着老先生如此真诚，我无奈地说：“那……就照你的意思吧！”

“哈哈哈……何建明同志同意当主编啦！”这位我心目中敬重的老者竟如孩子般的童真，双手举着，欢呼起来。“发消息，明天告诉家里人，何建明同志同意当我们的主编了！”

这是我第一次见程贤章老先生。

几个月后，北京已是雪花飘舞的寒冬。一天，我突然接到程贤章先生的电话，说他到北京了，住在全国妇联大厦，邀我去一下。

我去了。到了以后才知道程贤章一行五个人——其中四位是他的年轻助手。“我已经走了四个多月，到处约稿，刚从东北张天民那里回来！告诉你一个好消息，不仅张天民愿意为我们写稿，而且邓刚、刘兆林，还有江西的陈世旭、天津的蒋子龙、湖南的谭谈、山东的张炜，还有北京的李存葆、叶延滨、缪俊杰、王必胜……他们都愿意加入我们的队伍。”程贤章老先生一口气念了一大串著名作家的大名，又说，“有的已经把稿寄来了，你看……”

他的助手们立即从湿漉漉的包中的塑料袋子里取出一沓厚厚的稿子给我看。

这是我不曾想到的，也可以说是万万没有想到的，因为我知道一项发动全国诸多作家来参与的创作工程不是那么容易，且参与者都是些名家。但程贤章老先生竟然做到了。我能不感到格外的意外吗？后来才听说，这都是程贤章老先生亲自去登门拜访一个个作家才约到的稿啊！

一个年近八十、双腿患疾的老人历经数月、行程万里，在做一件与他本人毫无名利关系的事，这是何等的精神！

有这样精神的人，什么事不能办成？一年多之后，《中国治水史诗》顺利出版，在人民大会堂召开的首发式，引起了媒体和社会各界的热烈关注，连清华大学著名的水利专家院士都纷纷来出版社索求此书。为了这套三百多万字的大型图书的组稿和出版，程贤章老先生跑累了那双有疾的腿，而他的壮举也获得了回报——当他拄着拐杖颤颤巍巍地从座位上站起来的那一瞬，人民大会堂响起了雷鸣般的掌声……

我看到程老先生的眼睛在那一刻闪动着晶莹的泪花。

“我不要一分钱，我只想能够在生命的最后的时间里为文学做点贡献。”这是程贤章多次跟我聊的话，他那文人的童真超乎了我的想象。

“我要在家乡梅州建一座客家文学院。”这是他的一个理想，为了这个理想，他苦心经营多年。为了这个“客家文学院”，我先后三次到梅州去与他商议，最后这座全国独一无二的“中国客家文学院”于 2012 年 11 月在梅州正式成立。那一天程贤章老先生特别高兴，虽然他刚刚动过大手术，但精神格外好。那一次梅州之行前夕，我主持出版的十卷本《程贤章文集》也正式出版，这是给八十岁的广东文学元勋带去的一份厚礼，为此程贤章老先生送我一方他心爱的砚，并说他其他的心爱之物都捐给了公益事业。

“我安眠时，什么都不要，只要枕着你给我出的这套文集就行……”他说这话时，又露出一脸童真的笑。

多么高尚的心灵！他的心里只有一样东西 ：文学。

也许他早知道自己患了绝症，也许他根本就不知道自己患了绝症。他生命最后的一年多时间里，瘦得脸都变了形，但他依然跟我一南一北地在操办编辑出版另一本巨书——《中国海洋轶事》。

"海洋太重要了！中国南海、东海……不断有外国人在干扰，我们要搞本海洋的书，让国人和年轻一代了解中国的海洋历史和现状。"在完成《中国治水史诗》后，程贤章老先生又对我说。

新的工程又开始了，程老先生已经不能再像第一套书那样到全国各地走动了。他坐镇梅州，一边吃药治病，一边指挥着我们百余号人前后左右地忙碌着、写作着……这又是一部三百余万字的大型图书，参加的作家更可以列出长长的一个名单。

你走了——程贤章老先生。你在生命最后的三四年时间里，几乎是坐在轮椅上，以另一种方式在创作和编织着自己的文学锦绣，把许多作家烘托其中，共同闪烁光芒。

老先生，你走了。听说你走的时候特别安详。我想，你应该走得安详，因为我认为很少有人像你一样能够在生命的最后时光，组织几场声势浩大的文学战役，去实现一个并不属于你个人的文学梦想，这是何等的奇迹！

我曾说过：我到梅州，是因为两人的缘故：一是因为这里出了一个共和国元帅叶剑英，二是因为这里有个广东文坛巨匠，那就是你——程贤章先生。

梅州我还会再去，无数次地再去。我要去看长眠在那里的你——一个用生命让文学更加具有尊严的作家。

2013年2月19日晚于北京

劳动人民的孩子不怕劳动

生日“开博”是我的选择。选择之后有不少朋友和读者来信向我讨教一些创作问题，其中之一就是“你如何把握工作与业余创作之间的矛盾”。想想与我一样的千千万万名业余写作者，于是我脑海里跳出这么个题目，仔细品味自我感觉还有些意思，于是权作“生日感怀”向我的朋友和读者坦露一下我的文学之路与文学心路吧——

我的业余创作之路走了30年，30年里我正好出版了40余部书、有8部改编为电影和电视剧。其中有大家比较熟悉的《落泪是金》《中国高考报告》《根本利益》《部长与国家》《国家行动》《警卫领袖》《永远的红树林》等。

30年，40多部书，如果把它们叠起来，快到我的胸口那么高。我自己都有些吃惊：这么多书是怎么写出来的？而我是一个业余作家！从1978年开始创作第一篇报告文学作品到今天，一年可以出版两三部书，我从来就不是一个每天可以自由支配时间的写作者。在我的记忆中，我最长的写作时间是在几个春节长假、五一长假和国庆节。因此，我太羡慕那些整月、整年可以自由支配时间的专业作家，我甚至非常妒忌他们，期待有一天自己也能够拥有这样的好事，然而追求和争取了几十年却从来没有实现这样的愿望——看来只能等退休之后——这让我感到有些悲哀。

我父亲在三年前去世了。劳动了一辈子的他在临终时还关照我“不要再写了，看你每次回家都不能安宁，天天坐在电脑前没个完”。我告诉父亲：回到北京更没有时间，所以只能回家写几页纸。父亲不再说话了，他用眷恋的目光看着儿子去几十里外的华西村写吴仁宝（那年五一长假，我接受了一项新任务，为新农村建设带头人吴仁宝写一部作品）。后来文章写出来了，吴仁宝和华西村再一次成为全国瞩目的典型。

“建明，你至少为我们华西村增加了5个亿的无形资产。”吴仁宝后来非常高兴地对我说。

然而，就在这一年，我的父亲永远地离开了我……

收获是幸福的，但收获前的劳动是艰辛甚至是痛苦的。有些收获本身也是非常痛苦的。

这30年里，我数不清自己到底采访过多少人？一千？一万？我想肯定是有的！一部《落泪是金》跑了四十多所大学、采访了四百多个当事人。一部《东方光芒——东莞三十年改革开放史》，仅采访本就有6本、前后去了5次东莞。采写《国家行动——三峡大移民纪实》，光走一次三峡工程沿线就得用10天时间，我去过3次，见过的移民不下百余人，而且还到过上海、广东、山东、江苏的移民安置点……《根本利益》的主人公只有一个人，但采访与他相关的百姓达70多人，座谈会就开了12次……今年中宣部评出的“五个一工程”奖中我一人占了两部，算是创纪录。其中一部《我的天堂》是写我老家苏州30年的发展与变化，用去了我三年多的所有探亲与出差南方的顺道而行的全部空隙时间。

我不知道40部书、一百多篇（部）作品的采访总人数和总时间是多少，我只知道自己在这30年里，特别是近10年中，没有完整地休息过两天时间。电脑、采访本、手机，成了我唯一的“情人”、伙伴和工具。

我的朋友甚至用带着怜惜的口气骂我：你这样写是不要命了？写死算了！我知道他们是心疼我，可我不知道如何回答他们……有越来越多的题材要完成，欠别人的写作账太多……因为我是个业余写作者，除了在上班之余及偷偷“假公济私”地出差进行采访之外，我还能以什么方式完成必须“行走”的报告文学的创作呢？

我当然也怨自己，因为我常常感觉在上班和写作之后有些气短、出虚汗……但我无法停止我的写作，写报告文学，写那些需要我去表达和叙述的当代生活与当代人，写那些本该由别人去写的但人家没动手去写的东西。

活该。谁让我爱上报告文学！谁让我想当名出色的谁都知道的作家！谁让我出了名又推不掉那么多人来找自己的诱惑！

可后来我发现，上面这些理由都不是真正的原因！

原来我停不下写作和“报告”的原因，除了这个时代和身边所发生的诸如地震、“非典”、冰雪灾害、航天飞机上天等必须去写的事之外，其实我骨子里就闲不下来……为什么？我在想。

噢——我终于想出来了：原来我生来就是一个劳动人民的孩子，从小就养成了劳动的习性。

很小的时候，我们没有书读，半天劳动，半天念《毛主席语录》——这半天念“语录”中大部分也是需要去劳动的，因为“五七指示”中最主要的内容就是教导我们去劳动……那时当小干部的父亲受难，他在农村劳动，母亲也在农村劳动，我不能不去农村劳动。现在的孩子不能想象一个6岁的孩子要去参加职业性的体力劳动——每天干八个小时苦力，挣两个工分，折合人民币一毛二。这就是我的童年。

7岁时，参加生产队仓库搬家，一块重物砸在我的额上，当场流血染红了我的小衬衣。

8岁时，每天放学回家后，必须再劳动3个小时左右，同大人一起锄地或者摘棉花、割水稻。我最恨在玉米地里扒玉米了，那温度高达五十摄氏度！你不相信？你当然不会相信，因为只有真正参加过劳动的人才知道我说的话不是假的。当年在我们南方农业战线号召种植“三熟粮”，即冬天一季麦子，夏秋两个季节播种双季稻或种植玉米。收获玉米正好是在六七月的盛夏时节，南方的室外温度一般在四十多摄氏度，而不透风的玉米地里五十摄氏度的温度是常温。有一次，我亲眼看到一个老太太在扒玉米时昏倒，后来没抢救过来去世了。那个时候人民公社社员的一条命等于一百斤玉米的价值。我这样的小命值五十斤玉米吗？我曾经这样想过无数次，期望有一日“解放”后永不再钻玉米地。

9 岁时，生产队已经允许我们在暑假和星期天跟着大人乘船到几十里外的外乡去割草。那时“农业学大寨”，双季稻需要有机肥，普天下的社员们都把自己地盘上的每一根绿草全部收割掉，河岸和田埂都如秃子的头一样光光的发乌发亮。于是我不得不经常跟着大人们到很偏远的城乡交界地去割草。我的家乡在江南，夏天最容易下雨。外出割草，常常被雨淋得浑身湿透，可谁也不会轻易躲雨去，因为我们都是有任务的：大人每天得完成 300 斤草，像我们这样的小孩要完成 200 斤。200 斤草是个什么概念？应该是堆起来像课桌那么高的青草吧！有一次我因为被大雨淋感冒而发高烧没能完成当天的任务，我伤心地哭了许久许久……

10 岁、11 岁……一直到十四五岁的时候，我已经是生产队上的插秧能手了。一天插秧能得 30 个工分，等于能挣 1.8 元了！大人们夸我聪明手巧，为了保持这份荣誉，我每年差不多把小腰都要累弯了——如今医生总说我有腰椎间盘突出，也不知是不是当年插秧落下的疾症。

14 岁时，我考上了高中，后来在全苏州的一次语文摸底考试中得了第一名，这让我扬眉吐气了好一阵，老师从此对我特别关爱：每次作文总是批我得高分，这助长了我想当作家的梦想，后来还真把这梦想变成了现实。我因此特别感谢“白卷先生”张铁生——是他让我在那个不读书的年代里成了另一种英雄。

如同我这30年当业余作家一样，在我的童年和少年时代，我读书是专业，参加农村体力劳动看起来似乎是业余的，但一年却总是要挣到2000多个工分。这可不是一个简单的数目，要知道，一个壮劳力每年努力干也才不过挣到4000个工分，而我，不过是一个少年，一个还要读书的孩子哟！我一直对此感到自豪。但同时，我也知道，为了这份自豪，我不知吃过多少苦。

我记得十几岁的时候经常腹部疼痛，赤脚医生总给我打针，打的药总是B2药剂，说是补肝的。成人后我发现自己的肝没有什么不好的，可少年时代确实我的腹部总隐隐的疼痛……高中和高中毕业的三四年里，我的劳动强度达到了顶峰——已经可以毫不含糊地挣上4000多个工分了。为这，我与壮年男子们一起在冰冷刺骨的河底挑泥，跟壮年男子一样一肩挑起近200斤的谷担或麦担。那时我正在发育，母亲看到我捂着腹部支撑着挑重担而默默流泪的情景总在我眼前浮现……这是我最难过的岁月，我不想让比我劳动强度大几倍的母亲为我伤心。那个时候我很无奈，更感到绝望，工农兵大学生保送不会有我的份儿，因为我父亲是下台干部，还有一个“现行反革命分子”的姑妈，我只有参加和面对这样的繁重劳动的折磨，并在这种折磨中挣扎着，期待着……

现在的伙伴们不相信我当过纤夫。我告诉他们：我至少有过数十天的纤夫生涯。

我们那时经常要摇着水泥船到上海装氨水（一种农用肥料化工水）。到上海的水路100公里，摇船要两天时间。这是我少年时代所经历的最浪漫也是最艰辛的日子。说浪漫是因为水路上有时非常美妙，比如我们路经太湖、阳澄湖时，白帆一扬，乘风破浪，这时船后的鱼儿跟着我们的船欢跳着，晚霞映照在脸上，那种感觉让我知道了什么叫陶醉。那个时候我萌生了当作家的念头。

但多数时候的纤夫生活是极其辛苦的。一整天弓着腰，拉着几吨重的船只，要行走几十里路……我的肩膀开始是流血，后来只能用棉布垫着，最后只能把纤绳绑在腰上，但那样肚子会非常疼，然而船要逆流而上，你必须使出全身的力气才行——这就是纤夫的生活。绝没有《纤夫的爱》那首歌里所表现出的那种甜美。有一次因为同上海船帮发生打架事件，我差点被扔进滔滔奔涌的黄浦江里，如果那一次事件照这个模式发展下去，今天就不会有一名叫何建明的报告文学作家了……

童年和少年的我就是这个样子，因为我是劳动人民的孩子。劳动成为我生命中的重要组成部分，学习和读书倒是有些业余了。

后来我到部队当兵了。部队首长见我喜欢写作，就让我当新闻报道员，后来又当新闻干事。谁知劳动人民出身的我特别勤奋，干了三四年，就成为全军写稿、上稿最多的一名新闻干事，因此我从湘西的一个部队被调到了北京总部机关，成了一名职业新闻工作者……从此不安于现状的我开始写作，小说、诗歌、报告文学，什么都写，到后来发现自己比较适合写报告文学，这一定性，就再也没有停止过。写了30年，甚至写出了一些名气，直到今天。

今天……今天有人问我为什么能写出那么多作品，问我获得那么多奖了为什么还是不停地写，问我为什么不知疲倦地写……我不知道自己该如何回答他们，因为我的写作速度和成果总是比专业写作者还要多，而且作品的影响力也不比他们差……这是我过去没有多想的事。

30年了，最近总有人问，于是我不得不想一想：这到底是为什么？

于是，我突然萌想出一个念头：我们劳动人民的孩子就是不怕劳动，命里就该劳动啊！

嘿嘿，想完这个结论后我自嘲起来：现在谁还记得劳动人民是什么样的人？现在谁还会对劳动人民这个群体和他们的价值产生兴趣？

劳动人民已经被“打工者”所替代。“打工者”是这个时代对弱势群体的一个带有某种歧视的称呼。因为“打工者”明显地意味着他不可能是这个社会的主体，他充其量只是个配角——为那些主体和主导这个社会的人士或阶层服务的辅助人员而已。

难道不是吗？

长此以往，连我们的劳动人民自己都不知道珍惜自己了。劳动人民的孩子其实现在没有几个爱自己的父辈了，他们不愿意留在家乡参加最基本的劳动，认为那是没有出息的劳动，于是大片的农田荒废，祖辈留下的宅基开始倒塌……

知识分子更不把劳动人民当作一个社会的主体，而是将其作为“剩余劳动力”来看待，似乎劳动人民已经成为这个社会的一种负担，一种令人忧虑的负担，一种欲想铲除又不怎么容易铲除的负担。

我对此感到痛苦，感到心酸。因为这个社会现状也使我联想到了自己的30年的写作劳动……其实我不是什么英雄，也可能永远不会成为英雄。但我很在乎一个人真正依靠自己的努力劳动而获得的任何成果，哪怕是自我满足一下的成果。

令我欣慰的是：我还有那么多读者。

不过从另一种角度思考问题的话，我又有些悲伤：现在许多作家同行，许多年轻人，许多同我孩子年龄一般大的孩子们不再爱劳动了，他们喜欢投机取巧，希望一步登天、一夜成名。在官场和工作单位也同样，想当官的人，不注重自己依靠劳动而为下属及单位创造价值来获得组织和上级的信任与重用，而是想走后门、热衷于关系——可悲的是通常这种非正常的“劳动”会比真正的劳动所获得的要多得多和有效得多，这让我这样的具有劳动天性和埋头劳动的人感到苦恼与无奈，甚至异常愤怒。

一个社会，如果不提倡和尊重真正的劳动，忽视真正劳动者的劳动结果将是非常危险的。然而，我们今天的社会里到处弥漫着这种风气，于是我想大喊一声：孩子们，你们应该认识和正视劳动本身的意义！我们人类就是通过劳动才有了从猿猴进化到今天的文明历史。我们任何时候都不能忘记自己应当成为这个社会进步的真正劳动者。

我还想告诫人们：一个真正的劳动者会有许多辛苦，许多辛酸，许多你意想不到的痛苦与折磨——我自己就是这样，因为劳动得过多和忘我，劳动让我丧失了许多爱和被爱，丧失了来自亲人的关爱及本该对亲人的付出与奉献，丧失了亲人因我而本应有的权利与爱。这种丧失有时还会伤害到自己的亲人——我们不顾世俗而埋头劳动，结果会发现，亲人已经离你远去，只留下你一个人，孤独而疲倦地徒步着，直到死亡来临……

然而，我仍然坚信：劳动者因为诚实和正直及他的智慧，会最终赢得包括亲人在内的所有人的尊重。

因为是劳动人民的孩子，所以我依然会努力地在文学战线上诚实地劳动着，为这个时代，为这个国家，为这个民族的人民而尽一份自己的热情与才情，去写出更多、更好的作品。

2009 年 12 月 17 日晚

关于作家叶梅

女作家不少，但与女作家能够成为知心朋友的人并不多，原因很多，其中之一就是怕出些“意外问题”，这种风险别人会提醒你，家人会提醒你，更多的还是自己内心的提醒。其实女作家中有相当多的优秀人才，她们不仅有才华且人品也好。叶梅就属于这样的一个人，而且是我可以把她当作自己姐妹一样来善待的一个人。其实她对我的关心关爱远过于我对她的那些微不足道的帮助——好像我还没有为她做什么。

我们的交往与交情是因为工作。之前我们的交往极少，除了开会和工作见面之外，只有一次机会相对近了些，那就是到罗马尼亚访问，也正是这一次交往才有了我们后来的友情。

物以类聚，人以群分。与叶梅走上友人之路，正是因为我们同属“一路人”也。

我一直这样认为：看一个作家的作品，其实要先看他的人品，事实上大作家并不一定是人品高尚者，而既是大作家又在人品上杰出和优秀的并不太多——我无意贬低我们的文坛大家们，我想说的是一个人在业务上、专业上可以很杰出和优秀，而人品上的高尚与优秀则要难得多。包括我自己在内，恐怕难成人品与文品皆了不起的人物。但我是这样看叶梅的：她是文章写得美，人品更美！一个女性作家能够做到这一点，便是我心目中的高尚者和杰出者。

关于叶梅的作品，我当了一届鲁迅文学奖的评委后才真正了解。因为过去十几年我当杂志社主编时，看叶梅的作品通常是作为“三审”，粗略而过。那回当鲁迅文学奖的终评委时，需要与其他几部作品作认真的比较并说出自己的观点。叶梅的作品让我感到一种穿透力，这是女性对社会和人世的穿透，是文学家对万象事物的穿透，是艺术对文字铺叙的穿透，是思想对表象的穿透，她对作品故事的构架与把握令我对这位“大姐大”级文友顿时产生了一种敬佩之情——她把故事写得那么精彩和透彻！如果不是因为名额限制，叶梅得奖是不成问题的，而得不得奖其实与作家的作品并不一定十分相关，因为票是在评委手里，鉴赏文学每个人都有自己的见解，我是叶梅作品的“粉丝”，所以当然支持她。

对于叶梅的作品我们自然有很多话要说，而在我看来，一个作家的笔端文字的优劣，在很大程度上看其情感的真挚与否。在感情中，有两种感情是绝对最重要的，那就是爱情与亲情。许多人在谈论爱情和亲情时，总喜欢把男女之间的感情放在唯一的位置上，说起亲情自然也把小家的情感放在至高位置。其实在我看来，大的爱情和亲情应该是超越于性别和血缘之上的家族与故乡之情。因为家族是生命中承载着文化和血缘的，它比自然体男女之间的结合与情感撞出的火花更久远和更具内涵，同时更具力量和永固性；故乡是我们所有生命的起点与情感的最终归宿，对多数人来说还可能是肉体生命和灵魂的凝固地。只有那些真正超脱了的大气大情之人才会对这样的爱情与亲情刻骨铭心，能全神贯注、全力以赴地去投入和倾注。而那些情感浅薄，情感时常游离或飘浮不定者，是不太可能获得如此境界与体验的。我敬佩叶梅的创作和她在作品中所表达的东西，正是我所认为的人的生命中最重要的爱情与亲情。纵观她的作品，无不透析和荡漾着她对自己民族和故乡的这种情感，因此她的作品也容易让我们被感染，一起跟她体验爱与恨，一起进入心灵的净化与情感的激越，一起享受文化和思辨的熏陶。再没有比这更能让人感到有收获的了。

这就是我认为的作家叶梅。她在我心目中有很重要的地位。

恩师如父

一个正直和有良心的人应该懂得感恩，这是我做人的原则。

关于我的长辈、我的恩师和老领导章仲锷老师，在他去世时我没有写下片言只语，我感到非常痛苦，这是在我父亲病逝后，我的又一位父亲式的亲人的离世，我不愿也不敢再提笔了……我的父亲是2005年去世的，令我极度悲恸，他告别人间时的那种全身的病痛情景我不愿再回忆。而章老师——我一直这样称呼章仲锷先生，是在我认为他非常健康时突然离开我们大家的。我没有经历过自己的亲人的突然去世，因而自己的父亲去世时，我只觉得我一下突然明白和理解了男人的意义——男人在家是顶天立地的角色，父亲在世时是我家的顶梁柱，他被众人抬出我家送到火葬场化成灰烬之后，我一下感到从此在家族里我成了父亲以前的角色，而我内心是非常惧怕当这样的角色的，然而我们是男人，因而就无法回避，这是中国的传统文化之一。

我们必须接受家族的这种生命传承。它是痛苦的，又是光荣而伟大的，更是艰巨而不朽的。

章老师意外病逝后，我一直不敢去面对我的师母和老师高桦，就像我不敢见独守空屋的母亲一样。我知道高桦老师一直与章老师形影不离了几十年……

章老师突然去世的时候我在外地，后来我在八宝山灵堂去为他送行时见到高桦老师，她突然抱住我哭泣着说“建明，咋找不到你”时，我无比内疚和悲切，这份歉意一直留在我心头——因为章老师和高老师一直把我当作儿子般关怀与关心，而在他们最需要我出现时却并没有看到我……

章老师走一年了，现在我终于可以平静下来记录一些关于他和我之间的一些事情了，算作我补上对恩师、师母的一份歉意——

认识章老师是在1994年，那个时候我在任《新生界》文学杂志主编，由于同在文学圈里，所以认识了“京城四大名编”之一的章老师。第一印象中的章老师，是个彻底和纯粹的“文人”——鼻子上架着高度近视镜，瘦高挑的个头，说话文绉绉的，有时突然会冒出一句令人捧腹大笑的话来，而一见文稿就会把头都要钻进去的那么一个人。这样的人我以为只能是过去私塾里才有的，然而章老师当时是在《中国作家》这样的当代大文学杂志社任副主编，主编是冯牧老先生。

1995年下半年，我在《新生界》刊物上发表了一篇《科学大师的名利场》，引起了科技界一场轩然大波，于是我的日子非常的难过，地矿部部长一个星期要找我谈三次话，称呼也由开始的“小何”到后来的“老何”了——那时我只有三十多岁，而部长至少是五十多岁的大领导呵！我感到了内心的政治恐惧，而就是这个时候，地矿部的一帮文人们天天激动得睡不着觉，他们是早想动掉我这个主编了，现在机会来了，于是有人到处写黑信告我的状，直写到中央最高领导处。不用说，上面的批示一个又一个，这种情况下我的日子肯定不好过，所以地矿部的那几个住在京城外域的文人有点迫不及待地想抢我这个主编位置了，他们用“文革”那一套整人的手段来对付我，甚至把我的办公桌抽屉锁都撬掉后偷走了我的一些采访的原始材料……那时的情景令人不堪回首，个别小文人那种可恶、可憎的面庞尽现于我眼前。

我到了必须离开那块原本就不属于我的地盘的时候了！

这时，冯牧老先生和荒煤老前辈成了我的靠山，而真正起作用和让我离开是非之地的则是章仲锷老师——他在作协人事部门力挺要调我到《中国作家》，从此我有了自己的文学归宿和人生命运的归宿。

1996年初，我办完了调动手续，从此成了章老师手下的一个兵，直到他退休。

因为我在部队曾带兵工作了15年，在管理人这方面有些经验，所以到了《中国作家》这个文学杂志社后，我的第一个岗位就是帮助做常务副主编的章老师主持行政管理，从财务到行政和后勤，我都挑了起来，与时任第一编辑室主任的杨志广、第二编辑室主任的肖立军等一起跟着章老师办《中国作家》。

沙滩北街二号的《中国作家》办公处，用现在的眼光看，简直就是一个违章建筑——其实中国作家协会所有办公的房子都是违章建筑，而我们就在这个地方工作了许多年。这仅仅是十来年前的事情，而今一切都成历史。

章老师作为常务负责人，杂志社的方向他把着，我们都为他争当左右手。那些日子里，我觉得很惬意：不会有人来指责你这个没干好那个干错了，不会有人算计你，也不会有人压迫你，因为我们的领导章仲锷主编是个老实得自己被别人卖掉了都不知道的这么一个大好人！我们是他的下级和小辈，但我们常拿他开玩笑，而他也从不计较，甚至随别人如何地取笑他、捉弄他——而今还能有这样的领导？

文人，彻彻底底、纯纯粹粹的一个文人。章老师就是这样一个名编辑。

但我知道他对文字的较真则是严格到了极致，谁要在这方面跟他过不去，那他绝对跟你也过不去。现在还有这样的编辑吗？

他是太可爱的长者。从没有要求别人如何地对待他，从没有一点儿当官的架子，其实他也永远不会当官。他是天生的一个编辑家、文字家、文学家。他为别人做嫁衣做得有滋有味，一生不悔，无比荣耀。关于这一点，铁凝主席曾几次表示过她受章老师恩典这类的评价。

章老师对文学的感觉之准确和水准是现在编辑中少有的，他对文学和文字的认真劲也是少有的。“老头”一旦执着和较起劲来，也有一股牛劲，不易拉他回头。

他平时很少高声说话，可要是轮到对作品评判和裁决时，那就是另一个人了——毫不留情、铁面无私。

我记忆中有两件事使他成了我的父亲一般的长者：

一件是关于赵瑜兄写的《马家军调查》事件。这事搞得太热闹了，当时整个中国媒体几乎天天在炒作，《中国作家》经受了生死考验。我当时作为总编室主任，全程负责《马家军调查》的发行和市场动态，而由于马俊仁先生的一咋一呼，搅得整个媒体界和社会都来关注《马家军调查》一文了。当时《中国作家》杂志从上到下非常紧张，一是紧张社会上的反应，怕下面（读者）和上面（有关主管部门）对赵瑜兄的大作有过度的反应；二是紧张市场反应。其实《马家军调查》开始并不被市场所看好，记得杂志刚出来时我让发行人员到北京的个体书摊上去试卖，结果许多摊位不理会，头两天基本上没有什么反应。后来的情况就不同了，远在辽宁的马俊仁先生通过媒体发表对《马家军调查》的“控诉”后，马上就有人纷纷来电要求批发《马家军调查》。“先加印几万！”我要求负责发行的同事立即行动。“加印多少？”他们反问我。“嗯——先印三万吧！”就这样，三万、五万……一路飘扬，直到 31 万册。后来我知道，当时社会上盗版的《马家军调查》至少有十几个版本，总发行量超过百万之巨。这是我经历或者说亲自操刀一本文学杂志在市场上的一次实战。这场战斗有些混乱，甚至乱到差点出乱子。有人后来问为什么我们《中国作家》杂志社不一下印它几十万、上百万？这只能说明这些朋友并不了解我们当时的压力，因为我们非常害怕，害怕一旦炒得太热，“上面”一句“不让发《马家军调查》”的话下来，我们将彻底终结这一期的市场发行。这样的考虑是对的，如果一下印上几十万本杂志积压在仓库里，这完全可能让一个杂志社破产——我们没有那么多钱支付印刷费。作为主管市场这一块的人，我所面对的其实并不是当时杂志社的核心问题。直面最核心问题的是主持日常工作的章老师，他成为当时“马家军”旋风的主角——每天铺天盖地的报道和对立式的攻击——马俊仁和赵瑜之间的有关作品和作品之外的两个人之间的人格问题的各种争论。但这并不重要，重要的是另两个问题：一是肯定还是否定“马家军”，已被媒体发展成一场许多读者参与的“爱国主义”和“卖国主义”的意识论战。二是马俊仁与赵瑜之间的“朋友”与“叛徒”之间的道德争论。后者让百姓热闹，前者则让我们非常紧张，因为赵瑜的文章基本上彻底否定了在全国人民心目中的“民族英雄”，这种否定的政治风险太大，而且非常容易被人认为是我们和赵瑜一起把“马家军”的丑事抖出来让全世界笑话，这不是彻头彻尾的“卖国主义”吗？其实后来我们了解到辽宁方面以官方的名义向中央告我们的状，用的就是这样的口吻。不用说，在这个特定的社会里，人们太容易把《马家军调查》的争议弄成政治化的严重问题。章老师承担的就是这样的责任和压力——这种压力只有你当了一个主流刊物的主编后才会有。

关于“上面”的消息越来越多，越来越严重，一直听说最高层有人出来说话了，而且说的话对《中国作家》杂志社极为不利。原本就比较“胆小”的章老师变得话特多了，多得见人都要说上几句不着边际的话。后来竟然一个人走路也在不停地嘀咕着——“建明，老章要出问题了！”有一天，高桦老师来电话了，她痛苦而紧张地告诉我："晚上整夜睡不着觉，你们千万要看住他啊！"我们确实开始关注章老师，发现他真的出问题了——我们不得不把他拉到北医三院……

章老师的精神出现了问题，来自于外界的种种压力越过了他的心理承受能力。医生认为他"疯"了，必须治疗。但有思想或者思想仍然活跃和健全的章老师怎能忍受这种"治疗"？

我记得他住在医院的四层，那里面尽是精神病患者，以前只在电影和电视上看到过精神病医院的景况，当第一次探望章老师的时候我才感到"疯人医院"的真正可怕……

"建明，快接我出去！快接我出去吧！"这是章老师进北医三院一个星期左右，有一天我奉高老师之命去探望他时，章老师见到我后所哭诉的话。那一天我真的感到恐怖，一个好端端的人，才几天时间成了真正的"疯子"——其实章老师并没有疯，如果真疯了他不会这样哭喊着拉住我的袖子坚决要求我"救"他出去。

我从没见过一个上了年岁的老人哭泣和乞求的情景。必须"救"他了！原来准备劝章老师在医院多住些日子的我，立即改变了主意。章老师就这样被我们"救"了出来，而我记忆中的章老师从那一次被"救"出来后，他的精神状态和心理状态及身体状态完全发生了质的变化，从此有些衰老了……这让我想起来有些特别的惋惜和痛楚，也从那一天开始我对他有了一种对父亲式的感情。

《马家军调查》风波闹得非常大，差一点把《中国作家》和我们的饭碗都搞丢了，好在20世纪末的中国已经进入了思想解放的新阶段，我们的宣传和文学的主管部门不再简单地举大棒子了。但作为一次文学与社会、文学与市场、文学与真实之间的较量，我们有许多值得思考的事要整理。

关于与章老师的父子般的情谊则仍然在加温和延伸……

同一年，我的一部长篇报告文学《落泪是金》也在《中国作家》上全本卷推出，这又是一次大热闹——闹到全北京甚至全中国都在关注一场不大不小的文案。这场文案由于中央电视台《东方时空》栏目的介入，一度全国闻名。作为作者和“被告”的我，自然成了所有读者关注此事的焦点人物。毫无疑问，当时我的压力可想而知。这其实是一场正义和丑恶之间的斗争，我写《落泪是金》是为了让那些读不起书的大学生获得社会的关注和帮助，而且第一次提出了“弱势群体”这个概念。但因为一个受人教唆的学生同我打官司，所以这部影响力巨大的作品和相关的社会问题使得我不能安宁和安静，甚至面临人生命运的种种压力。《落泪是金》是我的成名作，同时也是我同章老师感情升华的一个特殊阶段。章老师当时是杂志社负责人，且他本人还没有完全从《马家军调查》风波中解放出来，而他却父亲般地一直关怀和关心着风浪中的我，并不断给予我支持——道义上的和真正实际上的帮助与支持，使我深感温暖和力量。一场一年之久的官司最后是以我为胜者结束的，可我并没有感到胜利，因为我感到疲惫和无奈——是非被颠倒后的滋味是非常恶心的，正义被邪恶丑化后更是可悲，而我们的现实生活中经常会碰到这种事情。好在有我的领导和父亲般的好人——章老师，带我渡过了一场劫难。

1999 年，我和杨志广一起成了《中国作家》副主编，我们雄心勃勃，决意将双月刊改成月刊。这个动作对一个在文坛有广泛影响力，且又是由冯牧先生一直当主编的大刊物来说，是一次大动作。而我们做在了别人的前面，有些开文学大刊之先河的创举意味。这个时候，作为刚退下来的老资格的编辑家和老领导，章老师的态度极度重要。“我支持你们，只要有利于《中国作家》就干。”这是我听到的章老师明确而坚定的意见，他的话让我们放下了一颗忐忑不安的心。后来我们成功了，并且被其他大文学刊物相继跟风。

2004 年，我奉命出任《中国作家》负责人，想改变一下沉闷的中国文学期刊发展模式，决意将《中国作家》月刊改为半月刊，一本小说版、一本纪实版。这个动作或许太大了，大到对我这个新主编来说是个非常严峻的考验。而当时我碰到了一件事：需要对原来的编委作以调整，这事是杨志广先向我提出的，希望更换一下几个去世的编委，同时也向作协党组打了报告。因为涉及人事问题，作协没有马上批下来，因此我们在改版后的三期杂志上没有把过去的编委姓名放在杂志上。这事本来属于很正常的事，但有人却借此事向我屡屡发难，直到我不得不出面说话，可即便是这样，仍然跟某人结下了“仇”——这事一直令我有些无奈。但我感激章老师在这事上表现出的那种大度和父亲般的宽慰，他不仅没有任何的计较，也没有任何责备，这让我真正感到什么是慈爱的长者！

在近几年里，章老师虽然退休了，不再参与杂志社的工作，但他对我的工作支持和帮助，尤其是我到作家出版社前后的整个过程中，他的意见和帮助对后来我的决定产生了很大影响——这中间有章仲锷老师的许多令我感动的好建议，因而我深深地感到我在作协和文坛上有所进步与成熟，与我的恩师有着诸多的关联。从某种意义上讲，没有章老师和他的言传身教，不太可能有我在中国作家协会之后诸多的个人发展和创作上的进步。这，也是我体会和认为的章仲锷老师如父般的恩情与教益。

有的人一生轰轰烈烈，有的人自己没有轰轰烈烈，但他让别人和子弟们轰轰烈烈，章老师就是这样的人，因而他永远活在我和我们许多受过他恩惠与帮助的作家的心中。

用文学祭奠逝去的灵魂

又是一个清明节。我的奶奶，15 年了，孙儿我今天一定要去您的坟头祭奠。因为这一份祭奠太迟太迟了……我感到万分的愧疚。

15 年了，我亲爱的奶奶，孙儿不曾来到您的坟头祭奠——请您原谅，我不是专业作家，所有的创作都得占用我的节假日和休息时间，以前放弃了太多太多。今天，我要以文学的名义向您磕头……您看：今天我特意带着 15 朵白花敬献在您坟头。这些白花，既代表您离世的 15 个春秋，也是我这 15 年文学耕耘的岁月之心血——这血是白色的，它凝聚着我的酸苦之泪，像江南清明时节的纷纷细雨，又像路上行人飘荡的断魂……

如今的人不大以为文学是用血泪凝成的，因为多数的文学与生活失去了最真诚的贴近和对真情的追求，文学在一些人手中变成轻浮人生和谩骂现实的玩物。人们不再喜欢它并不是没有原因。

然而文学又曾让我有过一段刻骨铭心的流泪经历、伤心往事。因为文学，它让我失去了您——亲爱的奶奶。

“今天，此时此刻，我的奶奶正在走向她告别人世的最后一段行程……作为她的长孙，本来我要亲自为她送行，然而我不能。我不能是因为我今天必须站在这里，站在法庭向整个世界和你们这些法官陈述，陈述我做人的尊严、陈述我的文学尊严……”这一段话是 15 年前我因创作长篇报告文学《落泪是金》而引出的一场轰动社会的官司时我在法庭上的开场白。

我奶奶本与文学无关，她也不懂文学，不认识几个字。但她却因我、因我的文学作品而死，死得有些悲怆——那一天早晨，中央电视台的《东方时空》节目里，播放着她孙儿的我因写《落泪是金》而被人中伤的事，90岁的老人家，无法接受这样的诽谤，而且她根本不相信有那样的事发生在她孙儿身上，所以重病卧床的她看着电视，突然捂着胸口，连吐三口鲜血，再也没有人能叫醒她……奶奶就这样离开人间，带着悲愤与不平，带着对孙儿我的牵挂。

当得知老人家出了如此不幸，正在京城被一场无聊的官司所纠缠和困扰的我，无比悲伤。我深深地歉疚给本可以多活几年的奶奶带去了这份不应由她承载的文学伤痛……

《落泪是金》是我应时任团中央第一书记的李克强等领导之邀，从1997年开始投入创作的长篇报告文学，为此事我走访了40多所大学，采访对象多达400余人，历时近一年时间才创作完成这部反映贫困大学生在校生存困难的长篇作品。这部作品花费我的精力和体力自不用说，还自掏出差采访费四万多元。它后来也成了我的成名作，作品一经发表，立即轰动全国，有一百多家报刊连载转载。记得《北京青年报》第一天连载的那一整天，我所在单位的5部电话均被打爆。来自全国各地的读者向我诉说他们阅读《落泪是金》后的巨大震撼和反响，纷纷表示希望与那些上不起大学的贫困生取得联系，愿意伸出援助之手帮助他们解决经济困难。

一时间，因《落泪是金》而引发的全国性关注贫困大学生热潮形成，我和我的作品成了大热门，短短几个月里，社会各界自愿向贫困大学生捐助的信件和汇款，像雪片似的飞向各个大学、飞向团中央和各级团组织的贫困生求助机构……其中有普通公民、好心人，也有党和国家领导人，连外国驻京机构的朋友们也一起参与到了救助活动之中。当时全国高校中的贫困大学生现象非常严重，北大、清华等著名高校的贫困生都很困苦，尤其是一些农业大学和民族大学的贫困生生活状况更加令人心酸。读不完书而辍学、退学甚至自杀的现象并不少见，所以《落泪是金》引发了高校和社会的强烈反响。记得在天津南开大学的那个报告会上，我整整签名了800多本《落泪是金》，手都快要累断，但学生们仍然长时间地不肯离去。

我不曾想到一部作品，能引发一场空前的爱心救助热潮！也不曾想到文学会给人们心灵世界带来如此巨大的冲击。人们最初认识我就是因为这部《落泪是金》。社会了解贫困大学生也是从这部书开始的。文学的力量让我对文学有了新的认识，同时也让我感到文学的高尚和尊严。据共青团组织和相关大学的不完全统计，仅因读者看了《落泪是金》后自发捐助贫困生的社会善款就达几千万元。之后又有国家领导人对作品做出批示，推动了政府和教育部门相继出台各项救助贫困大学生的措施与各种“绿色通道”，让更多关注贫困大学生的活动走入了正规渠道。我对此深感欣慰。然而就在这时，一场官司突然袭来，其中一个采访对象被人利用，说我作品中引用他们的贫困证明材料是“侵犯”了他们的隐私和“剽窃”行为。一部轰动社会的作品，出了这么一件事儿，其轰动性不亚于作品本身。

那些日子里，北京街头的报摊上天天有我的新闻，一时间我也成了“名人”，走在大街上随时会被人认出。拥护我的人、质疑我的人均很多，于是有了中央电视台出专题节目来说事，也有了我奶奶之死和我到法庭上的慷慨陈词……官司打得辛苦，第一审很可笑的结果是我成了输家。天下岂有此等道理！当时我就像那看到有人倒在街头而好心上前扶起却反被赖着赔偿的可怜人。那个时候内心极其伤感。后来官司打了一年，中国作家协会的多名领导和时任北京市人大常委会主任的张健民及著名大法官、全国政协副主席罗豪才等出面为我鸣不平，最后是最高人民法院做出重判，才使我得以恢复名誉，还了文学应有的尊严。

这是《落泪是金》官司的全过程。前一些日子还有人在网上说此事，讲我因《落泪是金》如何如何，他们根本不知道后来官司的最后结果。

老实说，《落泪是金》是我第一次真切地感受到文学的力量，同时也感受到了来自社会的一些非主流的丑恶行径对普通公民的人心摧残。也许正是由于《落泪是金》给社会带来的巨大正能量，才使我抱定报告文学创作之心，回报社会的文学之心也因此更加坚定，并且一直走到今天。

今天站在奶奶的坟前，我献上的15朵白花是想告诉她，虽然您因为文学而意外地告别了人世，但孙儿并没有倒下，相反这15年里，我创作了拥有大量读者的15部作品——《中国高考报告》（被改编成电视连续剧，并获全国报告文学奖、年度畅销书称号）《根本利益》（被改编成电影，获“五个一工程”奖，年度十大畅销书之一）《共和国告急》（获鲁迅文学奖）《国家行动》（被改编成电视连续剧，在央视黄金时段播出，获“五个一工程”奖）《部长与国家》（被改编成电视连续剧《奠基者》，是央视2010年开年大戏，获“五个一工程”奖、鲁迅文学奖、年度畅销书称号）《生命第一》（获中华优秀出版物奖、年度畅销书称号）《一个人的世纪记忆》《我们可以称他为伟人》《破天荒》《中国农民革命风暴》《永远的红树林》（获全国优秀短篇报告文学奖）《我的天堂》（获“五个一工程”奖）《忠诚与背叛》（获“五个一工程”奖、年度畅销书称号）、《三牛风波》（获年度畅销书称号）、《国家》……我特别要告诉奶奶的是，《落泪是金》后来也获得了第二届鲁迅文学奖，并被改编成电视连续剧近年在全国各地播出。其实作品获奖和被改编成电影电视剧，对我来说早已不放在心上了。到作协领导的岗位工作后，我已经主动放弃了像鲁迅文学奖等国家级文学奖的入评资格。

然而今天我最想告慰奶奶的还是：15 年来，因《落泪是金》及国家后来相继推出的各项政策措施，已让近一千万贫困大学生获得了社会及政府的亲切关爱和帮助，他们的命运获得了彻底的改变，不会再因经济贫困而上不起学。我书中所写到的那些苦孩子，他们早已完成学业，他们的孩子今天也差不多都上学了。您老人家的三口血，曾经让孙儿我心痛了十几年……现在我感到有些舒缓，是因为孙儿没有愧对您的期望，一直在自己热爱的文学道路上前行着。许多人并不知道，您老在年轻时是我故乡的一位大美人，您还是一出曾经大家都熟悉的戏剧《沙家浜》中的主角阿庆嫂——数以百计的当年为掩护新四军而充当茶馆老板娘的原型之一！太平天国时我们何家宅基被起义军烧了三天三夜；日本人侵略中国时，奶奶您眼睁睁地看着自己的堂弟被鬼子用枪托活活打死……于是您和您的姐妹们开始投身于消灭侵略者的地下斗争——给新四军和游击队送茶、送粮、送药品。我的故乡就是“沙家浜”。奶奶您和我的大姨妈，还有许多亲戚都是当年抗日地下工作者和新四军的支持者、保护者。你们的身上流淌着革命者的热血。你们把这种热血的基因传给了我，让我在文学的创作中始终保持一种神圣的责任感，那就是：不与无耻和无聊者同流合污，只与国家和民众一起呼吸，并把崇高的文学使命进行到底。

安息吧，我的奶奶！

写于癸巳年（2013 年）清明节

我们是兄弟

——为同事杨志广送行

到北京三十余年，还是第一次见这么早就下起那么大的雪——那天我走到户外，仰头望着纷飞的鹅毛大雪，突然心头一阵发紧：老天怎么啦?

老天——它真的出事了啦！它要无情地把与我同龄和同社同室工作了14年的好兄弟杨志广带走了……大雪的第二天，我正在发烧，又赶上北京正处于甲型流感的疯狂弥漫之中，本来不该出门，但因为是志广，因为是我的好兄弟，我必须到医院去一趟!

可刚出门，我就想折回——原因只有一个：我不想再看到那痛不欲生的一幕幕悲情……

我的父亲与志广患的是同一种绝症——肺癌，他患病时间比志广早两年，我父亲从查出绝症到去世只有11个月。所以在我父亲去世两年后，得知志广查出肺癌时，我内心紧张得要命：这还了得!

谁都清楚，患上这样的绝症，便意味着行将死亡。

活着的人并不清楚死亡的那一瞬是多么可怕。但几乎有些经历的人都知道，患肺癌的人在结束生命时候是最痛苦的，尤其是像我这样亲眼见过父亲离世情景的人更加知道这一点。

志广啊，你怎么也会患这样的绝症呢？你不该！你可以生各种病，可以一直不用上班，可以想做什么就做什么，但你无论如何也不能患这样的绝症!

当时的我就是这种心境，然后每每见到志广时脸上则不得不总是挂着很不自然的笑容这样对他说："没事，治疗一段时间就会好的，你想休息就休息，你想上班看看稿子就来上班……"

事实上我心里在想：说的什么废话！

与志广认识是在1995年，那时我在《新生界》文学杂志当主编，当时已经知道我快要到《中国作家》了，于是借机邀请了一批《中国作家》的工作人员和汪国真、毕淑敏、徐坤等作家到我老家"沙家浜"采风，就在这一次与志广相识，第二年开始我们便成了情如兄弟的同事……

八九年弹指一瞬间，2004年我开始主持《中国作家》工作。2005年，我、志广、肖立军又在筹划将《中国作家》由月刊改成半月刊，创办《中国作家》纪实版。2006年我们干得风风火火，受到同行的热切关注。而就在我们再次意气风发迎接新的挑战时，从内蒙古采风回来的志广在煤炭医院体检时被告知患上肺癌……

天！这是我当时在内心发出的重重一声叹息。因为我知道患上这样的病等于宣布你的死期，而你必将面临死亡前的极度痛苦……

志广啊，你不该得这种病，善良而内向的志广，勤奋而志远的志广！

我的父亲离世的时候是72岁，这是男人的一个坎，他没有过去。而50岁刚过的人却要接受死亡的挑衅实在让人无法接受。志广和我同是1956年出生的人，又同在一个单位，十几年时间一直在同一个办公室工作，共同在为一本《中国作家》的发展与生存奋斗，我们基本上又同处一样的职位。很难想象十几年里我们竟然从没有因为什么事争吵过一次、红过一次脸，这或许在文学圈里是少有的，所以我们内心都把对方当成亲兄弟相待。有一个例子可以证明：在志广患病的后期，有一天他突然给我打电话，半天说不出话，当我连呼他几遍后，他才不停地哭泣起来，而且始终没有说出话来……我知道他太痛苦了，于是赶紧赶到医院。见面后，志广的表情好了许多……当我想多坐一会儿与他聊聊天时，他却一再让我“走吧走吧”。这样的提示只有亲兄弟之间才有，因为他不愿意将自己的痛苦转嫁给他的好友，我知道他的这份心意。

这样善良的兄弟怎么可以就这样地走了？我很痛苦。从父亲患病、离世，到同室同事志广再患绝症的这四年多时间里，我的内心一直如此。

关于志广，作为同事，我有说不完的话，因为我是后来才到的《中国作家》，他在《中国作家》的资历比我深得多，他对文学和编辑的理解与功力也比我强，他在作家圈里的影响也是人人皆知的。在我们的前辈中，京城早有“四大名编”之说，而我一直这样说，在继章仲锷、张守仁等四大老名编之后，京城的文学期刊界的编辑队伍中，志广是屈指可数的新一代名编。尤其是他对小说的理解和感觉，是被许多著名作家、批评家和大编辑们所认可的。我的依据来自《中国作家》内部评价，因为志广一直分管小说编辑室，而小说编辑室是《中国作家》的支柱，在相当长的一段时间里，编辑部一直是志广领导的，即使是在20世纪八九十年代的双月刊时期，《中国作家》经历了冯牧、高洪波、章仲锷等几任领导，但干实际工作的始终是以志广为首的一批业务骨干，而且可以这样说：作为编辑部负责人和主管业务的副主编，志广在这其中所付出的是最多的。

“志广”，是杨志广的名字，但又是我们大家对他的称呼，在杂志社，我们所有的人都这样称呼他。这是一份亲切，一份特别的没有距离的亲切。在我们同辈之间，这是兄弟间的称呼；在与老一辈相处时，这是一份亲切和关爱；在与年轻一代相处时，这是一份尊敬和爱戴。一个人能够被人这样称呼并非易事，但志广做到了，他以自己一生的谦和、平实、善良、包容的美德获得了这份尊敬和称道。志广这样优秀的编辑家、批评家现在在文学圈里已经不是很多了，这一点更让我感觉他的匆匆离世，实在是文学界的一大损失。

我到作家协会比志广要晚，后来因为工作需要，成为杂志社的主编。作为副主编的他，没有因为这一点而内心产生过不悦，相反在日后的几年里，他始终如一地支持帮助我，并且与我一起设计、策划《中国作家》的几度改刊和新的发展思路，其间我们一直并肩战斗，使得《中国作家》从双月刊变成了全国唯一的文学半月大刊。特别是将一家文学期刊明确地分为“小说版”和“纪实版”来办，这是文学期刊如何适应当下市场需求的一种有益尝试。近几年，如《当代》等一些大刊纷纷增设“原创”或“长篇版”，从某种意义上讲是借鉴了《中国作家》的改刊经验。2008年6月，当我离开《中国作家》时，我们在总结近十年的办刊探索之路时就与志广达成一个共识：文学期刊要在当下的社会条件下获得进步与发展，就必须经常地进行内容和形式上的调整，否则就难有出路。实践证明我们的探索是成功和有益的。在我离开《中国作家》的一年多时间里，在新主编艾克拜尔的领导下，《中国作家》越办越好，人气不断聚增，令人欣慰。而这其中，患病后的志广的贡献毫无疑问仍然是重要的，并且更加让人敬佩。

在开始得知志广患绝症的那些日子里，我特别担心他会很快彻底地垮了，但令我惊愕和意想不到的是他竟然在面临绝症时表现得那么从容、那么坚强和那么无畏！这份从容、坚强和无畏表现在志广这样性格的人身上，在我看来是极其伟大和超然的。因为换了我和其他人能不能做到这一点，实在是另当别论。两年多时间里，志广一边治疗，一边上班，基本上仍然承担着副主编的角色，而一个人能够在生命的最后岁月里，在忍受着肉体和精神上的巨大痛苦的同时，仍然如此兢兢业业地工作，也充分证明了志广对文学、对事业、对人生的那份执着、热爱和淡定。每每想起这些，让我更加对自己的好兄弟、好同事——志广有一份崇高的敬意，并且禁不住泪水盈眶……

志广是不该这么早就走的。如果身体不出问题的话，毫无疑问他应该是中国作家协会所属单位的一位表现十分突出的主管领导者，毫无疑问他也是全国众多作家心目中的一位优秀的编辑家、好朋友。

我知道，《中国作家》创刊25年间培养了一大批优秀作家，今天那些活跃在文坛上的中青年作家，几乎都受到过《中国作家》的滋润，而他们又几乎都接受过志广作为编辑给予的朋友式的指点，于是我们会发现：虽然志广在《中国作家》的二十几年间一直在为别人默默无闻地做嫁衣，但经他之手“出笼”的一部部作品却早已响彻中国文坛，为广大读者所熟识，并且永远地载入文学史册。从这个意义讲，志广短暂的一生留给我们和这个世界的其实是一笔相当巨大的财富。对此，我想文学界应该有足够的时间去总结和褒扬。

人活着的时候，人们并不珍惜许多东西。似乎只有到了真正患病和离世的时候才明白什么叫珍贵，然而到了那个时候又有什么用呢？

我们都知道这个道理，但又有谁在没事的时候把这样的事放在心上？有人说人生就是一场痛苦，身处这种痛苦之中的人常常还在这样的痛苦中自添百倍的痛苦来折磨自己、折磨别人。志广在患绝症后与我有过多次谈话，当我十分关切他的病情发展情况时，他却平静而真切地反倒一次次地提醒我：“建明，你的脸色不太对劲，有时间去查查。”“你瘦多了，得多注意了！”这些话是我离开《中国作家》碰见志广后他常对我说的话。那一刻，我的心头会顿时涌起一股股暖流……这不就是兄弟间的亲情吗？

志广和我皆属猴，猴性应当是活跃和聪明的灵性之物，相比之下，志广要比我内向一些，但他的活跃和灵性常常表现在他的幽默和突发奇想上。所以我们一对“猴子”在同一个单位共事，共同执着地为《中国作家》工作了十几年，这是我参加工作后的几十年中一段最舒心和最难忘的时光，所有这些可以归功于志广。他的忍辱负重、他的包容宽厚、他的勇于担当、他的无私奉献、他的任劳任怨和甘当配角等美德，使我和诸多同事获益匪浅。我相信，留下志广大半生心血的《中国作家》一定会在艾克拜尔主编、肖立军副主编的领导下继承志广的职业美德和高尚情操，越办越好。我想这也是志广为什么在患病后的几年里仍然一直没有放弃工作的一种期待，因为《中国作家》是他的生命，它可以成为志广和我们这些曾经为之努力奋斗的志士们的理想的追求圣地——既然已经存在了25年，那么它的生命还应该有50年、100年……而且到了那个时候，志广的、我们的《中国作家》仍然那么年轻，那么充满朝气，吸引着更多的读者和作家们！

志广，我的好兄弟，你听到我们这样对你说了吗？现今，在天堂里的你，可以好好休息了，《中国作家》的工作人员和广大作者们、读者们，将永远惦记着你……

安息吧，志广兄弟！

难忘战友情

901部队的战友希望我写点在这个部队的往事作为这支英雄部队史的一个序言，我实愧不敢当。但我有义务做这样一件事：为我曾经战斗和生活过的部队记录下一些文字。

当时我已经调到基建工程兵总部工作了近两年，突然有一天传来消息，说整个军队要裁一百万兵员，工程兵、铁道兵等在其中。我们是基建工程兵，肯定更在其中。当时我在兵种宣传部，下面的部队还并不清楚情况的时候，我们总部已经知道了即将发生的命运，所以在一些领导的授意下，我们宣传部的几个笔杆子天天给中央写信，结果使邓小平同志要裁掉这支队伍的决心更加坚定了。后来的情况大家都清楚：我们基建工程兵全部被裁掉。但在这个时候有几个特殊部队改变了命运：如基建工程的黄金部队、水电部队等就没有撤，后来他们都转为武警了，一直到现在仍然留在军队的编制之中。我的老部队——基建工程兵水文地质部队（东北、西北和西南三个师、十二个团）就有两个团分别留在北京军区和兰州军区，作为他们的给水团。我在兵种接到大裁军命令之时，被遣归到老部队——湖南的基建工程兵水文地质部队912团。因为我热爱军队，当兵还没当过瘾，所以坚持想留在部队，于是通过朋友、老战友们的帮忙——他们是我在水文部队搞新闻报道时结识的唐辉、谭绍华、白绍华，还有当时郝团长等人，便调到了驻呼和浩特赛马场那里的原水文地质部队901团，那时已经改称为“北京军区给水团”了。我记得最开始是王政委、后来是夏政委——夏政委原来是水文九十一支队的宣传科长，对我很好。郝团长更是对我关爱有加，加之政治处主任和宣传科领导都是原九十一支队的领导，他们都熟悉和了解我，因此对我非常关照，这是我调到 901 团的最主要原因。

我在这支部队的时间非常短，前后也就一年时间。但这一段历史是我人生中非常重要的一个记忆，并非是我有什么光辉业绩，恰恰从某种意义上讲这是我人生低潮的时候。由于大裁军，我们失去了往日所有追求，一时间有些转不过弯来。在水文地质部队时，我们三个支队相互比着工作，比着发新闻报道，一起为自己的部队争光。我记得水文部队的新闻报道在全兵种中是非常优秀的，这归功于九十一支队的两位“绍华”，九十二支队的张建民先生，九十三支队就是我和褚勇军、王炳堂等，三支队伍的新闻非常厉害，我们相互之间也比着。我在 1980 年被评为全兵种先进报道工作者，据说年上稿数在全兵种排名第一。正是因为这个原因，我才有了可能从九十三支队调到九十一支队，调到 901 团即后来的给水团。

如今已经 30 年过去了，然而每每想起那段岁月，依然记忆犹新：

我记得离开北京往呼和浩特走的时候，在北京火车站上的那一幕，我难忍泪水……因为那个时候我根本不知道呼和浩特和内蒙古是个怎样的地方。我是南方人，没有到过北京之北的任何地方，又突然从首都到了一个边远的地方，内心充满了失落感和孤独感。但想不到的是在那趟火车上结识了一位可亲可爱的呼和浩特老妈，她一路上给了我温暖，并且后来还邀请我到她家去做客。到部队后，谭绍华、白绍华等老战友和夏科长（后来的夏政委），以及郝团长等给了我无比温暖的关心与照顾，令我孤独的心得到了安慰。我记得当时宣传科还有一位薛干事，比我小，他和白绍华同志一起在我到团里的第一个星期就在炕上给我讲了部队在沙漠里找水的故事，我听了特别激动，当即就写了篇《大漠觅泉人》，此文后来寄给了中国作家协会办的《新观察》，不久后被刊出。后此文又参加了内蒙古自治区成立35周年的征文活动，竟然得了一等奖，纪念品是一床毛毯。这事我印象深刻。

901团是支英雄的部队，尤其是在郝团长的带领下，为当地缺水的人民做了大量好事。后李国安同志当团长后，继续发扬传统，给水团成了全军先进单位，李国安也成了英雄。

而在我的印象中，我的领导和战友们多数是非常善良与和蔼可亲的，尤其对我这样一个当时还属于小文人的外部队加入进来的新同志给予了多方的帮助关照。正是这份战友情谊，常令我想起在901团度过的那段岁月。我不能说之后三十年来个人的成长与进步时不时受到这段岁月的影响，但我认为至少有许多关系，因为假如没有这次调动，我就不会后来又回到部队——后来我调到了武警部队，一直到1988年才转业。

现在我经常出去讲课，每次都会讲到我的部队生活，也会想起在呼和浩特的那一年特殊的水文团生活。除了记得我到呼市后受到诸多战友和领导的关照外，我还记得呼和浩特冬天的风特别刺骨，雪下得特别大，夏天赛马场上的活动特别的热闹，呼市大街上那柳树枝特别整齐——骑自行车把垂下的柳枝切得齐刷刷的，十分美；我还记得当时内蒙古军区的领导蔡司令很好，对郝团长等格外看重，对我们团特别不见外。这些都给我留下了深刻印象。

借机会我想汇报一下我离开901团后的情况：先是到武警学院，后来1988年转业到地质矿产部当报社记者编辑；后来当一本杂志的主编。1996年初调到中国作家协会，任《中国作家》杂志的总编室主任、副主编，一直到接替陈荒煤任这本“国刊”的第三任主编。2008年出任作家出版社社长，2009年出任中国作家协会党组成员、书记处书记；次年当选为中国作家协会驻会副主席

（副部长级），兼任中国作家出版集团管委会主任、党委书记和中国报告文学学会会长、中华文学基金会理事长。

从新闻转行为文学，一直走到今天。创作出版了50多部书，改编成电影、电视剧8部，有3部在中央电视台黄金时段播出，如2010年的开年大戏《奠基者》、2009年的《国家行动》等。作品还有5部被选入中学和大学的课本，被翻译成英、日、韩、土等语言。

我想在此向我的老首长、老战友们说一声：我没有忘记你们！我感谢你们！我想念你们！这份情是永远的、永远的……

亲人不哭，而我热泪盈眶……

春节，我在北京，没有回老家苏州，想集中还我欠下的诸多“文债”，可是有一天突然接到母亲的电话：“你姐姐和妹妹家的厂房塌了许多，不得了……”母亲后来有些抽泣地放下了电话。我一阵揪心，似乎眼前一下呈现出亲人在突如其来的冰雪袭击中面对轰然倒塌的房屋和巨大的损失慌乱而无奈的身影与眼泪……

但我暂时还不能回去安慰和帮助我的亲人，国家有更多、更严重的灾区——中国作家协会正在组织全国的作家们深入一线采访，而我和我的单位正要完成组织交付的一项特殊任务：尽快与一线采访的作家取得联系或者组织作家到需要去的地方进行突击采访。当我带着任务、带着牵挂顺道回到受灾地区之一的江苏老家时，这里的阳光与和风正在吹起，但走出上海虹桥机场的一路上，我依然看到了道路两边的堆雪……

亲人们告诉我：这是50年没有见过的大雪！

我生命中所有的记忆正好也是50年，我想了又想：确实没有见过能压塌房子的大雪。亲人们告诉我，大雪下得突然，下得让人措手不及，下得转眼间就把高速公路封冻了，下得机场跑道成了“滑冰场”，下得河湖变成了冰上世界……办厂的姐姐和妹妹家的厂房，就是在这顷刻间下的大雪中倒塌了——“那地震似的塌下吓死人了。”母亲用最朴实的话形容惊心动魄的那一刻。“好在当时厂里没有人……”余悸未消的母亲嘟囔了一句。

我以为，辛辛苦苦创办起的私营企业被大雪无情摧毁一下损失了几百万元的姐姐和妹妹见我后的第一反应是痛哭流涕、悲切恸天。可是，她们竟然没有哭，而是非常动情地向我滔滔不绝地讲述灾后的那些事——

厂房倒塌的第一时间里，市里的领导带着机关干部和消防队员如何连夜帮助抢救厂房内残余的机器设备；

第二天保险公司的职员如何主动热情地赶来帮助她们申报损失理赔；

第三天政府慰问团如何为留在厂里的外地民工送来过节的棉被与娱乐节目……

姐姐和妹妹还在不停地讲着我故乡的干部和政府为她们做的一件件事，一直倾听着这些似乎“不太可能”的故事的我，眼睛开始潮湿……

后来，我走出亲人的家，走到更大范围的亲人中去——他们都是我故乡的亲人，于是他们给我讲的故事更多、更生动——

在上海通往南通的沿江高速公路上，突然的封路，让一辆半道上坏了车的苏北司机在封冻的高速路上不知所措，后来他只好守在车里准备与车“同归于尽”。沿江高速公路旁住的村民老俞吃喜酒回家时无意间看到了这辆冰冻在路上孤独的车子和司机，便立即赶回家里，抱来被子，提来热水壶，当然还有热腾腾的年糕。老俞走了五六里路，照顾了这位苏北老乡两天，没有收一分钱，没有收一个“谢”字。他只说：“咱这社会，谁遇了难，都会有人去帮的。”

老俞说得不错。在大雪纷飞、天寒地冻的时候，在著名的阳澄湖里渔民养殖的数万斤虾种、蟹苗和幼鱼面临灭顶之灾的危急关头，政府组织湖上抢救突击队连续奋战十几个小时，帮助渔民保护住了他们的发家致富之源，干部们却没有吃百姓的一口饭、抽百姓的一支烟。苏州市委的一位领导这样对我说：“共产党员就是要在这关键时刻多想着为人民做点好事。”

长途汽车站，我看到挂着一块牌子的地方簇拥着不少人。走近一看，原来这里正在提供免费热水和稀饭。在市场经济环境下，很少看到专门赚别人钱的地方会摆出一块“免费”招牌来无偿提供吃的东西给那些过路的人，不要以为一个个体户经营的长途汽车站内能够连续十几天免费提供热水和稀饭是件不值得一提的事，我看到那些远道来的安徽姑娘、风尘仆仆的苏北小伙，捧着茶杯、端着粥碗，喝得有滋有味的情景时，我心头渐渐热了，眼眶也渐渐热了……

我的家乡在这场大雪中也成了灾区，虽然它比起贵州、湖南等省区损失要少得多，而今恢复得也很快，但我仍然被灾后所看到的一点一滴感动得热泪盈眶。

第二篇　文学感悟

文学在于激情

不知别人是否这样，在我看来，一切文学皆是由激情滋生出的。没有激情的存在，文学作品就不可能出现。

文学乃是人学，人学的产生来源于一个情字，没有情的文章可以是论文，可以是报告，但不会是文学作品。

文学作品离不开情字，因为有情，所以才有文学。文学因此是情的派生物，激情锻炼了文学的血脉与血流。

情出多种因素，有悲情、有苦情、有钟情、有喜情、有恋情、有爱情……而这一切都属于激情范畴，悲之超度便是恸痛之激情，苦之无法忍受便是反抗与愤怒之激情，钟情是执着的激情，喜情是兴奋与愉悦的激情，恋情是相倾相慕之激情，爱情是炽烈的生命之激情。

因此无论是悲剧小说，还是讽刺话剧，无论是爱情小说，还是反叛电影，皆是因某种激情所致而使作者随其思绪完成的可以传阅与传播的文字。

激情有大有小。大的激情为人类、为世界、为民族、为国家，大的激情同样也包含一个作家内心的感情抒怀与泄愤，就像宇宙间的太阳可以普照大地，而滴水也能将太阳包容一样。小的激情为一草一木、一山一水、一事一语，而一草一木也代表对万千世界、芸芸众生、错综复杂的事物的理解与认识，一山一水皆可能是作者对整个世界和人类的讴歌或鞭挞，一事一语同样可以说明真理与驳斥荒谬……

微风起波是荡漾而温柔的激情，叠浪翻卷是汹涌而飞泻的激情，眼角的一滴泪是感动与思恋的激情，嚎叫啼哭是欲罢而不休的激情——所有内心与表象的情感流露皆为激情的升降与缩张。

文学不能没有激情，没有激情的文学是文字玩物，玩物的文学不是真正的文学，只能是虚假与虚伪的叙述。

真情实感下才会有真正的激情，激情不能泛用，但没有激情绝不是文学，也产生不了伟大的文学。

激情非凭空之物，生活是激情的源泉，离开了生活的土壤，激情便是一片枯叶，枯叶垒不起激情的碉堡，没有碉堡式的激情就支撑不起擎天柱般的文学巨著。

当然情不能泛用，激情也需要理性，理性下的激情才是最深刻和神圣的，崇高而伟大的。纵观当下文坛，我们似乎可以肯定一点：真情少了，假情假意的多了，激情少了，泛情与虚伪之情多了。文学需要在这一问题上认真反省——反省你的感情就是反省你的作品，同样反省你的作品也为反省你的真实感情。

文学需要再度呼唤激情，需要呼唤真实而强烈的激情。

2009 年 12 月 11 日

爱得彻底，恨得干净！
——关于作家的感想

今天对我来说是一个重要的日子：中国作家协会第七届五次全国委员会选举我为中国作家协会副主席。这是一个职务，但我的理解这更多的还是作家身份的另一个诠释：你达到了一个高度，但你同时必须承担这个高度的责任和使命。换句话说：你身至这个高度，却不能牢牢地站住，那么你终究有一天会从这个高度滑下去。能上升到这个高度可能是一件好事，或许完全相反。

作家干什么？作家无非是要写出自己满意的和大众认可的作品来。我们写出这样的作品来了吗？我们写了，我们自己满意甚至是陶醉了。大众有时也跟着满意和陶醉了。然而今天的大众对我们的作家还不能满意。

面对这样的现实，作家们怎么办？我们自己又怎么办？需要回答，更需要行动。

其实我的任职感言只有一句话：是真正作家的，就该多写作品，写出好作品，其他的都不是我们擅长的，我们可以期待公众原谅我们在其他方面的幼稚、弱势甚至是狂妄自大或天真无知，但我们却不能原谅自己拿不出好作品贡献给自己的读者和社会。

文学是我们的生命。我们的生命只有在祖国和时代的哺育下才能健康地成长，人民需要我们永远充满活力，饱含深情与忧愤，展现独特思谋和见解，爱得彻底，恨得干净！

2010 年 3 月 31 日

我的“文学春节”

中国人对过春节情有独钟，其浓浓的亲情和团圆之情、友人之情皆在这节日里尽显。不过，春节对我们这样平时整天忙于工作而无法静下来写作的人来说，实在是难得理理思绪、好好行文动笔的时机。一句话，别人欢歌豪饮，我等敲键就文。这就是我已经养成了十几年习惯的“文学春节”。

最早的一件事算是从我的成名作——《落泪是金》开始的。那是1998年春节，我正在《中国作家》主持赵瑜的《马家军调查》一书的出版与发行工作。这一年赵瑜的这部作品把整个中国好好地折腾了一番：在6月份出版之后的几个月中，围绕“马家军”的事着实热闹了大半年，当时由于马俊仁出来要同作者打官司，故而事情越扯越复杂，甚至惊动了中央几位领导出面调解此事。而当时的“马家军”如同今天的航天团队一样，代表国家的荣誉和形象，赵瑜的《马家军调查》这种颠覆性的报告文学，已经不再是文学的问题了，而是揭露了一个国家的社会问题。事情就这样闹大了。身处漩涡中心的我和《中国作家》杂志自然格外忙活，问题的另一个关键是：我们《中国作家》因此跟着也大红大紫起来，读者期待值飞扬，希望有更多好作品在我们杂志上刊登出来。我当时是总编室主任，实际上负责杂志的经营和市场发行工作。这份责任让我更明白“抓住时机”的重要性。出于经营管理者和作家的双重身份，我可能比一般人更着急能不能在《马家军调查》之后还有好作品推出。记得这个时候我们又拿到了杨沫的儿子老鬼的一部长篇，该作品发行也算不错，但与《马家军调查》没法比。这个时候我倒对一本纯文学杂志如何走向市场有了些自己的主张：原来的拼盘式组稿需要改进——整本推出一部或两部大作品，读者更接受和更喜欢。这是反常规的文学杂志操作方式，到底如何，得由市场和读者来检验。

好作品不是想要就有的。可杂志是周期性的，断了粮肯定会影响杂志的影响力和刚刚建立的市场效应。怎么办？有一个办法：自己动手吧！就在这个时候，我接受了一项任务：当时的团中央书记李克强正在主持一项调查大学贫困生问题的工作，这项任务的具体实施就交给了团中央学校部的邓勇部长，他们希望我以报告文学的形式对中国大学贫困生问题作以调查，并通过作品来呼吁社会对贫困生问题的关注。这是一项非常重要而紧迫的任务，所以调查采访工程非常大。我是有自己工作岗位的人，不是专业作家，故写作和采访就必须利用业余时间，这弄得我很辛苦。采访对象是全国各大学众多贫困生、老师和家长等多方面的人员，后来我用了几个月的时间，走访了40多所大学，采访人员达380多位，可想而知工作量有多少。我记得有几次到大学采访是中午时间——因为我不能影响学生们上课，所以只能等他们下课或放学时去采访，那时没有汽车，只能骑自行车。我太困了，有几次骑着车竟然打瞌睡……现在写报告文学的人越来越少，重要原因就是需要花大量时间去实地和现场采访，这让许多人退缩了。

采访是一方面，写作一部长篇的时间就更难安排了。这也是业余作家很难成为一名报告文学作家的重要原因之一。那时已经临近春节了，我必须把作品写出来。单位提前放假三天，这样我就有了十天整时间的“春节”假期。我第一次感觉春节真好：不用早出晚归，想什么时间起床什么时间吃饭皆由自己定；不用做饭买菜，家人早已准备了各种丰盛的美味佳肴，想吃什么都有；不用为啥事烦恼，一心专注地敲键盘……平时因为上班，十天写不出几行字。这春节十天，我差不多将整部作品的大纲和几个要害的章节都完成了！电脑上一打“工具”栏，显示的文字数令我兴奋不已：89 000余字！这意味着我每天完成创作的文字近9000字！

就是这个春节假期，让我有信心完成自己后来定名为《落泪是金》的长篇报告文学了！作品在《中国作家》上发表后，没有想到社会反响巨大。有人说，何建明的《落泪是金》让全国人民掉了一次眼泪。美国《洛杉矶时报》评价《落泪是金》是“90年代以来中国最有影响力的校园文学”。其实我对这个评价并不感到意外，因为这部作品后来在社会上引发了一场对中国教育的热议，尤其是使大众对贫困大学生和我提出的“弱势群体”这一概念，有了普遍的认识。中国政府部门之后推出了诸如“绿色通道”“救助政策”“西部行动计划”等政策，后继许多对贫困大学生救助的国家政策出台，皆多少与我的《落泪是金》有关系。这部作品是我的成名作，使我的文学创作获得了社会和文学界的认可。团中央的同志后来告诉我，他们收到《落泪是金》读者自动捐助贫困生的善款就达3000多万！

这个春节让我感受到了特别多的收获和喜悦。正是1998年春节的这份特殊收获，使我的文学创作进入了之后的十几年漫长的创作高峰时期……

记得印象较深的有几个春节：

有写《中国高考报告》的2000年。这一年我印象很深，因为是世纪交替的时光，我记得那一个春节我关在八平方米的小书房里敲着并不太熟悉的电脑键盘，正投入《中国高考报告》的写作。这是又一部赶时间的作品。当晚的“春晚”节目里直播中央领导在世纪坛那里举行隆重的世纪交替仪式时，我在电脑上刚刚完成“中国必将翻开教育的新一页”这样的文字。如我所预料，《中国高考报告》发表后，收到的反响与《落泪是金》一样强烈，是我个人创作上空前的成功，那时我甚至有些明星的感受——走在北京大街上经常被人认出来。各大报纸都在不停地转载《中国高考报告》……后来甚至被拍成了电视连续剧。最关键的是，这部作品对中国教育提出的比较尖锐的问题引起了人民的强烈共鸣。

2000 年的春节假期让我对春节多了一份浓浓的期待和珍惜。

2002 年 1 月，当时中央对农民问题和党内腐败问题十分关注与焦虑，正好我发现了一个好题材。这年 1 月 20 日，我刚从中央党校中青班学习结业。箱子还没有打开，我就请假到了山西采访，10 天时间，我完成了对作品主人公的采访，这个人叫梁雨润，后来成为全国典型，“感动中国人物”。为了赶时间，我不得不又一次利用春节来完成我的作品。这一年的春节过得很愉快，也很舒心，因为假期前后半个月，我就把名为《根本利益》的作品完成了。15 万字的作品一经发表，又一次轰动全国。中央政治局常委中有三位领导对这部作品做出批示，要求有关部门向我作品中的主人公学习。《根本利益》使我获得了更多的文学荣誉。这部作品成为中宣部推荐的“迎接党的十六大的优秀图书”。

2003 年，北京的春节被南方突然冒出来的疫情搅乱了，先是广州后来席卷了全国的“非典”引起轩然大波。这一年的春节我本想写一部关于毛泽东的作品，后来因此耽搁了。但这一年我的《北京保卫战》在全国热闹了一番，写的就是北京城抗击“非典”的全过程。结束“抗非”战斗后，我受命写一部反映三峡大移民题材的作品。那时我和同事杨志广开始一起主持《中国作家》的日常工作，整天忙于应付编务和改刊策划，难有时间外出采访，更不用说写作了。但三峡移民事件是国家大事，必须完成。采访过程不必说有多艰辛，有一事可说：仅一次在巫山大昌镇采访，八天时间我没有洗一次脸、洗一个澡……该作品是为江西一家出版社写的，他们希望能赶上当年度中宣部“五个一工程”奖的评选活动，所以希望我在2004年的三四月份完成。于是2004年的春节，我又是渡过了一个赶日子的“写作假日”。不过我仍然愉快，因为《国家行动》按时完成了，而且后来真的获了国家大奖，尤其央视还将这部作品改编成电视连续剧在黄金时间播出了。

之后由于“名声”越来越大，求稿者众多，似乎令我有些应接不暇，因此每个春节我几乎都是在电脑前度过的。也许有人会问：大过节的，你还坐在电脑前烦不烦？哈哈，也许吧，对那些平时有心情安定地坐在电脑前从事自己专业的人来说，春节假如再在电脑前端坐着敲键，确定有些烦了，甚至是烦透了的事！可我很惬意，一点儿也不觉得烦，反觉得舒服、开心，因为在春节里我能够收获平时不能收获的宝贵财富——自己所喜欢的一部部文学作品的诞生！

这几年，随着自己的工作变化，职务也越来越多，可利用的写作时间更少了，甚至连春节都不能安静——需要去看望老作家，慰问下属同事，还有诸多必需的应酬。但是我还是会尽可能地将春节的有限几天假期用在敲电脑上。这份愉快的假期劳动对我来说实在太难得太宝贵了，这并非虚伪，也并非假意，而是实实在在的，因为这样的结果是使我比与朋友碰杯、聊天、吃吃喝喝有了更大的收获和喜悦。比如大前年春节我完成了自己的作品《部长与国家》改编成电视连续剧《奠基者》的准备工作；前年春节构思完成了《我的天堂》，这部作品后来也获得了中宣部的“五个一工程”奖；比如去年春节完成了《忠诚与背叛》前十万字的创作……创作是辛苦的劳动，然而劳动所获得的成果是令人喜悦的。

2012年2月2日

刻骨铭心的记忆

——写在《落泪是金》出版十五周年之际

写了三十多年文学作品，每一本书后面总有许多鲜为人知的未公开的故事，但很难有一次能同写《落泪是金》时留下的记忆一样令我刻骨铭心……

十五年了，那时我还是一个血气方刚、激情澎湃的“青年作家”。当时任团中央第一书记的李克强同志正在主持一项类似“希望工程”的助学工作，以解决我国高校出现的贫困大学生学业难以为继的问题，这项战略的实施功在千秋。他们派了一位书记处书记约我写一部这方面的作品，于是，我开始了一次漫长的采访和写作旅程。我先到了北大和清华，不曾想到这两所中国最高学府后，竟然发现有数千学生因为家庭经济贫困而面临学业难以为继的困境！当两校学生处的老师把那么多贫困大学生写的一袋袋沉甸甸的“家庭贫困情况”材料给我看时，我震惊了，心颤了，那一份份血泪书般的陈述，让我泪眼模糊——想不到啊！我只有用这几个字来形容当时的内心感受。

后来到了中国农业大学和民族大学，贫困大学生的真实生活又一次刺激了我，让我情难自已，泪流满面。我见到了一个个因为身无分文而饿着肚子念书的孩子，他们中有的一天只能啃一个馒头仍坚持学习，有的怕饥困影响上课而围绕着操场跑十几圈再进教室，更有极端的想通过自杀来抗争现实的不公……

开始我是心疼，是同情，后来觉得应该为这些孩子做些事，我扎扎实实地埋头采访、认真细致地调查了解，花了近一年时间，走访了三百多位当事人和四十多所高校，三十多万字的《落泪是金》一气呵成。

作品出版后，第一印象是从未感受过的轰动：记得《北京青年报》转载了一个整版内容的当天，我所在的《中国作家》杂志社热爆了棚，整整一天单位的几部电话全被各地读者打爆，谈的都是书的内容，其中有大学老师，有学生家长，甚至还有退休在家的老革命家。他们几乎都是流着泪对我说，说他们想不到今天的大学里竟然会有那么多可怜的孩子念不起书。“国家发展了，大家的生活水平提高了，家长们好不容易才把孩子送到大学读书，他们是中国未来的栋梁啊！我们是社会主义国家，不能让这些孩子因为家庭经济困难而辍学，丧失对前途的向往……”说这话的是清华大学的一位女教师，她自己有两个儿子也在念大学。这位女教师专程到我单位，买了两本书，说要让她的孩子好好看看，让他们珍惜自己的学习机会。

那些日子里，《落泪是金》被全国几十家报刊转载、连载，形成了一股阅读热潮。不光国内各家媒体的记者相约采访，就连美国、英国、日本、澳大利亚等外国媒体也不断来采访我。

团中央学校部对《落泪是金》的影响力起到了积极的推动作用，他们随即在各学校展开了“看《落泪是金》助贫困大学生”活动。记得那时我天天要去大学讲课做报告，前后讲了一百多场。印象最深的是在天津南开大学做报告的那个晚上，光签名发出的《落泪是金》就达八百五十多本，那种场面让我至今难忘。

有人说：“何建明的一部《落泪是金》让全国人民跟着掉了一场不大不小的泪雨……”事实与此差不多。那时，每天读者的信件如雪片般飘落到我手上，那都是一封封带着滚烫热度的信，带着对贫困大学生的怜悯之情和关爱心愿的信。最让我感动的是，许多善良的读者纷纷提出要为贫困大学生们捐助和提供救济，希望我给他们牵线搭桥……

向贫困大学生开辟绿色通道、设立专项基金在各大学迅速启动，清华大学做得最快，他们很快筹措了一亿多元基金，团中央和全国学联及相关大学收到的善款在一年多时间里高达几千万。值得一提的是，这些善款都是读者们看了《落泪是金》后自发捐献的。我听说后，万分欣慰。一部作品，能有如此热烈的社会反馈，还有什么比这更能说明问题的呢？我们常说文学的社会效益，这难道不是最好的证明吗？

《落泪是金》带出的故事太多，我书里写到的那些贫困大学生的生活都有了翻天覆地的变化，有的人最多能收到几十万元社会捐款——当然这些学生都做得非常好，他们给自己留下必需的生活费，大部分都交到了学校，以使更多的贫困生同样得到及时的帮助。

但在这个时候，我也遇上了一件哭笑不得的事：某大学一位接待过我的老师非说我“抄”了他的“作品”（事实是我选用了他们学校党委给我提供的一份介绍学生贫困情况的材料），于是，这位老师跟某个学生说我“抄袭”，先是在中央电视台《东方时空》节目里攻击了我一通，后来又到法院告了我一状。那些日子，北京报摊上的报纸几乎天天有我的新闻。这一闹不仅大大伤害了我，更严重的是影响了正在全国形成的为贫困大学生捐款献爱心的热潮。为此，团中央、全国学联和中国作家协会出面，专门召开会议，为我伸张正义。

我特别要感谢时任团中央学校部部长的邓勇、中国作家协会党组书记翟泰丰、北京市人大常委会主任张健民等领导同志及我所在的中国作家杂志社同仁，还有大法官罗豪才先生，他们在精神和法律上给了我诸多帮助，最后那场官司用了一年多时间才胜诉，二审最终摘掉了“抄袭”的帽子。《落泪是金》后来获得了国家级文学奖——鲁迅文学奖。

我一直说，《落泪是金》是一部叫人落泪的作品，它首先是让我自己落泪的一部特殊作品。打官司期间，疼爱我的奶奶见我遭人攻击，气得一病不起，很快就去世了。为了在法庭上为自己洗清不白之冤，我没能参加她老人家的葬礼。这场官司让我明白了许多事：你做好事并不一定能让所有的人都理解，你的善良愿望也并不一定会让所有的人感动……

十五年了，令我感到安慰的是，至少有近千万贫困学生因为这部作品，因后来国家推出的各种救助政策而得到了直接的帮助；许多读者至今依然清晰地记得当年阅读我作品时的感受，像我写到的天津白芳礼老人最终被推到“感动中国人物”的颁奖台上……最让我高兴的是《落泪是金》里写到的那些贫困大学生，今天他们都已经走上了工作岗位，已经成家立业，他们中有的当了领导干部，有的是优秀公务员，还有人民解放军军官和科学家。

是金子永远发光，好的文学也是如此。《落泪是金》的社会影响力和文学感染力说明了一切，它是我创作历程中的里程碑，一直鼓舞和支撑着我在文学创作的道路上坚忍不拔地行进。十五年来，我写了三十多部中长篇作品，其中两部获鲁迅文学奖、五部获中宣部“五个一工程”奖、七部被改编成电影电视作品。

作家是要靠作品说话的。现在这个世界，我们的人民特别期待能够看到更多更好的作品，我是如此自勉的：少说话，少说废话，多写作品，多写对得起自己、对得起这个时代和我们的人民的作品。

2013 年 8 月 5 日

创作的源泉依靠人民

在文学创作这条漫长的道路上，我保持着三十年如一日的奔跑状态，目的就是为了心向人民，与人民同步。

我深知，服务人民是文学创作的基本宗旨，为人民写作是我们作家的根本使命。正因为如此，为人民发声，一直是我写报告文学的态度。如果问文学作家应拿什么奉献给人民，我觉得写出反映人民心声的作品就是最有力的回答。

人民总能给作家提供创作的激情和创作的源泉。1997 年 9 月，当我看到中国高校有那么多的贫困生时，便在接下来的一年多时间里，连续走访了几十所高校，倾听一批又一批大学生的疾苦。我感觉，中国的未来就在他们身上，贫困大学生应该得到全社会的关注。《落泪是金》发表后，使贫困大学生获得了超过 3000 万元的社会资助，政府也为此陆续推出了诸如“绿色通道”“救助政策”“西部行动计划”等政策。

此刻，我发现了文学的力量所在：与人民相通，为人民所想，就能够影响一个阶层乃至整个社会。因而，服务人民是文学创作的基本担当，为人民写作是作家的根本使命。《根本利益》就是在中央关注农民问题及腐败问题的背景下写作的，我呼唤社会对农民给予关注。我写的《为了弱者的尊严》，就是站在执政为民和构建和谐社会的角度，展示主人公如何以一位人民公务员的赤诚之心，为身处弱势地位的百姓倾力解难。

如今，我的很多作品都被人称为是一种“国家叙述”——对于国家和民族的进步和发展充满了忧患意识和深厚情感。我深知，投入感情未必产生好作品，但是如果内心没有对国家、对民族、对人民的热爱，一定不会有好作品的诞生。只有倾听百姓心声，把党和国家利益与人民利益联系起来，站在百姓立场上写作，作品才会焕发出生命力。

纵观文学发展史，精品力作的力度在哪里？就在于作家的创作立场和服务对象。反映人民的意志、愿望，诉说人民的需求，这才是作家写作的正确立场。

感知文学的光芒、热度与精彩
——五年来中国文学风貌扫描

“如果将两届盛会之间的日子，当作文学的一次春种秋收，则还可以说，一个文学的季节以其独有的辉煌，在一晃之间，深深地铭刻在新世纪的文学史记中。”

五年前，在中国作家协会第七次代表大会开幕那一天，作家刘醒龙写下了这样的句子。那时候，刘醒龙刚刚完成他的上一部作品《圣天门口》。而五年之后，他又有了新的收获：一部深情献给中国乡村默默无闻的民办教师的长篇小说《天行者》，并获得了中国文学的最高荣誉——第八届茅盾文学奖。

在刘醒龙和《天行者》背后，是无数无数的俯首大地、以笔为犁的中国文学工作者，是无数令人心神激荡、令人回味的作品。五年，一千八百多个日子，太阳每天都在升起，大地上发生了那么多让人心潮澎湃的事情，文学就这样生长着，以它的光芒、热度和精彩，组成了波澜壮阔的独特风貌。

仰望星空，文学矗立起精神高原

“文学看似没有有形的力量，但文学的功用，是让灵魂有所依托。文学应该有能力温暖世界。”五年前，中国作协主席铁凝上任伊始，曾有过这样一番真挚的言说。的确，文学应该有能力温暖世界。文学，应该矗立起人们精神世界的高原。

许多作家展示了自己的精神追求。莫言的《蛙》以一个乡村医生的命运折射我们民族的艰难历程，表达了对生命伦理的深切思考。毕飞宇的《推拿》通过都市偏僻角落里一群盲人的世界，诚恳而珍重地照亮人心中的隐疾与善好。刘震云的《一句顶一万句》对中国人的精神境遇做了精湛分析。乔叶的《最慢的是活着》，通过乡村平凡祖母朴素安详的一生，叙写着中国人的生活伦理准则和情感密码。王十月的《国家订单》，在对底层打工者的关注中，表现出生活的真实性和深刻性。还有以独特方式阐释当代中国奥运梦想的《八月狂想曲》，记录改革开放恢宏历程的《国运——南方记事》……无数的作品，为人们点亮了心中的明灯。

这里，我愿意以在第八届茅盾文学奖评选中名列榜首的《你在高原》为例，略述一部作品的“诞生历程”。

张炜，这位已经以《古船》《九月寓言》等作品奠定自己在文学史中重要地位的作家，“窝”在家乡，用激情抚摸土地，用二十多年的精力成就了这部四百五十万字的辉煌巨著。知情者曾这样描述他的生活状态：有一年，在半岛地区考察时，他借住在一个旧楼里，冬天没有暖气，只有一个小电热器烘一烘双腿；夏天没有空调，一台老式电扇不停地旋转；吃饭更简单，将饭分成七天份额冻在冰箱里。写作过程中，张炜遇到车祸，躺在病床上吸着氧气，继续写；几乎写瞎了一只眼，还在继续写……

稿子出来，要找出版社，是作家出版社拿出了它的担当。“作品有十册，五万起印数就是五十万册，这不是小数目。何况那时，谁能料到日后能拿茅盾文学奖？谁能预期市场效应？可是，对这样的作家与作品，我们不支持他支持谁？”当机立断“拿下”这部作品的中国作协副主席、作家出版社社长后来曾这样回顾。当然，“任何作品都不可能是完美的，大作家也需要帮助”。出版社组织近十位高级编辑审阅并提出修改意见，足以伤筋动骨的巨量改写不下五六次。“在长达二十多年的时间里，以如此巨大的篇幅沉湎于历史、自然、人性、传说、哲学、宗教的诸般追索之中”，显示了“它深沉的思想和强大的道德勇气”，这是老编辑杨德华写下的终审评语——几个月后，这位身患癌症、连续动了十八次手术的编辑家，怀揣着《你在高原》离开了人世。

用这么长的篇幅来回顾一部作品的写作、出版过程，是为了让读者对于文学生产过程中每一个环节的“呕心沥血”有更加直观的了解。我曾经说：“书固然很多，满世界漂泊，但一部真正的作品，是千锤百炼而成的，每个字背后都凝聚着对社会的独到观察，自己的独立意识和情感。这些东西闪耀着，才是真正的作品。”

的确，真正的作品，从来不缺少读者。所以，才会有七十一位年轻的读者，轮流抄写长篇小说《额尔古纳河右岸》，最后把这珍贵的礼物快递给了它的作者迟子建。

真正的作家，也从来都在读者心中。所以，2010 年的最后一天，当史铁生不幸辞世之后，无数曾在《我与地坛》等作品中分享他深刻的人生体验、智慧与思考的读者——行业各异，代际不同，为他举行了三十多场追思会，在作品诵读、重访地坛中缅怀这位为人类精神世界做出贡献的作家。

作家们用汗水和生命垒起的精神高原，再次证明文学存在的价值和意义。“笔下凝聚使命感，心头澎湃赤子情。用文学这种最真切的方式，诠释人生的价值和生活的意义。于是，我们的悲悯被激活，我们的良知被唤醒，我们的信念被升华，我们的心灵被崇高和理想点燃、照亮。”第十届精神文明建设“五个一工程”奖颁奖晚会上致获奖文艺类图书的颁奖词，如今读来，仍令人心神激荡。

俯身大地，时代大潮中作家从未缺席

五年来，中国发生了太多的大事、难事和盛事。作为社会生活的反射镜，时代精神的感应器，文学与时代显示出了强烈的互动。满腔对祖国和人民的深沉情思，心怀强烈的社会责任感和使命感，在那些令人难忘的时刻，作家从未缺席。

汶川地震，山河崩裂。几乎是在第一时间，文学界发出了“中国作家在行动”的呼声。李鸣生带着相机和录音机，在满目疮痍的灾难现场观察、倾听，一部《震中在人心》真实讲述了大地震如何粉碎、历练、重铸人心的故事，有悲悯，更有反思。我三赴灾区，地震后的第七天、第四十九天、第一百天的忌日，我都在那里，多次遇险，终于以一部《生命第一》，谱出一曲向死而生的生命礼赞。诗歌热潮席卷而来，《诗刊》一周内推出两期《诗传单》，《星星》诗刊临时撤稿改成特别专辑，报纸副刊、文学杂志、网络、手机……都涌现了成千上万的诗歌，记录那令人歌颂的悲怆与坚强，那四面八方的无私救援和由此焕发出的民族精神。

在纪念中国共产党成立九十周年的日子里，八十余位作家分赴韶山、井冈山、瑞金、遵义、延安、西柏坡，探寻激情澎湃的红色岁月。“对历史的回顾与发现，任何方法都比不上实地考察。”作家龙一如此感慨。每一片土地都有让人落泪的故事，每一个故事都有让人震撼的细节，每一个细节背后都有无数普通而伟大的人民……无数次，作家们驻足凝思，含泪记录，重新经历了一次精神的洗礼，并发表了大批新作，有近四十部作品得到中国作协的重点扶持。青年作家王松四个月走遍了赣南地区的每一个县，在名为《红》的长篇小说中以“菊瓣式结构”写了十二个相互关联的故事——每一个故事都有历史原型，作家以此向历史、向人民致敬。

俯身大地，才能生长出真正的文学。无论是成名已久的大作家，还是锋芒初露的年轻人，都已经将“大地上的行走”看作文学的题中应有之义。贾平凹坚持每年走访西部几十个村庄，不打招呼，不让接待，写出了长篇纪实散文《定西笔记》。梁鸿的《中国在梁庄》，慕容雪村的《中国，少了一味药》，都是对当下现实的深刻记录与思考。“其核心内容是让更多作家走向民间，走向这个时代丰富多彩的内部。”《人民文学》主编李敬泽如此看待“非虚构”文体的兴起，其实，这样的判断对整个文学来说，也很贴切。

“在人民的伟大中获得艺术的伟大！”这句话跨越时空，是如此的意味深长。2009 年，在庆祝老作家柯岩从事创作六十周年座谈会上，这位八十岁的写作者的自我解析是那样令人动容：“我是谁？我是劳动人民培养出来的一个普通写作者。我是谁？我是我们祖国无边无际海洋里的一粒小小的水滴，我只有和我十三亿兄弟姐妹一起汹涌澎湃，才会深远浩瀚。”“只要想到劳动人民不但为我们提供衣食住行、给我们温暖和光明，还在用他们崇高的精神叩击我们的心灵之门，我就会立即严肃起来，绝不敢胡编乱造、轻薄为文。”

“我是谁？”更多的作家在思考着这个问题。李迪，一位年过六旬的老作家，在看守所里“蹲点”两年，为的是在这特殊的地方感受人性的光辉。杜文娟，一个年轻的柔弱女子，离开草长莺飞的故乡，却跑到“世界屋脊上的屋脊”阿里，只是为了想融入那里，写出一个“孔繁森之后”的阿里。

而在这一切一切之后，我们不能忽略，中国作家协会为作家默默提供服务与支持的辛劳努力与不懈探索。作协的定点深入生活制度，两年来帮助 43 位作家来到农村、山区、牧区、民族自治区域、工矿企业等地，深度介入当地生活；在中国作协的组织与联系下，东北老工业基地、西气东输工程、南水北调工程中，都能看到作家跋涉的身影；中国作协的重点作品扶持工程成果丰硕，从2007年至今，已扶持重点作品442部，也有效地鼓励了作家对现实的关注。

内在生长，新格局丰富了“文学”的含义

不同的时代，文学会有它的坚守，也有它的变化。

网络文学的勃发，可谓近年间文学园地的一个最为显著的变化。仿佛是突然间，网络文学、“80后”、类型化、连载与点击……这些名词仿佛颠覆了人们对于传统文学的理解。

事实上，不是颠覆，而是丰富。

2009年6月25日，中国作协公布当年作协新会员名单，金庸等7名港澳作家，当年明月、千里烟等网络写手，都在名单之内。——也正是这同一天，网络文学十年盘点活动揭榜，20余家传统文学期刊编辑与网络读者共同对十年网络文学进行了梳理，中国作协深度介入了此项活动。

不管是有意的安排还是无意的巧合，这一天，都可看作中国文学的新变化而在文学史上记上一笔。事实上，这也确实曾一度成为当时的热点新闻。——几年之后，当越来越多的港澳作家、网络作者成为作协会员，当鲁迅文学奖把网络文学纳入评奖范围并有作品入围之后，“文学”的含义在日益丰满，中国作家协会的努力与包容性也被人们更加认可。

“传统文学、市场文学、网络文学三分天下，老中青六代同堂”，这是一些学者对当今文学格局的基本判断。如何认识与把握这样的文坛格局，如何团结并为老中青六代作家服务，如何促进各种文学形态的理解与融合，这成为近年间摆在中国作家协会面

前的一个迫切而又棘手的任务。

我们来看看这一系列备忘录吧：

2008 年 3 月，鲁迅文学院第八届中青年作家高级研讨班开班，这是历届高研班平均年龄最低的一届，五十二名学员平均年龄三十三岁，还包括十四名“80 后”。

2009 年 7 月，鲁迅文学院举办网络文学作家培训班。同月，《人民文学》推出“80 后”作家专号。

2010 年 1 月，鲁迅文学院第二届网络文学作家培训班开班。

2010 年 7 月，鲁迅文学院网络文学编辑培训班开班。

“每次鲁院的开班仪式，凡是在京的中国作协党组成员都会去参加。也许看起来，我们去参加开幕式、闭幕式，或者讲课，似乎是很表面的工作，但是，也许就是这样的一次面对面，会让那些青年作家感到温暖的力量和希望。我们年轻时就是这样的，一个大作家跟我们说句话，一生都不会忘。作家是靠感情来生活，靠感情来写作，我们的工作同样需要感情。”这是我曾说过的肺腑之言。

民族文学之花，也开得越发灿烂。最为明显的例证是：我国 55 个少数民族都有了中国作协会员，各国家级文学奖项均有少数民族作家的身影。获得鲁迅文学奖的藏族作家次仁罗布在他的小说《放生羊》中注入了藏族文化的浓厚积淀；蒙古族“80 后”作家格日勒其木格·黑鹤先后两次获得全国优秀儿童文学奖；在湖南，被评论界称为“文学湘军五少将”的青年作家有三名是少数民族……

作为多民族文学创作的阵地，《民族文学》杂志见证了中国多民族文学的发展过程。2009 年，《民族文学》蒙古文、藏文、维吾尔文版创刊，填补了全国性少数民族文字文学刊物的空白，进入草原牧场、雪原边疆、寺庙学校，反响热烈。近年来，《民族文学》以专号专辑方式，推出了蒙古族、藏族、维吾尔族、哈萨克族、朝鲜族等青年作家专辑，更展示了少数民族文学的实力。

一提起文学，人们总是忍不住回想起 20 世纪 80 年代文学的轰动效应，并不免发出文学“边缘化”的慨叹。但是，文学回到它应有的位置，正在为整个社会文化艺术生态发挥自己不可替代的作用。

《唐山大地震》《暗算》《潜伏》《闯关东》《奠基者》《命运》《手机》……这一系列受观众喜爱的影视作品，背后都有文学的源头。文学，为影视提供了丰富而充沛的创作资源。影视与文学，显现出了和谐互动的态势：影视因为增添了文学的精神、内核和方法，而获得了强大的艺术生命力；在当今社会文化艺术的总体生态环境里，文学也因有了影视的优势表达和强势传播而流布更为广泛，影响更为深远……

而就在今年，随着茅盾文学奖的评选，文学，又一次成为全民的关注焦点。入围的一百七十八部作品，层层淘汰，先后推选出 80 强、42 强、30 强、20 强；评委会规模从过去的二十人扩充到六十一人，实名评奖，接受公证机构和社会监督……从中，人们看到了文学评奖的公正与透明，也看到了优秀的文学从来也不曾远离读者，依然在人们心中有着崇高的地位。

走向世界，积攒和建立文化自信

在老舍先生的小说里，曾这样描绘 20 世纪二三十年代的英国人眼中的中国人：耳朵眼里塞着砒霜，袖管里揣着蛇，嘴里呼的气是绿色的……

俱往矣，那样的时代一去不复返了。而如何让世界更加了解日益开放、正在崛起的中国，认识当代中国人的风貌？通过文学凝视彼此，沟通心灵，成为最直接的选择。“文学的目的不是发明桥，但好的文学有资格成为桥，它所抵达的将是人的心灵深处，是不同文化背景的人情感的相通。”铁凝曾如此表述。

在过去的几年中，中国文学越来越多的走向世界，中国作家也越来越多地承担了文化使者的责任，与国外同行与读者面对面地交流。中法文学论坛上，中国作协主席铁凝讲起了河北地方戏《借髢髻》，一出小戏中两个女人的琐碎絮叨中蕴含的日常生活的精彩和鲜活，引起人们温暖的笑容。中美文学论坛上，辽宁女作家孙惠芬从丢失一只鸭子这样的日常小事讲起，展示了中国当下的村庄、家族中父辈和年轻人的生机盎然的冲突，有美，有矛盾，但充满明亮而坚定的希望。爱荷华的国际作家写作营计划为人称道，而这次，是中国这边邀请美国作家和中国作家一起做了一次“文学旅行”，大家去同一个地方，对同一个情境做文学片段练习，当场翻译、朗读、讨论。在被誉为“世界出版人的奥运会”的德国法兰克福书展上，150多位中国作家组成的代表团盛大亮相，举行了包括演讲、对话、论坛、朗诵会等数十场关于中国文学、文化、历史的活动，更是赢得多方瞩目。在两个月前刚刚落幕的第18届北京国际图书博览会上，“中国作家馆”成为年度文学成就与作家和社会交流、亮相的一个平台，中国作家携作品以整体形象出现，展示了风采和魅力。

“我们的作家群体用文学的生动和幽默，用中国作家身上焕发的自信、自如、谦和而又尊严的光彩，征服了很多读者和观众。我们应以什么样的心态来判断民族变化，怎样在自己的创造中积攒和建设理性而积极的文化自信？”这是中国作协主席铁凝的思考，也让许多中国作家深思。

中海油人的历史性贡献
——关于《破天荒》创作

在新中国的历史进程中，有一个重要事件，就是中国对外开放。关于这个事件过去很少有人知道具体的过程，《破天荒》正是记录了这个对中国现代化历史进程起到特殊意义的重大事件的全过程，这也是中海油人值得骄傲的事，因为完成这一使命的正是我们石油人、我们中海油人。

现在我们通常把1978年党的十一届三中全会召开作为改革开放的一个时间标志。其实，自粉碎“四人帮”开始，中国的对外开放就已经在酝酿和准备了。这个时间应当早于1978年“三中全会”和“小岗村农民按手印分田”。这是历史，不容置疑。由于历史和外界的原因，中国封闭了几十年，粉碎“四人帮”后，我们有了重新回到世界大家庭的机会和可能，于是在当时的党中央领导下，在华国锋、叶剑英、李先念和邓小平等领导的力主下，中国对外的门户开始慢慢开启，而最早是从海上石油开发开始的。因此，中国新时期对外开放的真正先驱者是我们石油人，我们中海油人，这一点毫无疑问。

继后的对外开放风暴，如万般雷霆向我们扑来，势不可挡。中国石油人的老前辈余秋里、康世恩、张文彬等就是这场风暴的旗手。时任石油部副部长的秦文彩等人则是这样的历史风暴中的先锋勇士，他们以“摸着石头过河”的姿态与精神，靠“麦乳精”“方便面”和中山装来同西方先进国家的专家们进行着一场又一场谈判与较量，其中更多的是学习和消化别人的先进技术与管理经验。中国人突然发现，当时的世界先进科技已经远远地把我们甩在了后面，尤其是发达国家的经济实力和科技水平，令人目瞪口呆。相比之下，我们中国太落后了！“落后便会挨打！”邓小平对此已有英明卓见，于是就有了康世恩、张文彬、秦文彩他们一次次出访、一次次请“洋人”来访，一次次与外国公司谈判……

后来的中国海上就有了一艘艘星条旗、太阳旗飘扬的外国石油勘探船，后来中国也就有了自己的海上石油勘探公司和战斗队伍——今天的中海油人就是那个时候成长起来的。

我是在奉命写一部中国百年石油史时采访秦文彩老部长的。当时已年过八十的秦部长向我讲起那段历史和峥嵘岁月时的激情与慨叹，令我好不激动！这是2007年底的事。转眼到了改革开放三十周年的2008年，我想：在中国庆祝改革开放三十年的伟大时刻，如果我们不把对外开放这段历史告诉世人，那将是多么遗憾的事！于是2008年春节的那些日子里，我闭门写作，沉浸在秦部长给我提供的各式各样的材料和采访资料之中，在我不足十平方米的斗室里奋笔疾书……当2008年元宵节别人轻松上班时，我已经把十几万字的《破天荒》书稿从电脑中打印出来了。随后是请秦部长等审阅与修改。

好的文章是靠一股鼓气、一股激情倾泻而出的。《破天荒》就是被中国石油人和中海油人的那种爱国精神、革命干劲的时代风采鼓舞而完成的一部作品。

有人问我为什么取名《破天荒》。其实并不复杂，因为中国石油人是中国对外开放的拓荒者和开拓者。很难想象，当时中国石油人如果不是在党的正确领导下发扬大庆精神，坚持有分寸地与国外公司和西方国家的政府有理有节地谈判，坚持认真虚心学习的态度，中国的现代化历史进程还不知要晚多少年！

为这，我时常钦佩和感激秦部长他们这些为中国对外开放做出特殊贡献的前辈们！

中国石油人都知道央视播出了由我作品改编的电视剧《奠基者》。我认为中海油人在三十多年前所做的《破天荒》大业如果拍成一部电视剧或电影，一定毫不逊色于《奠基者》，因为中海油人是中国改革开放伟大成就的新一代"奠基者"！

历史是不能忘却的。然而现在的人都很功利，目光短浅。比如像对外开放这样伟大的事件，除石油战线外，很少有人知道。就是石油战线的人也未必清楚是自己的前辈当年完成的这样一件伟大的事业。

最后我再说说经济工作与文化的关系。在拍《奠基者》之前，老实说包括石油部门的人也并没有一下意识到这部作品的现实意义。有些人可以在某些时间不惜代价地掩饰门面，但对记录一个重大历史事件而去出一本书、拍一部电视剧或电影这样的文化活动，根本不放在眼里，甚至认为"没有意义"。其实他们是大错特错了。

在今天，文化的力量有时会比纯粹的经济更具力量。软实力就是这个意义。关于《破天荒》和《破天荒》的历史意义，我认为在石油系统、在中国百姓中，远远没有达到应有的影响力，人们对中海油人的历史性贡献和认识也是非常有限和肤浅的，我衷心希望中海油人自己首先能够充分认识《破天荒》的意义，因为中国的现代化发展，包括中海油今天的战略，仍然需要思想解放、艰苦奋斗等当年秦部长他们那一代人在与"洋人"打交道时所发扬的中国人的硬骨头精神和高超的处世智慧。

《破天荒》是中国海上石油历史的起点事件，是中海油人脱胎而出的那一声清脆而响亮的啼哭，是我们祖国向现代化进军的号角！

人民永驻我心头

作为一名党培养起来的作家，我自豪和庆幸自己几十年来一直在《讲话》精神的鼓舞下，努力地为人民创作、为时代讴歌，并且收获了一些让人民满意的作品。

我的创作是与改革开放同时起步的。三十多年来之所以能够持之以恒、始终如一地在文学道路上不停地奔跑，就是心中总有“人民”二字在鼓舞和激励着我，为此我必须努力，必须向前，必须把作品写好，写人民的作品，写让人民满意的作品。我深知，要想写出好作品，人民既是我们的引领者、召唤者，又是我们创作好作品的源泉和方向。所以，从我从事文学创作一开始，就清楚地抱定了为人民立言的态度。改革开放初期，关注人民群众在致富过程中的变革心态与创造力，应当是创作主流。那时期我创作的报告文学《腾飞吧，苍龙》《中国农民世纪经典》《我的天堂》等，有很明显的那一时代的印迹。20世纪90年代后，改革开放进入一个新的阶段，随之而来的转型期社会问题也多了，那时我推出的反映环境和资源方面的作品如《共和国告急》《天堂》等，及时揭示和制止了一些社会不良问题与丑恶现象。

1997年，当我看到中国高校有那么多贫困生，发现他们的生存状态是那么艰难时，我顿时感觉有一种无法放弃的使命。在接下来的一年多时间里，我连续走访了几十所高校，采访数百人，深切地了解到中国教育必须改革的紧迫性，一部名为《落泪是金》的报告文学作品就是在这种心境下诞生的。该作品发表后引起巨大的社会反响，引发了全社会关爱贫困大学生的热潮。这让我强烈地感受到文学的力量和文学为人民说话的意义。之后，我连续推出《中国高考报告》等“教育系列”作品，都受到高度重视。实践使我深切地感受到，文学为人民，首先需要解决的是作家对人民的感情，对人民的感情是一个作家的必备条件和基本素质。只有带着对人民、对民族和对时代的强烈感情，才能实现我们所期待的文学价值。只要心中想着人民，你手中的笔，就有可能对历史发展进程产生一定影响，也有可能改变一个群体的命运。

文学发展史一次次证明，服务人民是文学创作的基本担当，为人民写作是作家的根本使命。毛泽东同志的《讲话》，强调文艺工作的正确文化立场，强调文艺为人民群众服务，深深影响了以后70年的文学创作。我们文学工作者为中国革命、建设、改革所进行的一切文学创作，皆是源于对文艺为人民服务目标的传承。今天，面对新形势、新任务，党号召广大的作家要多出精品力作，为社会主义文化大发展、大繁荣服务。精品力作的力度在哪里？为什么有些作者激情饱满，作品能引起社会轰动和读者共鸣，而有些作者写出的文章则反响平平？根本区别就在于作家的创作立场和服务对象，就在于是否对人民有一种责任感和使命感。我作为一名在文学道路上摸爬滚打几十年的作家，知道好作品不是想要就会来的，要做到这一点必须能吃苦，会用心，有恒心。要想写出人民满意的好作品，就必须洞悉人民生活，要把党和国家利益与人民利益联系起来，站在百姓立场上写作，作品才会焕发出生命力。比如我的《根本利益》就是用文字的形式，呼唤社会对农民给予关注，对官员腐败问题给予惩戒。再比如《为了弱者的尊严》，则是站在执政为民和构建和谐社会的高度，记述了一位人民公务员的赤诚之心。而面对灾难和种种严峻现实的考验，作家如何为人民分担痛苦和表现他们的奋斗精神，是体现作家心灵和意志的一面镜子。每每这样的关键时刻，我和诸多报告文学作家一起，总是站在最前沿，这也让我收获了许多宝贵素材，写出了自己满意的作品，如“非典”时我写了《北京保卫战》；“5·12”汶川大地震时，我三赴震区写出《生命第一》。

身为一名作家，常常对国家和人民充满火一般的热爱。三十多年来，我之所以能创作出几十部作品来，就是因为我的心中装着人民的期待和为人民服务的信仰，这是我的全部动力源。在毛泽东同志《讲话》发表70周年之际，我们更应该以此精神来激励自己，不断创作出精品力作奉献给人民，为国家和时代发展贡献力量。

原载于2012年第10期《求是》杂志

文道独行必大侠

自古以来，成就大器者均有自己独到之处，武道与文道皆如此。然而今天人们总在提及为什么少了大师这样的问题，这与当今文道、武道上缺了那些独行其是、独树一帜、独端品行的人才有关。

此处所说的独，并非是指脱离现实、远离公众、性情孤僻者，而是指在思想上、学术上、心理上和行动上具有自己独立意识、独立见解、独立思考、独立创造，不去随便或简单地附和他人者。在今天，无论是文道还是武道或者其他什么的行当，浮躁者似乎居多，尽管有人不情愿主动地做这样的人，但种种诱惑下有时只得有意无意地堕落下去。这是一个很客观的现实。

尤其是文人，在名与利面前最容易丧失个性和本性。卞毓方先生属于典型的例外者，因此他这些年来在我们视野里忽隐忽现，恰巧再一次证明了他独行者的本相。卞毓方的散文写得比一般名家都好，这是我作为一个出版人和当了二十多年文学大刊的主编在大量阅读当代诸多作品后得出的一个结论。数年前，我感叹过这样一句话：看小说，要看李国文的作品；看散文，则要看卞毓方的作品。这话后来被数家报刊转发，我生怕会引起某些人的不满。可若干年过去了，竟然不仅没人出来指责，反倒有不少人赞同我的话。这令我安慰。

事实是，卞毓方的散文确实在当今中国散文界称得上是大家之作。季羡林先生生前评价卞毓方的散文是“常常有一种奇谲的光，与之相辅，艺术性强，文采葳蕤，颇有气韵、底蕴”。现今的散文，通常看到的多数是写情或写景，作者围绕或事或景进行抒情、说理和实录、叙述。而卞毓方的散文作品我称之为“知性”散文，是在完成常态的写情写景之上的那种融入知识与智慧的文字。知性散文的不易之处不仅需要一个作家宽广的知识面，另外还得有散文家的那种灵动的文采，要擅长景情叙述，更得有智慧的领提与捏拿，以及结构、章法上的考究。卞毓方在这方面是高手，甚至是哲学家和政治家那样的高手，故而他的散文可以博古通今、谈天论地，尤其是在论说政治和政治人物的文字中也没有丝毫生硬、胆怯、回避，且能左右逢源、高瞻远瞩、入木三分。

卞毓方身上还有一个品质是许多当代文人所不具备的，即他从来不为一些肤浅的赞美和名利所动。他极少在文人圈里活动，又很少参与文坛的诸多议论或纷争，然而他的作品一经抛出，即能轰轰烈烈，振聋发聩。这就是卞毓方，这就是卞毓方的散文。

有人说卞毓方身上有一股气，即文气、生气和灵气，有时还有些霸气。我同意这种评价，只是我认为他的文章中还有一种锐气和孤气，尤其是孤气特别明显，其文情很少有随风摆动、跟风而行之感，总是会感觉他在远远的地方，或者在众人想不到的立足点上放射着不朽的思想光芒。我总愿意称卞毓方先生是文坛独行者的缘故就在于此。

独行者必成大侠，这是道上的古人之训。我们的学者和学界，需要卞毓方这样的独行者，这样中国的文事才能彰显更加灿烂的光芒。

作家应理直气壮地做时代进步的推动者

在当今社会上有一个非常不好的现象：似乎谁与政府作对，与时代唱反调，谁似乎就是“英雄”。尤其是近一两年网络上呈现的这种现象更为突出，好像谁骂执政党、骂官员、骂跟共产党走得近的人和事，谁就是救世主。那些传谣言起劲、无端攻击他人者仿佛成了正义与道德的“主宰者”。他们的不分青红皂白、颠倒是非的行径，一度让善良的人们分不清是非真假。在文学界也有类似的现象：那些打着所谓的“批判”幌子的，挖空心思丑化共产党形象、丑化执政者、丑化民族形象、丑化当代人民的作品，似乎异常吃香，“评论家”和“媒记”们纷纷为之喝彩，将其捧到天上。相反，谁要是正面讴歌党、讴歌改革开放、讴歌人民群众，却被明里暗里贴上“广告”和“吹鼓手”的标签，即使再好的作品也会被挤出“评论视线”。许多年轻作家和网络写作新手，由此以为这就是今日之中国的文学大趋势，便跟着模仿，频频炮制那些低级、粗糙的“擦边球”作品。于是乎在公众的阅读感觉中，中国当代文学出现了大量“乱七八糟”的东西，而难见几部提气、有中国气派和中国精神的作品。我想这样的现象是客观存在的，文学界和广大作家应当有所反思和保持清醒。

其实在文学界对作品内容评价和考量时，常常有一把尺子在一些评论家的心头放着，这就是所谓的“批判”还是“歌颂”。照理，我们的文艺路线和文艺方针早已再清楚不过地一次次告诉广大作家要写那些能点亮民族奋进精神、燃烧民众进步激情的作品，客观而生动地表现时代进步和人民群众所呈现的精神风貌。然而在真实的文学现实里，许多写时代进步、写民族精神、写人民风貌、写共产党正面形象作品的作家，其实内心总有一种说不出的压抑感——因为写这类作品，会时不时、冷不防地被人嘲讽“又是主旋律”“宣传广告”，作品即使再有正面社会影响力，甚至无数次感动了亿万人民，最多也只能落个暂时的“好作品”。过不了几天，当“评论家”们再度进行总结和论述时，这样的作品便会被早早地打入了文学冷宫。取而代之的是那些“圈内”认可的丑化现实、丑化时代、丑化人民和执政者形象的作品，成为一些人久念不烦的“经典”。

在与一些年轻作者的接触中，他们对此很有忧虑，有位曾经写了不少反映时代主旋律作品的青年作家，这些年突然改弦易辙，专门写些“乱七八糟”（他自己的语言）的东西。当问他为什么会这样时，他坦言：过去写时代风貌、写讴歌性作品，让我获得了不少社会和公众给予的荣誉感，但在文学圈内我却异常孤独，因为没有人或者极少有人真正来为我的作品“捧场”，倒是在评奖、评论等场合被莫名其妙地“乱场”和贬掉的事经常发生。这位青年作家的境遇其实在文学界并非一人，我们应当着实重视。对一个独立的作家而言，写什么和怎么写，完全是个人的事。然而，对整个时代的文学来说，写什么和怎么写的问题，就不再是一个简单的能任意胡作和错误引导的事。如习近平总书记最近在全国宣传思想工作会议上所讲的那样，我国的社会主义文化艺术与宣传思想工作一样，应当巩固壮大主流意识，弘扬主旋律，传播正能量。

壮大主流意识，弘扬主旋律，传播正能量，并非是一个口号，而是一件关乎时代发展、民族进步、人民幸福与否的大事，而且是需要千千万万的相关人士踏踏实实去行动并为之努力奋斗的大事。我们这个时代的主流是什么？当然是党领导全国人民进行现代化建设事业，以及人民群众在这个建设事业中所表现出的进步与风采。毫无疑问，我们文学的责任，应当把笔和情感倾注在这个点上，力求去表现这种进步事业中的那些生动的、精彩的、曲折的、表现出多种形态的人和事。自然，文学首先应当在这种表现过程中更多地去关注那些具有积极和进步意义的人和事，这是我们的基本责任。写主旋律的目的，就是为了给人民和国家提供正能量。这样的优秀作品，所起的作用自然也是推动时代的进步。鼓励多出这样的作品无可非议，且值得大张旗鼓地为之叫好。无论文学艺术如何具有独立性，一个时代的作家，就具有历史赋予的社会责任，客观真实地反映所处时代的进步，是这个时代的作家义不容辞的责任。更何况，中国改革开放几十年来，我们每一个人都实实在在、明明白白、清清楚楚地感受着巨大的精神文明进步和巨大的物质文明进步所带给我们的一切现实变化，谁有意漠视和忽略它，其本身就不符合文学精神和文学本质，更称不上是具有基本正义感、责任感和使命感的当代作家。以深怀感情、以精湛笔墨、以饱满精神、以公正心态去颂扬和讴歌时代的进步，应当是我们所有作家尤其是新一代中国作家的基本任务，所有参与担当这一任务的作家尤其是年轻作家应当为此感到光荣，就像千百年以来我们的文学穷尽无数赞美之辞去赞美我们的母亲和我们的爱情一样，我们没有理由怀疑讴歌、赞美这个时代的进步有什么不对或不好的地方！文学界尤其是评论界及相关部门，应当给予那些积极参与和倾情为时代进步而努力抒写的作家们鼓与呼，充分地、实事求是地肯定和正确评价这样的作品也是一种文学担当和文学责任。有什么原因和理由不呢？人民在期待这样做，文学史也在期待这样客观公正地做。

要想当好时代进步的推动者，就应该放下身段，积极投入火热的现实生活；接地气，实实在在地拥抱生活；善于观察思考，清醒而独立地过滤生活……这都是必不可少的功夫，尤其是年轻作家更应当怀有热情、激情、真情去看待和深入生活。同时要练就过硬的、精细的、高超的写作本领，这样才有可能创作出与时代进步相融合、产生共振的优秀作品，尽力防止那些肤浅的、粗糙的、图解和广告式的“宣传报道”作品。文学就是文学，表现时代和社会进步的文学，通常远比那些批判和抨击社会丑恶现象的作品要难写得多，这就更需要作家的耐心和耐力，这与攀登高峰一样，当你流尽汗水、用尽全力登高望远的那一刻，你才会感受到“一览众山小”的惬意和成就感。

表现时代进步并非一定都是正面题材和反映正面的作品。中国正处于转型期，当今社会有许多现象值得我们去反思、领悟，也有许多需要努力去纠正的东西，甚至有些必须去无情地批判和揭露。这当属于文学另一种表现时代进步的责任和需要。作家具有批判意识和批判精神十分可贵，应当坚定地给予肯定和支持。我们需要注意的是，一个作家的创作思想和创作视野，一定要有唯物主义历史观，对社会的认识和分析，包括对一些现象的认识和分析，应当尽可能地客观、全面、深刻和理性。能够站在民族发展和时代进步的高度去认识问题、分析事物、看待现实，这样我们的作品才可能更贴近真实的生活本质，更容易被时代所接受，也就有了更高的文学价值。

文学对时代的担当，其实更多地体现为推动时代进步的责任。无论你是高歌还是低吟、无论你是小曲还是协奏，只要你心怀真诚、情自本真，伟大的时代都会微笑地将你高高托起……

三十年正年轻

——在《文学报》创刊30周年纪念座谈会上的讲话

同志们、朋友们：

大家好！

三十年前（1981年）的今天，在我国诸多文学前辈和上海市委领导的发起与倡导下，我国文坛的一张重要专业报纸诞生了，这就是我们今天从四面八方来到上海，聚集一堂，为她祝贺生日的——《文学报》！

三十岁，对一个人来说，是而立之年。三十岁，对一张报纸来说，同样是值得总结和显耀的而立之年。三十岁，在青年朋友的眼里，是个向往的成熟年轮；而对五十、六十、七十，甚至更年长的人来说，三十岁又是多么年轻、多么朝气，是个充满活力、展现能力、显示睿智、描绘宏图、挥洒激情、迎接收获、等待褒奖的年龄。三十岁的《文学报》难道不正是这样吗？她，精美而不失大气；她形态华丽而始终保持内容的平实与亲切；她把自己的文学的信仰渗透于每一块版面的字里行间，又用更多的真诚与炽热的情感拉近了与作家们的距离；她在坚定自己的社会主义文艺方向的同时，从没有放弃将一切可以争鸣的思想与观点彰显在自己独立的主张之中；她兼容甚至刻意把文学之外、中国之外的那些健康的、向上的甚至是探索性的各种文化与艺术元素引入自己的天地，从而铸炼与凝聚出有自己风格的精神价值观。正是《文学报》的这种倡导与特色，这种热情与真诚，这种意志与风格，使她在中国文学界、中国文化界、中国报业界赢得了广泛的声誉和好评，尤其是得到了广大作家们的爱戴。在此，请允许我代表中国作家协会、代表铁凝主席和李冰书记，向《文学报》和所有在《文学报》工作过的同志们表示最诚挚的节日祝贺！

上海这座英雄而现代化的城市，她在我们所有中国人的心目中永远是一种向往。所有中国人，不管你是不是上海人，我们总是有可能与上海这个城市有某种联系。比如说我自已，我不是上海人，但我的外婆是上海人；比如说我不在上海出生，但我的祖先在二百多年前从苏州、常熟、太仓等地汇聚到了黄浦江畔，投身于一个沿海、沿江城市的开埠，使得一个小渔村变成了世界闻名的大都市。比如说我没有在上海上学，可我的小学、中学老师都是上海人，尤其是当了我五年中学班主任的张伟江老师，曾是上海市的前任教委主任；比如说我没有在上海工作过，但上海来的金炳华部长到我们中国作协当了八年党组书记，我和我的许多同事成了他的部下，金书记为人处世真诚细致、对待工作认真负责，他与党中央始终保持高度一致的政治意识等多方面的领导作风与工作经验，已经成为中国作协领导干部永远学习的一份可贵的精神财富……上海总是与我们每一个中国人有着密切的联系。中国的许多作家也许并不像我这样一个紧挨着上海的苏州人那样与上海有着地缘上的特殊关系，但他们仍然同上海有着深厚而密切的关系，这样的关系的建立，靠的就是我们今天大家一起为她庆祝生日的《文学报》！

《文学报》是我国文学界的一份重要的专业报纸；《文学报》更是我们全国作家与上海这座城市和上海文学界朋友们相互学习、交流和建立友情的一个桥梁及平台；《文学报》以其开放、包容和总能在文学艺术上展示自己独立主张的魄力与魅力，团结与吸引着广大作家，引领和活跃着文学的方向与气氛。三十年来，《文学报》坚守和秉承高尚的文学品格，关注和尊重作家们的心声与意愿，积极传递和播撒各种清新与鲜活的信息，在重视和理解读者阅读品位等方面，无不显示着自己热诚、真挚、厚实、精致的品质和至善、圆融、开拓、创新的风貌。三十年，对一张专业报纸而言，尤其是文学专业报纸，其风雨兼程的岁月磨砺，其跌宕起伏的意识交锋，其不断深刻多变的探索实践，无不渗透着每一位办报人的心血与智慧、热忱与激情，也无不饱含了上海市各级领导对这份报纸的关爱与支持。我想借此机会，也代表中国作家协会、代表全国的作家，向上海市委、上海市政府和上海人民，表达对你们三十年来一直关心、支持、帮助我们心目中的这份自己的报纸的真诚谢意和崇高敬意！

三十年来，《文学报》满载光荣和光辉；三十年后的路如何走，这是又一个新的课题和新的挑战。我们有理由相信这张报纸一定会在新的历史征程上越走越光明，越办越成熟。我们有理由相信，在社会主义文学和社会主义文化事业大发展、大繁荣的今天，《文学报》一定能乘势而高歌猛进，继续保持自己独立的、高尚的，与作家们同呼吸、共命运的文学气场，为繁荣社会主义的文学事业做出属于《文学报》自己的那份永远让我们尊敬和仰望的贡献！

谢谢大家。

2011 年 4 月 2 日

让我们以文学的名义致敬文学编辑
——在《民族文学》创刊30周年庆祝会上的讲话

各位领导、各位嘉宾、各位朋友：

大家好！

非常高兴出席今天《民族文学》创刊30周年的庆祝会。一本杂志，一本文学杂志，一本少数民族文学杂志走过三十年历程，这是值得庆祝的。因为《民族文学》的特殊性和《民族文学》创刊以来，它所承载的文学责任和培养的一批批优秀的作家，以及所推出的一部部优秀作品，足于证明它是我国社会主义文学大家园中的一个重镇。这样的一份文学刊物，我们应当给予它应有的敬意。为此，我代表中国作家出版集团和所属报刊社的同仁，向作为兄弟的《民族文学》表示最热烈的祝贺。

我们知道，从事和组织一份刊物的主要责任人是我们的编辑。

何为编辑？有人说："编辑是信息和知识有序化、载体化与社会化的业务活动。"也有人说，编辑是"根据一定的思想原则，以相应的信息或著述材料为基础，进行优选、创意和优化、组合，使精神成果转化为某种传播载体的智力劳动"。

实际上，编辑一词，最早源于我国。殷商时期的甲骨文中就有"编"字出现，司马迁《史记》中的十表八书，就是我国最早期的编辑工作之结晶。所以，中国的编辑史与中国的文化一样源远流长，正是因为生动、丰富和活跃与精湛的编辑活动，才使我国五千年的灿烂文化得以传承至今。

我们从事的编辑是一项职业，做编辑工作的人，是一群必须具有职业道德的人。在我们中国这样的社会主义国家里，为时代、为大众服务是我们道德的核心，当然，也是社会主义编辑工作者的职业道德核心。我们知道，道德的中心问题是个人同他人、个人同社会集体利益的关系问题。俄国著名学者普列汉诺夫说过这样的话，“任何道德都是以或多或少的自我牺牲为前提”。因此，编辑应该是一个能够为他人服务，具有为社会奉献精神的人。编辑是一种传承文化、塑造人的灵魂的崇高而光荣的职业，它给人以职业荣誉感，但同时它也是政治性、思想性、科学性很强的工作，是很艰苦、很细微的一种特殊劳动。编辑通过默默的劳动把作者的劳动成果尽可能完美无缺地奉献出来，故有“为人做嫁衣”之说。

从这个意义讲，编辑还是一种服务性工作，编辑在具有荣誉感的同时必须具有奉献精神。编辑的工作在很多时候可以随心所欲地对各种原材料进行选择，但他又常常无法进行个人的选择，因为你所承担的责任是向社会传播影响人们思想、推动社会和时代发展的产品，此时你就无法进行个人主观的自由选择。这就是编辑，你纵然有万般能力和见解，但在你进行选择时，你个人的价值观和情感表达必须离开主舞台，让路给你的作者和你的读者。

我以为文学编辑是所有文字编辑中最具创造力和影响力的一个特殊群体。这缘于文学与其他文字产品的不同之处，它所创造的是精神产品。文学编辑在拿到一部作品时，他可以与作家一起为作品中的精彩而兴奋，也可以同作家一起分享思想和艺术的那份独立的自由；他可以同作家一起举刀参与对社会时弊的激情战斗，也可以同作家一起因心灵和肉体的痛苦流泪与伤心。然而，文学编辑必须保持自己的清醒，当作者的思想和自由的追求脱离我们的基本价值观的时候，他应当是悬崖勒马的骑手！当作者无法从创作的迷途中解脱的时候，我们的文学编辑应当是激情而有力量的并且是方向坚定而明确的引领者！在通常的情况下，文学编辑是作者作品的一位雕塑者，因为他们的细致、艺术和创作而使得那些粗糙的石头成为玉石、成为武器，成为冲击和抚慰我们心灵世界的雷电与春风。文学编辑又在通常的时间里，是一个个文字和一部部长篇巨著的清洁工，因为他必须带着工具——这个工具是编辑对文字的驾驭能力；他还必须带上水，这个水是编辑自己的生活经验、知识积累和对我们生活着的这个世界的全部感受而形成的湖泊、江河与大海。正是这种取之不尽的水，才有可能对所有作者们从四面八方汇聚到编辑部的所有文字进行清理和洗涮，使其光芒四射、充满生命和活力，并且永恒地让我们记忆和传承。而一旦作家和作品被掌声和鲜花簇拥到成功的星光大道时，我们的编辑则该走向后台，成为默默甚至永远不被公众所记忆的幕后人，这就是我们的文学编辑！几乎没有一个作家、一部作品能离开我们的文学编辑而独立成书。这就是我们文学编辑的功劳！这就是我们今天为什么要纪念和庆祝一个文学杂志创刊30年的另一个重要意义！忘却了文学编辑和文学杂志的功劳，那就意味着我们对文学的总结和认识是远远不够的。因此，借这一机会，我以一个作家和一个工作了16年的文学杂志编辑的同行身份，向《民族文学》的所有编辑和参加今天会议的其他刊物的编辑们致以我的崇高敬意！

谢谢大家！

热贴莫言，不如远离莫言

自莫言荣获诺贝尔文学奖以来，圈内圈外一谈及文学必提莫言。毋庸置疑，莫言获诺贝尔文学奖，使全中国13亿人都感到提气和长了面子，它对推动中国文学和文化事业的繁荣发挥了不可小觑的正能量。

但笔者也看到了一些并不符合文学规律和不利于文学繁荣的现象：比如现在有相当多的文学名家都在暗暗使劲，花大力气，并且各显神通地在与中外出版社和翻译家频频进行联系，不遗余力地以各种方式推介自己的作品，而且不管路径对不对，似乎"能把作品翻译出来，就离诺奖近了一步"。不少人已经用这件事替代了原先专注的创作，似乎到了忘乎所以的地步。其间，有些人在冒牌出版社、翻译者的不正确引领下，进行着诸多无谓的努力和空想，这很令人担心。因为这些人本来是很有前途的，他们的精力一旦不放在创作上，而是一股脑向莫言靠近时，可能失去的不光是真正的自我，也许是其一生的业绩。这令我对今天的中国文学产生了真正的担忧。

此外，大量的、盲从的、企图一鸣惊人的文学爱好者，他们并不真正去了解莫言先生是如何一步一步走向诺贝尔奖的过程，只是心怀过度的狂热和对文学的一腔盲目热爱而去崇拜莫言先生。凡莫言之书皆收入书架，成批成袋地从书店将十卷本"莫言精选作品"、20卷本"莫言文集"浩浩荡荡地拖回自己家里，如饥似渴地学习和模仿着莫言的"魔幻"——却把其他的本应很适合自己学习和对照的作品统统搁置一边，甚至抛入垃圾筒内——他们言必“红高粱”、叫必“蛙”声，谈及理想和奋斗目标时也必提“诺奖”。可怜这些君子先生们不知中国其实仅有一个莫言，世界也只有一个莫言。

还有些情形更可怕，此情形在中国当下特别时兴和风靡，即一窝儿的“莫言”作品戏：影视界一窝蜂地抢莫言作品改编；舞台戏剧界一股脑儿地去演莫言作品；出版界更不用说了，谁抢到一本莫言的书，便开足马力，不管市场和读者需求如何，印！疯狂地印！印到仓库和书店装不下还在赶着印！听说有家出版社2013年全年的工作就基本盯着一件事：把莫言作品的“选集”“文集”“插图集”“丛书集”“精品集”“自选集”“豪华本集”“普通版集”“青少年读本集”“中老年选读集”……统统一网打尽！随之而来的还有发行和书店的老板们也跟着一起起哄，并且明确声明：凡非莫言作品的图书不进！好家伙，紧跟而来的是：成千上万的印刷厂齐刷刷地在印莫言的书，火车和高速路上的汽车也都在运莫言的书。结果，没多久，废品收购站里进来的也都是莫言书……什么叫浪费？什么叫奢侈？大概这也算其中的一个突出现象吧。这还不算是最严重的“怪现象”，真正的“怪现象”是在非文学和出版行业之外的商界：什么“莫言酒吧”“莫言书屋”“莫言文苑”“莫言时装”“莫言文具”“莫言包箱”……呵，你听都没听说过的“莫言”奇闻奇事！

跟风大行其道，其结果是海量的浪费、无为、无趣，甚至是灾难。中国人缺乏创新意识，跟这种盲目的崇拜并企图一夜成名的功利主义有关。就文学而言，百花齐放、百家争鸣，才能显示作家的创作能力和创作前景；就商界而言，品牌的个性化、市场化、满意度才是最可贵和最有可能创造“百年老店”的核心竞争力；就一个民族而言，多种性、多样性、创新性才是它的希望所在；就一个作家而言，激情创作和理性对待名利，是衡量其是否能成功的最重要的尺度。世界上一些伟大的作家之所以成功，他们几乎都有自己与众不同的追求和方向，莫言也是如此，中国的许多有可能成为下一个诺贝尔奖得主的人也是如此。

从这个意义上讲，如果我们在文学和文化建设工作上真正做到了远离莫言，也许我们才有可能离下一个诺贝尔文学奖更近。我的朋友莫言兄是否也同意我的看法？我想他会赞成的，否则我们就是太多地纠缠和影响了他的形象，其实那也是对他的不够尊重。

2013 年 2 月 18 日《中国艺术报》

作家要把自己修炼成高尚和高贵的人

我为什么提出这个问题，这其实是我在沉积了长时间的文学实际和观察当今文坛之后所一直在思考的问题。其原因之一是：我当了二十多年文学刊物的主编和出版社社长，尤其是前几年当出版社社长天天看稿，天天看到的都是什么稿子呢？无论是当代一些著名作家的作品，还是更多年轻作家的作品，如果用一个数字来对此进行概括的话：那么我所看到的一百部作品中，至少有九十五部以上都是写的“小我”的鸡毛蒜皮、鸡零狗碎，低俗、庸俗、无聊、无趣的事情。几乎很难看到那些真正站在国家、人民和时代层面上，反映当代社会生活的主流问题的作品，如经济建设、城市化进程、执政矛盾和中国人走向世界过程中所发生的那些大情感、大矛盾、大格局下的人和事；也看不到那些叫人提升，精神获得洗礼，灵魂受到冲击，知识获得升华的作品。

难道中国的作家就这个水平？就只能写这类所谓的作品？悲也！

更可悲的是，面对这样的作品，我们文学圈内仍然沾沾自喜、扬扬得意地在不断地称赞自己的成就如何如何的繁荣。其实文学圈外根本没有几个人这样看我们，看这类作品，倒常有人向我提出：是不是中国现在的作家都是这种水平？我无颜回答。因为我的圈内同行们还在为这样的作品获这奖那奖而陶醉。

中国的文学为什么是这样？我想来想去，还在于一个根本的问题，那就是中国当代的作家，缺少高尚的人格。没有高尚的人格，何来作品的高尚境界与大视野？此外中国作家缺少精神上的高贵。一个精神上不高贵的人，怎能看得到时代和历史所呈现的诗史画卷和伟大进步？中国作家还缺少高远的视野。井底之蛙不可能见得天空到底有多大；灵魂龌龊的人怎可知光明磊落者的胸怀。这三缺，带给当代文学作品的就是低俗、小气、狭隘、自私、无聊，因此没有水准的作品、没有意思的作品、没有读者的作品充斥着我们的文坛。结果是人民长期不满意，对待当下社会问题的批判不痛不痒，给予我们读者的营养就像受了污染的白开水，不喝还好喝了肚子一定胀疼。

中国当代作家如果不把自己在精神、灵魂和知识上修炼成高尚、高贵、高远的人，就永远不可能创作出经典作品，更不会出鲁迅、托尔斯泰这样的大作家，即使再多人获这个奖那个奖，国家、人民和历史也不会买今天的文学之账！

因此我认为：如果现实社会已经给予了我们太多的精彩与丰富，那么当代作家需要的就是下功夫把自己修炼成一个个精神和灵魂、思考和知识层面上均具有高尚与高贵品格的人，否则就不可能期待产生那些令读者看后获得解渴和振奋人心之感的好作品。

相比之下，当代报告文学作家在从事创作和所创作出的作品质量上，要比其他文种作家的作品高尚和高贵得多，尤其是在贴近现实、贴近社会、贴近人民群众方面表现得更加高尚和高远，因而其作品也更具时代性、人民性、当代性价值。因其对现实的批判和赞歌都能够站在社会的高度去审视，其价值也因此高贵得多。

哲夫就是其中之一。他是从一个小说家转型为报告文学作家的。用他自己的话说，他的这种变化是渐进的、根本性的改变。哲夫说过，在读者的眼里，小说就是假的、编的、虚构的，人们往往哈哈一笑就完了。但他要的不是这个效果，考虑到只有纪实性的东西才能更直接地干预社会，所以他在1997年出版了《哲夫文集》后，转向了报告文学写作。

我认为哲夫的这一华丽转身转得好，转得有价值，是比别人更早的清醒、更早的觉悟，因此这些年哲夫尽管作品不是太多，但每一部都能产生重要影响。我不认为哲夫已经是个全身上下都高尚和高贵的人，但至少我认为他在写某一部作品、某一个事件时，他所倾注的情感是集中了高尚和浓缩了高贵精神的，因此他的作品也就产生了良好的社会效益。

哲夫哲夫、一哲之夫。也可以这样读解哲夫的名字：一个转身，一介平凡普通的小说家，一跃成了气昂昂、胆过人、文采飞扬的大作家。

哲夫的《执政能力》《人类生态三部曲》等作品引起人们的高度关注，具有很高的价值。哲夫自己也有感觉：是不是因为有了这样的作品，自己再往社会上一走，人们对他的尊敬和眼神都不一样了？我想是这样。这就对了，因为你已经成为了一个高尚和高贵的人，人们就会尊敬和尊重你；如果你专门写些低俗的、无聊的、与现实社会格格不入的作品，也就没人理会你。也许你还可能碰上一个少年的母亲朝你瞪眼，骂道：你啥狗屁作家，整个毒害青少年的流氓！这其实不是笑话，中国的作家基本上多数处于一个被骂的群体中，因为多数作家的作品处在应当被骂的水准上，不被骂才怪！骂是好事，证明我们的国民比我们的作家更有水平，从这个意义上讲：中国文学还有救，因为我们的老百姓和读者还算清醒，不清醒的是我们的作家。

现在哲夫高尚和高贵了，我们期待你永远地成为精神和灵魂上的高尚与高贵者，即使没有获得鲁迅文学奖、没有获得茅盾文学奖、没有获得诺贝尔文学奖，山西人民、中国人民仍然会把你当作“神”敬起来。

第三篇　生活漫步

见得今日“洋苏州”

数百年前，一位叫马可·波罗的欧洲旅行家，来到中国江南的姑苏城。他一步步走过弯月般的石桥，听牧童在桥上哼着古诗，如痴如醉道：苏州有与威尼斯一样美的水和水上的城郭，但威尼斯没有苏州这么多有趣的石桥、庙宇和烟雨下的小巷人家……它是东方之美的杰作。

苏州是我的故乡，它的小桥、流水、人家早已闻名天下，但今天的苏州，除了保存完好的原有风貌之外，更多的是立交桥、高速路和被连片的绿荫簇拥的摩天大楼。在这个美丽如画的古老城郭的东边，如今耸立着一座异常娇艳明丽的新城，她就是被我的父老乡亲们称为“洋苏州”的苏州工业园区——中国和新加坡两国政府共同缔造的一块具有当代国际最先进管理水准的现代化实验地。

“洋苏州”见证了新中国发展最快的历史阶段。1978 年，中国刚刚进入改革开放的时候，现代化建设的总设计师邓小平访问新加坡，他被这个建国仅有十几年的年轻国家的经济快速发展和高度社会文明深深吸引，表示要学习借鉴新加坡的发展经验。

1994 年 5 月，伴随着一阵阵震耳欲聋的机器轰鸣声响彻云天，在我从小“捕鱼捉虾”的阳澄湖一隅的金鸡湖畔，一位脱俗不凡的苏州“美人”便诞生了！

她的出世与众不同，带着“洋”味，带着娇贵，也带着苏州特有的韵味——低洼泽国、茭白藕肥。然而建设刚一开始，新加坡人提出了一个令苏州人想都不敢想的方案：70 平方公里中新合作区整体垫高几十厘米。

于是，有人强烈反对，提出种种质疑。然而新加坡人坚持道：“如果有朝一日，你们苏南地区发生千年一遇的洪水，而那时投资者乘了直升机在天上飞，看到其他地方都淹了，只有苏州工业园区在水面上，这是什么感觉？这才是他们愿意来投资的地方！”

苏州人的内心震撼了：欲把此地建设成投资者的天堂，仅仅百年大计是不够的，需要千年大计。于是，庞大的中新合作区域被整体垫高了95厘米！

“当时每填一立方土需要8美元，整个中新合作区面积里光填土这一项就要花三十多亿人民币。我们真的第一次强烈地感受到什么叫千年大计！当填土大战开始后，整个苏州市周围的道路上不分日夜地有几百辆拉土车在跑，满城尘土飞扬，我们常常被人骂得狗血喷头，因为这样确实给大家的生活带来很多不便。但园区建设的战车已经启动，必须朝前走，而且新加坡人的时间观念特别强，谁耽误了就得赔大钱！再说那钱中有我们中国人的、有我们苏州人的，谁也不愿白白浪费。拉土的车子车牌是黄的，车身颜色是黄的，拉的土又是黄的，所以一时间有人说苏州现在了不得，满城都是‘三黄鸡’……苏州百姓为建设自己的美丽天堂是做出了牺牲的。”一位当年参加园区建设初期战斗的老同志如此感慨道。

有付出，就会换来相应的硕果。几年后的1998年，苏南大地真的来了次百年不遇的洪水，当时常州、无锡一带几乎全军覆没，而汪洋之中有一片绿地幸存，那就是新建的苏州工业园区。

“铁的规划和亲商的理念”，这是苏州工业园区被人称道的经验。许多地方的开发区遵循的是“边修路边引资”，可在苏州园区，投资者还没有进来，这里的地面上已经绿树成行，道路平坦，所有可能用得上的基础设施已全部到位，且是当今世界上最现代化的水平。这就是苏州园区建设有名的“规划超前”和“规划全覆盖”思维。“在这里，规划绝对不会因领导的变动而变动。”这样的话语，在苏州工业园区深入人心，并融入每一个建设者和管理者的日常行为之中。

“借来彩云绣新裳，鉴往知来谱华章。”如果说，之所以能在短短 15 年就成就了故乡这位“美人”，那么“亲商”可能是她最重要的“美身养颜”之秘方。

“这个‘秘方’是新加坡人传授给我们的。”苏州人坦率而又感激地告诉世人，正是因为新加坡人的这份“软实力”使那个区区岛国成为亚洲“四小龙”之一，同时也因为苏州人甘拜新加坡人为师，全心全意地将这一“软件”更加完美地移植到了自己的园区招商引资之中，才使我们的苏州“美人”日后健康成长、亭亭玉立。

“站在投资者的角度考虑所有问题。”

“为投资者服务不分分内分外。”

“每个部门每个人每件事都要为服务对象着想……”

十几年来，园区人把这样的理念当作座右铭，并落实到自己工作的每一个细节之中，甚至苛刻到“一站式”服务的大厅现场连柜台都不能超过 85 厘米。在这样的“亲商”氛围中，苏州园区还能招不到世界上最优秀的企业和客商？

苏州市的经济发展速度和 GDP 总量在改革开放的三十多年中，一直走在全国前头。而苏州工业园区则以占全苏州 4% 左右的土地和人口，创造了占该市 15% 左右的地区生产总值和财政收入，吸引了 25% 左右的外资，实现了 30% 左右的进出口总额。

苏州园区的发展，堪称科学发展理念的典范。只要你走进园区，那扑面而来的清新空气和每一条道路、每一处景致、每一座建筑，甚至是耸立在路边的每一根别致的灯杆，都会让你感到与众不同的舒适、愉悦与满足。你在这里听不到机器的轰鸣声，更没有横冲直撞的车辆，你可以听到轻曼悠扬的音乐声，可以闻到奇花异草的芬芳，可以看到白鹭在湖面上与飞艇接吻，可以坐在时代广场边观赏母亲带着牙牙学语的囡囡与天空上的飞鸟对话。傍晚时分，灯火闪烁、评弹飘扬的李公堤上更是充满了姑苏韵味和现代时尚相融的迷人新曲……如果不是亲临园区，如果不是听主人亲口介绍，站在金鸡湖畔那片风景如画的水与绿、庭院和长堤组成的人间仙境之中，绝对不可能想象出它会创造出如此巨大的财富。因为这里的工厂和车间被绿荫掩映着，这里的道路干净得难见一粒尘埃，这里的行人像在公园里悠闲地散步，你不可能认为那是“工业园区”，而一定会认为是江南的又一处新景园。

弹指一挥间，金鸡湖畔的园区内又推出了全新的商务区、阳澄湖生态旅游度假区、科教创新区，形成新的经济增长三大板块，加之同时崛起的东部综合保税区，使得今日之苏州工业园区更如一位婀娜多姿、光彩照人、全身都散发着青春魅力的妙龄少女。

“五十年不落后，五十年后依然站在世界前列。”苏州人豪情万丈，他们以超人的智慧和创新的精神，一年更比一年好地实现着自己的梦想。

呵，我的“洋苏州”，你的美丽和财富，使我那原本就美丽如画的故乡更增添了迷人的魅力，而这正是中国现代化童话般传奇的缩影。

故乡水韵

都说姑苏美，然而什么是故乡苏州的最美呢？

有人会说是沃土，有人会说是这块沃土上的历史遗韵和人文胜迹，尤其是春天桃花与菜花并开的田野风光，还有人会说是苏州的女子，尤其是那些垂发挥针的绣娘……干脆也有人说是阳澄湖的螃蟹、太湖的鲜鱼和飘香的桂花黄酒……其实苏州的美物，可以写下千行万句，但在我看来，苏州之美，乃是天造的江湖河塘之水。

“小桥流水人家”，这是人们对姑苏的永恒记忆。“川曰三江，浸曰五湖”，故乡吴地在远古时就有“三江五湖”。“三江”是指松江、娄江和东江，这三条大江是吴地最早的排水干路，是吴地的主动脉。“五湖”指的是贡湖、游湖、胥湖、梅梁湖、金鼎湖。其实“五湖”是泛指太湖流域一带所有的湖泊，古“五湖”是吴地最重要的“器官”……

苏州人要感谢的祖先很多，其中最需要感谢的是那些造水、治水和利水的英雄。大禹不用说了，他在太湖降龙的治水传说给吴越先民留下了宝贵的治水经验；其后的伯泰、仲雍以身作则带领土著人破除了“水怪”的骚扰而平定了这块荒蛮之地的野性；最早开凿的“伯泰渎”给这里的庶民带来了灌溉、航运和饮水等多方面利益；还有秦始皇三国时的孙权、主张开凿大运河的隋炀帝、吴越小国王钱镠、宋朝的范仲淹、赵霖，以及明朝的钦差大臣海瑞和在苏州当了5年清官的林则徐等，他们都为吴地做过造田、治水的巨大贡献。共和国成立之后的二十多年里，“水利是农业的命脉”成为父辈一代人的旗帜和战斗号令，我坚信：江南水乡假如没有那十几年的兴修水利，就不会有现今依然“稻谷香、鱼儿跳”的好风景。

“人语嘲喧晚吹凉，万窗灯火转河塘。两行碧柳笼官渡，一簇红楼压女墙。”宋代诗圣范成大的这首《晚入盘门》，勾起了我当年在长江大堤参与治水战斗的悲喜交织之情……那时我只有15虚岁，但在那个疯狂年代，我们别无选择。然而，现在的我却常为自己曾经有过的这段为家乡水利建设所做的贡献而感到自豪——因为当下的年轻人是不可能再有我们那个时代的磨砺了。

苏州是水育之地，苏州人的治水本领与生俱来。苏州人还把与水搏杀的本领活脱脱地运用到现实生活之中。比如众所周知，苏州经济在20世纪80年代的亮点是乡镇企业，90年代之后的亮点是开放型经济，两者似乎具有机制和体制上的巨大差异，甚至是断裂的、对立的。然而苏州人后来只经过了几年光景，就将这种“断裂”与“对立”很快统一起来，运用他们从祖先传承下来的那种利道治水的本领，很快将两股完全不同的江与河之水融合在一起，形成巨大的湖塘存蓄，为整个地区的社会发展积蓄了取之不尽的源泉。尤其是近年来，当地政府和人民在科学发展观的指导下，对水的保护意识大大加强，并且取得显著的效果。

因为我的父老乡亲们知道：江与河，看起来不同。江水终日汹涌澎湃、奔流不息，是为了奔向大海；河流之水有时涌入大江，有时流向塘湖。但如果江水没有了千万条河流的汇入，便没有了能量；河水如果只向湖塘流淌，其生命也将变得渺小和黯淡。江与河既有别，又有同，两者之间渗透了相互依存与传承的关系，湖塘则是江河歇脚与蓄力的温床、准备远行的驿站。保护水，就是保卫自己的家园。我的父老乡亲们深深地懂得这一点。

欲说苏州之水，不能不言太湖。因为八百里太湖的90%的水面属于苏州。太湖之水是苏州母亲胎盘里的羊水。没有了太湖之水，就没有了苏州的生命及其成长的可能。

2000 年，国务院对苏州城市总体规划的批复中明确苏州是“长江三角洲的重要中心城市”。

苏州人很看重自己在以下两个圈层中的位子：一是苏州在环太湖城市圈中的位子；二是作为环太湖城市圈城市在整个长江三角洲区域中的位子。太湖以水为媒，使姑苏大地成为中国最活跃、最有创造力及最具财富积蓄力的经济快速发展板块。毫无疑问，上海是这一区域的龙头。那么苏州呢？苏州是龙身还是龙尾？是龙身便应发挥其壮实而巨大的能够影响整个中华民族这条巨龙的能力，苏州似乎还达不到；是龙尾便应能左右天下风云，执掌巨龙前行后退的方向，这似乎也不是苏州所长、所能。那么苏州是什么？

“我们苏州要在太湖区域中发挥走在先、走在前、走得最好、走得最可持续的典范。”苏州干部们这样说。经过反复酝酿和思考，苏州人最后将自己定位在与“龙头”上海的对接和错位发展上。苏州要永远做上海的“乡下”，才会有自己的发展空间，才永远不会落伍于环太湖各个城市的强劲势头。苏州人清醒地紧盯“龙头”大上海，埋头干好自己分内的活儿……

“你们是龙眼啊！闪闪发光的龙眼啊！”突然有一天，一位中央领导来到苏州，当他在环太湖走完一圈后，欣喜地对苏州人如此说。

“龙眼”——多么准确而形象的比喻！是的，苏州是“龙眼”，苏州是环太湖高速经济发展区域的“龙眼”，是屹立于世界强林之中的中国巨龙身上的“龙眼”。

江河湖塘，组成了苏州人独特而绚丽的性格，那性格既是豪放的，又是柔美的；既是开放的，又是含蓄的；既是粗犷的，又是细腻的。是豪放中的柔美，是柔美中的豪放……

江河湖塘组合在一起，既可是一种放扬，又可是一种吸纳；既可是一种选择，又可是一种决断；既可是冒险，又可是避险。是理性下的激情，是激情中的理性，是激情和理性交融后的理与智、亲与情。

与苏州人打过交道的人都说苏州不是一个专横跋扈的地方，即使是那些名闻天下的园林与世界文化遗产，也只是含蓄之美。苏州人恪守中庸之道，凡事绝不会太过分。这——皆是江河湖塘交融、混合的水性文化所缘。

苏州的水与其他地方的水有时很不一样，通常理解“江河东去归大海”，这流动的水总是往一个方向奔涌而去。其实故乡的江河常常逆向而流。这是为什么？原来，这些江河离大海近，月亮和地球间产生的引力诱发了潮去潮落而形成江河之流复去复回的特殊景象，而这使得这些水非常活泛，因而更加富有灵性。

苏州是水的世界，苏州是由水组成的灵性之地，因此可以游刃有余地面对复杂纷乱的自然与人为的较量、搏杀，当然也有和善与敌意。

水，是我故乡的生命之源，是我故乡苏州大地的生命之根、生命之魂！

清澈、奔涌而富有感情的水，依然在我故乡长流……

穷人的孩子上大学难

上不起大学这种现象本来已经消亡了许多年，怎么又死灰复燃起来了？

于是，“决不让一个学生因贫困而辍学”的口号不得不由高校自己喊了。但大家很快注意到，喊这些口号的大多是北大、清华、复旦等著名学府，因为他们的经济实力强，少数穷人家的孩子在学校里一般都能得到校方的支持，减免学费一般都不成问题。另外还有社会各界主动要求帮助这些名校的状元们。但像农大、林大等专业学校的校长们就不敢轻易喊这类口号了，因为越来越多的学生交不起学费，给学校的正常教学开展带来了困难。于是在全社会一致反映要求下，本来就贷款贷不出去的广大银行家们做出了一个姿态：让贫困大学生贷款上学。

听起来很好听，1999 年 9 月、10 月，这个消息在电视新闻上很常见，但效果并不理想，因为贷款是需要抵押和担保的。后来抵押这一条放松了，可担保仍保留着。银行从不做亏本生意，特别是已经成熟了的商业银行。他们笑眯眯地向大学生走来，原来也想开拓一条“生意新路”，结果此路不通，凡想贷款的学生都是贫困生，而穷人想找人做担保根本没有人愿意。如今越是有钱人借钱越容易，而越穷的人则越借不到钱，这是世界性的规律。中国人的素质确实有待提高，特别是中国的一些百姓，他们都经历过大锅饭的“美好时代”。“吃饭不要钱，上学不要钱”，在共和国成立前几十年的具体形势下，“孩子上大学后就是国家的人了”，既然是国家的人了，还要我们掏什么钱？好多人今天还这么想。

中国在金融方面存在的最大问题，就是前十几年大批资金出银行后就再也找不回来了。现在不行了，银行收不回贷出去的款，就先砸自己的饭碗。对大学生也不例外，你没有担保人给你担保，银行就把脸别过去了。许多贫困大学生对担保贷款一事意见很大，说这等于是在纸上给他们画了一个饼，想吃又根本吃不着。我就收到了一个采访过的贫困大学生的信，她已经几个月口袋里没有钱了，听说银行到他们学校里办贷款一事很高兴，可当银行说必须有担保人时，她无所适从了，因为在北京她举目无亲，找老师和同学们，他们说我怎么给你担保？你再过两年毕业了，你贷的款到时还没有还，银行找我怎么办？言外之意是谁也不情愿当这样的担保人。

这个学生把心中的苦楚告诉了我，她说："现在，人与人之间没有最基本的信任，他们一点也不相信我，难道我是那种赖着不认账的人吗？我可以用人格担保呀！"我看后既为她抱不平，同时又觉得无可奈何，在商业行为和法律范畴里，人格担保在我们中国好像不能成立。现实生活中又有谁敢对一个并不是亲人的外人做金融性质的担保呢？我叩问自己，想想也确实不敢。因为中国之大、人的情况之复杂，许多事你能想得到吗？办好事得不到好报，反而咬你一口的事太多了。"贫出无赖"，此话虽有损广大贫困者的心，但现实中确有这类人。对此我想，广大的贫困大学生，也应该对平常人的平常心有所理解。一切似乎又回到了原位：穷人难上大学。

用心感受多彩生活

——寄语“90后”

我很羡慕“90后”，因为你们是最年轻的一代，是最绽放的一代，又是最美丽和幸福的一代。

有人说你们很稚嫩，还不懂什么是生活，甚至不懂什么是幸福和快乐。然而我知道你们虽然稚嫩却思想活跃，你们已经懂得生活，你们知道幸福与快乐更多的是心灵与精神世界的真切感受。

你们的年龄就像诗歌和鲜花，你们热爱文学，喜欢歌唱。文学是什么？文学是人生的梦，这梦可以陪伴你的一生，这梦可以使你人生充满激情和朝气，这梦也可以使你获得精神和心灵的雨露滋润，这梦更可以使你在成功或遇到挫折时产生新的动力，树立坚强意志。

梦，其实就是理想的起点；梦，就是多彩生活的第一个驿站。人在梦中可以不受物质与环境的影响而驰骋天下，人在梦中还可以攀越现实中任何不可逾越的天险，人在梦中还能设计和实现最最美好的愿望。于是我们可以这么说：梦，其实就是我们自己的星空。

现在，我们要把自己的星空变成现实，变成我们的追求，变成我们一生的歌与诗。而这样的转化与移植，靠的就是文学的功能。

于是我们会发现，文学与我们的青春年华有着天然的爱情与友谊。于是我们就会明白，文学为什么总在我们的心灵涌动与膨胀……

这就是文学的魔力。

要让这个魔力产生人生推动力，你们就得学会把握它的技能与规律，你们就得学会用眼睛去解剖现实生活的每一个细胞和瞬息而过的现象，你们就得学会用嗅觉去闻什么是香臭气味，你们更得用心灵去感受这个世界的多彩生活层面，因为这是唯一的可以让文学为你服务，为你绽放生命光彩的途径。

让我们一起牵手文学，走向成熟与光辉。

2009 年末

重上井冈山

1965年5月22日，毛泽东在阔别38年后重上他魂牵梦萦的井冈山，写下词二首，其中“久有凌云志，重上井冈山”“世上无难事，只要肯登攀”等豪迈诗句从此在人们口头传诵。

说来也巧，当我们“中国作家走进红色岁月”采风团来到井冈山时，有两个夜晚的住宿被主人安排在毛泽东当年重上井冈山时留宿永新县招待所的那一房间。对这份“特殊待遇”，我激动得长夜不眠，眼前浮现出伟人那挥就大笔，抒怀《重上井冈山》的拳拳之心和昔日指挥千军万马决战于茨坪、茶陵及黄洋界五哨五井的腥风血雨、滚滚红尘的不平凡岁月……

在人流如潮的井冈山革命烈士纪念馆里，听着讲解员讲述一个个惊心动魄、催人泪下的英雄故事时，你会自然而然地站在革命先烈的遗像前默默地驻足凝视着一张张坚毅而有些模糊的脸庞，心底顿时泛起肃然敬意。“5万余名井冈山革命烈士，有近2万人是无名英雄，我们至今不知他们姓甚名谁，但他们却与毛泽东、朱德、陈毅、彭德怀等开国元勋一样，永远活在我们井冈山人的心中。”讲解员用她清纯而低沉的声音，将我们带进那峥嵘岁月与英魂永存的英雄土地。

走进八角楼，端详小油灯下那方三尺木桌，你仿佛依然能看到当年毛泽东起草《井冈山的斗争》时饱含革命信念的如火胸襟。“农村包围城市，武装夺取政权”的光辉思想，如一炬永不熄灭的熊熊之火照耀着中国革命从弱到强、从小到大直至全国胜利的伟大征程。

在五百里浩浩井冈山峦群峰之间，有一条清澈长流的江河叫富水河，它在此次井冈山行程中给我留下了最为深刻的印象。

富水河很美，美得让人心醉。从井冈山谷中淌出的汩汩水流，绵绵不绝地奔涌着，歌唱着，并且滋润着两岸茂盛的绿地和青山，于是也就自然而然地在此有了一位高扬忠烈之风的伟大爱国诗人——文天祥。数百年过去了，但当你站在排排古朴苍劲的大榕树下，仍然闻得“人生自古谁无死，留取丹心照汗青”的正气之声。形如钩月的富水河流经文天祥故里富田镇，便慷慨地敞开宽阔的胸膛，在阳光下变得金光灿烂，宛如无边无际的锦缎。河水两岸蓊郁松林的颤动倒影，注定要挥就“笔落惊风雨，诗成泣鬼神”。当我们走进这座千年古村落时，在这恍如隔世的小村里竟然见得一座座、一方方完整的明清古建筑，其宏伟，其精致，堪称“周庄同里自相愧”。更神奇的是这里还保存着数以百计的红军标语和毛泽东等当年在此居宿的无数实物和故居，只可惜这些革命文物遭风吹日晒，该早早下手保护了！富田镇上的乡亲们在讲述当年红军如何在此轰轰烈烈成立“江西省苏维埃政府”和“打土豪分田地”的革命运动的同时，颇有几分悲愤之情地为我们掀开了当年“左”倾机会主义错误路线所犯下的一页页痛心的史幕。中共党史上有名的“富田事件”就发生在此，那会儿有数百名红军排以上干部被错杀，差点使井冈山的中国工农红军面临灭顶之灾。有情的富水河以其呜咽的缠绵，记录了那一段不堪回首的往事……

出富田镇，随富水河东南下行二十余里，便是当年第二次国内革命战争时期中国共产党创建的最早的另一个重要的革命根据地——东固革命根据地所在地东固镇。“上有井冈山，下有东固山”，这是当年中央苏区广为流传的一句乡语，它形象地描述了革命摇篮井冈山和毗邻的东固革命根据地之间的特殊关系。1929 年

1月，毛泽东、朱德率领红四军离开井冈山出击赣南，一路与敌军屡战失利，在“朱毛”队伍最困难的时候，是东固人民和根据地的丰厚粮草、枪支弹药以及充足的革命武装，给了红四军将士极大的鼓舞和补给。东固根据地后来在中央苏区五次反“围剿”中立下不可磨灭的功勋，其中三次反“围剿”的主战场是选择在了这里。黄公略等无数英烈的鲜血就洒在此地。

巍巍井冈山，红旗漫卷五百里。在这里，每一个山冈，每一棵树木，每一条河川，都映照着革命先辈浴血奋斗的身影与雄姿。信手掬一抔土，你可闻得硝烟；摘一朵山茶花，你能谛听英烈冲向敌营的厮杀声……

这就是井冈山。这就是无数英烈为建立新中国而用自己的鲜血染红了漫山杜鹃的井冈山。

“啊呀勒哎，红军阿哥你慢慢走勒，小心路上就有石头，碰到阿哥的脚趾头，疼在老妹我的心啊头。红军阿哥你慢慢走勒，走到天边又记心头，老妹我等你哟长相守，老妹我等你哟到白头……”这是我们到井冈山听到的一首最深情而凄婉的红歌，唱这首歌的是一位红军烈士的后代，她叫江满凤，是井冈山龙潭景区的一名普通环卫工人。她谢绝了外界的重金聘请，坚持留在现在的环卫岗位上，“那样可以让更多到井冈山的人听到我的歌声，让井冈山的精神传播得更远。”她说这话时脸上绽放的光芒异常美丽动人。

有一位老人名叫毛秉华，已近80岁了，他义务讲解井冈山革命史已经40余年，达数千场。这样的“井冈山精神传播者”还有很多，如退休将军何继明、老红军曾志的孙子石金龙、上海女知青杨洁如……他们是今天的红色井冈人，是今天传承井冈山革命精神的“星星之火”。

渼陂曾是当年红四军军部所在地。这个被当地人称为“庐陵文化第一村”的千年古村落，着实是井冈山地区保存较完整的一个“人间小天堂”。据说南宋初年，陕西长安的一位梁氏富家子弟远迁到此，历经几代人的苦心经营，建起了这座气势宏伟的乡间巨宅。如今这里仍完好地保存了367幢明清建筑，且全村户主清一色姓梁。此地书院文化、祠堂文化、宗教文化、明清雕刻文化艺术融为一体。嵌置于村落之中的28眼大小不一的池塘，错落有致地排成八卦图形，象征天上28颗星宿护卫着这个美丽的村寨。九曲十八弯的水渠穿行在宅前屋后，方便村民们晨洗晚沐。郁郁葱葱、蔽天掩地的古榕和樟树，如绿色锦缎，笼罩着这座古风浩荡、生机盎然的古村寨。

说来令人称奇的是，这座历经战火的古村寨竟依然存留着那么多当年毛泽东、朱德领导工农红军进行艰苦卓绝战斗的红色印记。仅“翰林第”大殿内的“红四军军部”处，各种可辨认的红色标语就达几十条。著名的“二七会议”旧址，朱德、彭德怀、贺子珍旧居，旧貌如故。而毛泽东的故居则更是让我们领略了一位嗜书如命的伟人的风采。这是一个书院，厅堂内一副对联：“万里风云三尺剑，一庭花草半床书”。据说毛泽东就是看到此联后便选择在此安居。老乡们说，当年毛泽东白天在战场上指点江山，夜晚常在此与村里的一位老秀才论古道今、谈诗数典。传毛泽东进中南海后，其书房里挂的就是这副对联。

先人已逝，故物犹存。渼陂能在800年中完好无损地保存了古村落的风貌雄姿，又能在80余年的沧桑岁月里精心呵护着红色印痕和革命文物，充分体现了这里的人民对待传统文化和井冈山精神的那份热爱之情，真乃可敬可贵。这也不难理解这个小村落为何能出梁必业、梁仁芥、梁必祯三位开国大将军。

五百里井冈山革命根据地，现在的大部分地区隶属吉安市。这块神奇而神圣的土地，曾经孕育了与中原同样发达的青铜文明，以文天祥、欧阳修为代表的“文章节义”之士更使这片土地呈现丰厚的文化底蕴。历朝历代中有21位宰相、3000名进士和18位状元出自此地，而且这里还是许多共和国伟人的先祖居住地。井冈山的烽火和东固苏区三次反“围剿”的硝烟，塑造了中国共产党的第一代、第二代领导核心，也缔造了共和国6位元帅、5位大将、30位上将、77位中将、279位少将和23位开国部长与省委书记，这在中华人民共和国的版图上是绝无仅有的辉煌。

呵，革命圣地井冈山，当我每一次对您深情地凝望时，仿佛在翻阅一部历史的长卷，那里面的精彩传奇和庄严与敬仰，总令我心潮澎湃、浮想联翩……

2010年5月20日《人民日报》2010年散文精选

玉树，你牵着我的心……

玉树，你曾经无数次拨动过我情感的心弦。三十年前，我有一个战友就在你那里，他告诉我，你是一片神奇的土地，喷香的奶茶、纯朴的藏民、绿色的高原，还有那素面朝天、高立于山腰间的寺庙……

分别后的战友曾经多少次邀请我去你那儿，却因工作缠身终不能成行。渐渐地，你成了我心中一个遥远的符号。突然，在今天，你猛地将我从睡梦中惊醒——啊，你竟然在地震的灾难中受痛吃苦……

作为一名曾经的军人，我经历过 1976 年唐山大地震和那次的抗震救灾；作为一名作家，我经历过“5·12”汶川大地震时的 4 次采访与抢险。现在，我多么想飞到你的身边，去为你受灾的儿女们尽一份力，哪怕是帮他们拍一拍羊袍上被废墟沾满的尘土，或者给那些因为房屋倒塌而失去课本的孩子送上一本书……

着急呵，于是，我一天无数次地拨动我的手机，通过各种途径，去寻找我曾经的那位在玉树的战友。那份担心，就像是自己的亲人遇到了不幸和灾难一样。

在玉树地震两天之后的傍晚，突然有另一位战友告诉了我一个手机号码，说这就是我们在玉树的那位战友的号码。我赶紧拨了过去：“喂，喂喂，你好，我的兄弟！你在玉树吗？你和家人都好吗？没遇到什么大事吧？”

“谢谢，难得你和战友们牵挂我。我和家人都好……房子虽然塌了，但没有生命危险。对不起，现在我要去抢救受灾的同事们，过些日子给你们回电话……”我的战友就这样关上了手机。从此之后，我一直没有接到他的回电。

他去抢险救灾了！后来，任凭我一次次地拨打他的手机，总是关机的状态。

于是，我只有通过电视画面，去寻觅我的战友和地震灾区的情况。这样的日子很难受，甚至有巨大的担忧，我怕各种可能，因为唐山大地震和汶川大地震都曾经深深地刺痛过我的心——我的多名战友在那两次大地震的抢险战斗中献出了宝贵的生命！我不想再失去自己亲爱的战友，我们已经不年轻了，我们的孩子也快有自己的孩子了。人至中年，情愫悠长……

“报告老战友，我现在已经到达玉树了。我们武警部队已有千人队伍抵达这里，开始加入抢救被埋群众的战斗……”这是身为大校的一位武警战友，突然在前几天的深夜给我发来的一条短信。

一阵惊喜后，我赶忙顺着他的短信拨回他的手机，但就是不通。这是为什么？难道他……我不敢多想，不敢深想，因为，曾经在唐山大地震时，我眼巴巴地看着数位战友在抢救群众的现场倒下了，并且永远没有回到我们的队伍中来！

玉树啊，你让人如此牵挂——牵挂你千千万万遇难的群众，牵挂我那些因你而投入战斗的战友！

于是，我每天除了工作和吃饭，总将眼神停留在电视、报纸和网络上。我不敢轻易离开它们，是因为我不想看到和听到更多遇难群众数字的上升，更不想看到和听到战友们的任何不测的信息……

“快，快来看，这不是你的战友吗？”今天是4月17日，周末，家人突然将我从书房叫出，指着电视屏幕喊起来。

可不！这是中央电视台新闻频道的“现场直播”节目画面。“在哪儿？我的战友在哪儿？”我紧张得似乎有些窒息，眼神一直盯着玉树那座倒塌的宾馆现场……

“同志们，再努力一把，一定要把这儿的人救出来！”镜头前，一位公安消防部队领队的少将在振臂动员。呵，老兄呀，你也在现场啊！我惊喜地叫了起来：原来是我的另一位在公安系统的战友，他也在玉树地震抢救现场啊！这不由让我想起了2008年在“5·12”大地震时，我们肩并着肩，一起奋战在北川县城的那些艰苦的日日夜夜。

“快看，那不是你的大校战友吗？”家人又一次叫起来。这时，一位挂着大校军衔的军人，正同一群战友，小心翼翼地将一名藏族小姑娘从废墟里抢救出来，那是个万人欢呼的场面！

而我，则在这个欢呼的现场的另一侧，看到了那位20年未曾谋面的战友。此刻的他，已独自坐在一堆废墟上喝着矿泉水，看样子已经筋疲力尽。如果不是他带着胜利者的眼神在向电视台的记者介绍情况，我无论如何也想不到，他就是当年在我手下工作的那位生龙活虎的年轻战士。

玉树啊，你因一场地震大灾而成为万众瞩目之地。抗震救灾的战斗依然在进行之中，而我的心依旧每天在关心你，牵挂你，那是因为那里不仅有千千万万受灾的人民群众，还有我亲爱的战友们……

2010年4月17日

“死亡之海”的生命礼赞

塔里木拥有世界上最大的流动大沙漠，人们称它为“死亡之海”。在那里，除了风暴与连天的沙漠，几乎没有生命。而我知道它还有个名字叫——“脱缰的野马”。身为一名作家，我的心早已被那个神秘的地方吸引，但因“死亡之海”的威慑力一直未敢贸然前行。

而今天，“死亡之海”不仅有了生命，并且已将生命的强大力量连接到了北京、上海的亿万家庭——长长的一条“西气东输”的油气管如支撑生命的中枢神经，更如装满鲜红血液的血管滋养着祖国经济建设的生命。于是，我怀着朝圣般的心情踏上了去往塔克拉玛干大沙漠的行程，去拥抱和拜见那些在“死亡之海”中奇迹般地激活与创造了生命的中国石油人。

一辆被同伴称为“路虎”的吉普车载着我们飞驰在蜿曲起伏、长达五百多公里的沙漠公路上，直奔塔克拉玛干大沙漠……

本来，这路是没有的。曾经有许多冒险家企图穿越这片直径逾千里的大沙漠，最后不是有去无回，就是半途而废。若不是这样就不叫“死亡之海”了，塔克拉玛干的沙漠鬼魂这样说。

通向“死亡之海”的起点，也是探险家们屡次寻觅金子之路的死亡之域。一百年前，瑞典人斯文·赫定带着7峰骆驼和4个仆人来到塔克拉玛干大沙漠，才是一次浅浅的涉足，仆人们便很快因迷失方向和断水而先后魂归西天，只有斯文·赫定自己扔掉身上所有的东西往回折返，幸好遇见一位老猎人才得以生还。“人类征服不了塔克拉玛干。”这位瑞典探险家向世界宣布道。

但中国人征服了它。

征服它的时候大漠里没有路，更没有现在我们走的如绿丝带一般的“沙漠公路”。这是1958年的事，一支叫505的重磁地质调查队，靠着320峰骆驼作运输工具，用45天的时间，完成了中国人第一次穿越“死亡之海”的伟大壮举。这壮举来之不易，102名队员，9次艰苦卓绝的反反复复，用数十峰骆驼的生命代价，才换得与塔克拉玛干的一次“初吻”。

就在中国人与塔克拉玛干“初吻”的同一个夏天，另一支找油队伍正在去往“死亡之海”的北部起始地库车洼地进行地质测量。这里有两个“姊妹构造”——吐格尔明构造和依克奇里克构造，担任测量这两个构造任务负责人的正是两位年轻美丽的女大学生，一位叫戴健，一位叫郭蔚红，她们都是西北大学地质系的毕业生，又是一对好姊妹。“姊妹构造”来了一对好姊妹，各带领着两支地质分队，将这一年的塔克拉玛干夏日搅得异常焦躁不安，忽儿风暴，忽儿冰雹，忽儿热得火烧火燎，忽而又大雨倾盆……年轻的找油队员们不知塔克拉玛干的脾气，当他们站在沟谷里还没有来得及拨动测杆时，身后的洪水犹如脱缰的野马直冲而来。

戴健和她的队友李越被冲到30多里外的地方，队友们找到他们的遗体时身上不见一丝衣物……同一天，郭蔚红队上的3位队员也被洪水袭击而壮烈牺牲了。5名队员，同一天殉职，最大的24岁，最小的19岁，且都是才从校园毕业的大学生。

在现今通往大漠深处的起端，有一条被命名为“健人沟”的沟谷，这便是当年戴健等年轻找油人的牺牲处。我知道，这里后来有了个依克奇里克油田，它是塔里木盆地发现的第一个油田。站在“健人沟”的那块石碑前，我本想向英雄们献上一个艳丽的花圈，却发现烈士纪念碑早已被绿里泛红的红柳所拥簇着……呵，原来沙漠里还有如此生命顽强而美丽的草木！这就是常听人说的沙漠红柳?!

是的，它长得不高，却在沙海里显得格外挺拔；它不繁茂，却在黄澄澄的沙土上显得格外生机；它也不像南方的柳枝那么婆娑婀娜，更不像樱花那么光艳飘洒着漫天的浪漫，但她却以一种原始式的激情和动作拥抱着沙砾而随风摇曳着、舞蹈着。浩浩沙漠，漫无边际，给人一种恐惧和悬空的感受，可就因为红柳的出现，顿添几分淡定。这也许就是红柳的独特魅力，你看它将其全部的根须和整个身子紧贴大地的姿态是何等的温存而缠绵、忠诚而执着、深邃而刚毅。

是的，大漠假如没有了红柳，才是真正的死亡。

“塔克拉玛干沙漠是流动型沙漠，也就是说它的沙体与海水一样是不固定的，加上一年四季的100度温差等异常恶劣的特殊环境，在这样的地方要修一条永固性的沙漠公路，其难度可想而知。有人把我们当年修建这条500余公里长的塔克拉玛干沙漠公路，称之为是比航天器登月还伟大的工程，其实并不为过。”塔里木油田的宣传主管李佩红女士自豪地对我说，她说她和她丈夫都参加了修建沙漠公路的战斗。“我们石油人对祖国的忠诚与奉献，就像红柳对沙漠戈壁一样的赤诚与无私。”

如巨龙般的沙漠公路在向塔克拉玛干腹地纵情地延伸，仿佛是石油人伸向天空去迎接清晨徐徐升起的朝阳的一只大手，温情而有力。也就在此时，坐在车上的我，心旷神怡，思绪万千，感慨颇多。我在想象石油人当年修建它时该遇到怎样的艰难与困苦?

比保尔·柯察金参加修建铁路时更艰苦？肯定。

比曼德拉坐牢二十七年更寂寞？肯定。

比杨利伟飞往太空更惊险？肯定。

塔里木石油人告诉我，沙漠公路是他们数万人用生命、汗水和智慧铺成的血凝心路，也是中国石油人誓死征服“死亡之海”、为祖国多献石油的信念之路。呵，我这才明白，在世界独一无二的流动沙漠的瀚海之中为什么能够筑起长城一般坚固的通路，那是中国石油人用信仰和意志修筑的一条通达理想的天路，而在这天路的另一端便是他们的一个个石油产地。“只有荒凉的沙漠，没有荒凉的人生。”塔里木石油人用这句话诠释了自己的生命价值！

据说，极度干旱的塔克拉玛干沙漠里不长草，只有红柳、胡杨和梭梭。当年科技人员为研究如何确保沙漠公路不被流沙和风暴吞没的世界级难题，用了足足 15 年时间才研发出一种地灌建成绿化带的方法，即在公路两旁种植几十米宽的绿化带，这些绿化带则由红柳、梭梭等耐旱的沙漠植物组成，并依靠长年不息的灌溉来滋润、哺育。可沙漠的水来自哪里？后来科学家们发现沙漠深处还是有水的，只是这种水深藏地下，且酸性极强，人畜不能饮，一般的植物浇灌后也会死，只能浇灌红柳和梭梭这样的沙漠植物，于是现在我们看到的公路两旁宽阔而茂盛的护路绿化带便是科学家们的伟大发明。沙漠公路和沙漠公路绿化带都曾获得国家科技奖，还被列入世界吉尼斯纪录。

我们乘坐的吉普车被石油人称作“路虎”——它像一头勇猛的探路之虎，飞驶在沙漠公路上。因有两旁郁郁葱葱的红柳、梭梭组成的护路带的簇拥与相伴，无边无际的塔克拉玛干大沙漠也变得不再那么恐怖和陌生，倒像多了几分少见的野性、浪漫和寂寥之美——那天启程时没有风暴。

“小红房是干什么的？”突然，我看见每隔一段路程的绿丛里，总有一座绿壁、红顶的小房子，我问道。

“是专为沙漠公路护林的夫妻井。”

“夫妻井？为什么是夫妻……井？”我好奇地请求司机师傅在一座编号为“8”的小红房子前停车。

听到有车停下，房子里立即出来一男一女，皆五十多岁。

“啊，领导来了，进屋坐坐，坐啊！”男女主人争抢着把我们一行几人引进小屋，显得特别兴奋，但又略显局促，在我们面前并列地站着。

“是不是平时很少有人来这里？”我问。

“对对，除了每周有队上送给养的师傅外，平时只有我们夫妻两人……”男的说。

“那你们平时也不出这沙漠？”

“不出。每年 3 月从老家过来工作，一直到 11 月天冷了回去，8 个多月我们就在这里，哪儿也不去。”女的说。

“老家在哪里？”

“四川的。我们是四川内江的农民，是油田招我们来的……”

“噢——”一对数千里之外的农民夫妻来到大沙漠里守护属于自己责任的四公里长的一段沙漠公路绿化带，这让我感到特别的意外和感动。

所谓的房子其实是一座非常简易窄小的工房，总共不足 30 平方米，分为 3 间：动力间、水泵间和工作与生活间。这对名叫熊树华和刘玉容的夫妻所居住的工作与生活间仅有两张钢制木板床和一个作记录和存放东西的小木柜，空空如也。原来一平方米大的那个厕所，被女主人改成了做饭的小厨房。除此以外，几乎什么都没有……太寂寞和艰苦了！我心头一阵酸楚，但这对农民夫妻反倒乐呵呵地不停地向我们介绍他们从四川老家到大漠深处工作的自豪：“每个月我们每人能拿到 1300 元，除去买菜吃饭，一年俩人还能留下两万多元，挺好的，比老家种田省力，就是风沙大，一刮起来，门都不敢出……”女主人比男主人更欢实。

“你们在这里主要干什么呢？”这是我所想知道的。

“你出来看——”男主人马上将我带到机房和水泵处，说平时女人在家守着机械设备，他便出门负责检查所分管的 4 公里路段的绿化浇灌情况。这时我才发现，郁郁葱葱的红柳、梭梭林带的沙地上，铺着 3 种黑色皮管，大的叫主管，约有 10 厘米粗；中的叫支管，有 5 厘米粗；最小的管叫毛管，只有 1 厘米粗。“五百多公里长的沙漠公路绿化林全靠这些铺满地的小管子浇灌才能存活，我们的工作就是每天保证这些大小粗细不一的水管能通畅浇灌，让每一棵红柳、梭梭能喝上水……”男主人自豪地告诉我，他每天工作 12 小时，要来回检查 4 次他所分管的 4 公里绿林带。“这里风沙大，毛管最容易被流沙堵塞，我就得用这小棍子经常地敲打敲打。”他使着手中的一根小钢管，在红柳树下的一根手指粗的黑皮管上击打着，于是我见毛管上顿时露出一个针眼似的水泡在涌动……

“啊，浩浩千里的沙漠绿色长城就是靠这些小水泡泡浇灌滋润的？”我惊奇又惊喜。

“可不是嘛！五百多公里的沙漠公路两旁，总共种植了 26 万多株草木，铺设的地灌水管也有几十万公里长，我们这些夫妻护林工，就是这万里长城中的一块块砖……”

“说得好！”“谢谢你们！”这对四川农民让我万般感动。

同行的塔里木人告诉我，在整个沙漠公路上，像这样的夫妻有一百多对，他们长年坚守在一个个水井房，无论风沙多大、无论炎热和长夜如何难挨，他们总在这里浇灌着每一棵红柳、梭梭直到看着它们长大成林，如绿色飘带系在大漠的胸前……

“夫妻井有很多传奇。”沿着沙漠公路，李佩红女士神采飞扬地给我讲了一路故事：有一对夫妻，原来在自己的家里常吵架，甚至到了闹离婚的地步。后来到沙漠公路当了护林工，夫妻俩干什么都离不开对方，于是感情越来越好，如今已在沙漠公路上工作十余年，成了全路“模范夫妻”。这里不仅有像熊树华、刘玉容这样的老夫老妻，还有新婚宴尔的年轻夫妻，甚至还有热恋中的一对对情人，他们在沙漠公路上不仅浇灌着绿色长林，也在浇灌着自己的爱情，筑起美好的小家园。

“这么艰苦的地方，工资也不高，有半途离开的人吗？”一个疑问存在我心头。

“很少。他们一旦对护林产生了感情，就难以割舍离开了。”李佩红说，很多夫妻把他们护守的草木，视作自己的儿女。“没有哪个父母不爱自己哺育的儿女。有对夫妻自己在这里扎根不算，还把儿子、儿媳领到‘夫妻井’，成了第二代沙漠公路护林人。”

“谢谢，谢谢你们！”看着“夫妻井”上一对年轻夫妇从路边的红顶房奔走出来为我们送行，我和同行的同志们不知选择什么样的语言来感激他们为中国石油所做的贡献，于是我们同行的几个人忙手忙脚地将随行带的几瓶矿泉水和一袋水果塞给他们，剩下的便是说不完的“谢谢”两字——到底要谢他们什么呢？我心想：其实要谢他们的很多，而最重要的是感谢他们用心血浇灌与呵护的那延绵五百多公里长的大漠绿荫……

那是“死亡之海”唯一可以感受到的生机与生命。一群在共和国功劳簿上永远不可能出现他们名字的老夫妻和小夫妻们便是这样用他们默默的守护和炽热的奉献，孕育着如此强盛而伟大的生机与生命。难道不值得我们去感谢他们吗？

汽车在沙漠公路上继续飞驰着，一座座红顶小房和一对对守井夫妻们像一座座丰碑在我们身边闪逝而过……我忍不住庄严地举起右臂，向他们致以崇高的军礼！

“不好，遇风暴了！”突然，司机叫喊了一声。

隔着车子的前窗玻璃往前方看去，只见连天接地的大漠瞬间已混沌一片，那无边无沿的如高山般的一片黄幕扑面而来，其势其威令我这个第一次闯入“死亡之海”者不由惊吓地大叫起来：“哎呀——太可怕啦！”

没等我说出最后一个“啦”字，我们的车子已像卷入海底的一叶小舟，眼前一片漆黑……只听得耳边的呼啸，车子在剧烈地颠簸。“抓住车垫！抓住……！”一旁的李大姐伸过有力的右臂，将我紧紧地搂住。那一刻，我真正感觉到了“天翻地覆”……

是呵，这是“死亡之海”里的“天翻地覆”：约十几分钟后，耳边的呼啸稍许减弱，车子也不再剧烈颠簸时，我胆怯地使劲睁开眼睛看身边的李佩红大姐时，不由哈哈大笑起来：“你……你怎么变成这个模样了啊！”

“先别笑我，你照照镜子看看自己吧……”李佩红拉下座位上方的一块小镜子，放在我的眼前。

“这、这是我吗？”镜子里的“那个人”令我大惊：除了两只黑眼睛，那张脸完全变成涂蜡的“黄脸婆”了！

“哈哈……”车内的我们几个相互嘲讽了一阵，擦了好一会儿才恢复了各自的本来面貌。我有生以来第一次经历大沙漠里的风暴，它让我心惊肉跳、惊魂动魄！

“轮台九月风夜吼，一川碎石大如斗，随风满地石乱走……将军金甲夜不脱，半夜军行戈相拨，风头如刀面如割……”不知咋的，我的嘴边一下蹦出唐代边塞诗人岑参的《走马川行奉送封大夫出师西征》的诗句来。

“这其实不算什么，厉害的沙尘暴能把我们的车子掀翻，甚至淹没……”李佩红大姐的话叫我再一次吃惊，而下面她讲的故事则令我更加不可思议——

1992 年的一天，有位石油专家乘坐小型飞机深入沙漠腹地准备到钻井台上进行例行性的检查工作。不料遇到沙尘暴，飞机不得不迫降在一个沙丘上。三天过去了，飞机被淹没在沙堆里，根本见不到影子。飞行员和那位专家被沙尘暴冲散了。这是一位国家级石油专家，塔里木油田指挥部十分着急，派直升机在大沙漠里盘旋搜寻，可始终没有发现生命存在迹象。与此同时，地面的钻井队也派出干部与工人到处搜救，同样毫无所获。油田上下，人人都把心收紧了。第四天后，失踪的石油专家奇迹般地出现在沙漠深处的井场——他倒在距井场 300 米的地方，后来被工人们搭救……这位专家苏醒后诉说了他的生命奇迹：整整 4 天中，他一直在寻找钻井工人在沙漠工区里的遗留物，哪怕是一根布条、一个矿泉水瓶，专家非常清楚：只有寻找到钻井工人的车轮碾过的痕迹，才有可能逃离死亡。那是九死一生的寻找，没有一滴水，于是专家就捧接自己的尿液，第一天后，尿液也没有了，于是他使尽最后一丝力气继续前行，直到昏倒在 60501 钻井队的两道车辙之间。专家说，他昏倒时很清醒，也很放心，就像迷路的孩子，在绝望中突然看到了自己家的那片屋檐，当他倒向沙地的那一刻，他看到了车辙前方的那座高高的钻塔，而两道车辙像钻塔伸过来的两条温暖的手臂，将他抱住、搂紧并且亲吻他……

而当李佩红大姐向我讲述上面这个故事的时候，随行的石油作协主席路小路语调低沉地说："这位专家是幸运者，我的一位熟人则没有那么幸运了。"

路主席的故事让我听后内心产生极大的震撼：也是因为一场沙尘暴，一位身高体壮的年轻技术员迷失在大沙漠里，九天了，他一直靠着仅有的一瓶矿泉水和自己的尿液，在与沙漠的死神英勇顽强地斗争着，后来他竟然成功了——被寻找他的队友们意外营救。九天与死亡的搏斗，唯一的感受是太渴太渴。在获救的第二天，他回到油田大本营库尔勒，他高兴地看到库尔勒城边的那条美丽的凤凰河，见到水的年轻技术员一下精神异常兴奋，仿佛见到了自己美丽的妻子，他不顾一切地忘情地扑向那清凌凌的河水，他大口大口地喝着甘甜的河水，一直不停地喝、喝……直至灵魂融进河水之中，并且伴着流动的清凌凌的河水进入天国……

"沙漠缺水，而我们的数十名石油人在沙漠里因水而献出了宝贵的生命，于是他们的生命也便融进了这片浩瀚的'死亡之海'……"路小路这样悲情地对我说。

车窗外的沙尘暴依然在呼啸。为了赶路，司机重新驾驶吉普车，迎着扑面而来的"黄龙"，沿着"沙漠公路"挺进——这是真正的挺进，我们几个坐在车内明显感觉任汽车发动机如何加足马力，汽车只能缓慢地前行，而且车窗及车身四周就像被数百个暴力者用石头与木棍不停地袭击，那声响和撞击声叫人心惊胆战，有时头顶仿佛被重重击打，吓得我直往李佩红大姐的怀抱躲……太厉害、太可怕了！

"快看——"不知过了多久，李大姐拍拍缩在她胸前的我，推我直起身子，让我往外展望：咦，那是什么呀？一片望不到边际的如一尊尊雕塑般的奇妙景象出现在我的眼前，它们有的像做广播体操的人群，有的则如杂技演员在倒立悬吊，有的像武术队员英姿飒爽，有的如一个个孤独的老人在乞求苍天给予恩赐……形状千奇百态，更多的则如一个个无助而凄凉的独舞者。

"这是胡杨林。"路小路和李大姐说。

"师傅，停一下车让我好好看看！"我有生以来第一次见经常在小说里读到的沙漠胡杨树，而且是如此大片的留在"死亡之海"里的枯茂并存的胡杨林。真是老天有情，对我这位远道而来者网开一面，此时沙尘暴竟然一下小了许多……

太壮观了：大片的胡杨林，多数已经枯死和断裂，它们有的依然挺拔而又骄傲地站着，似乎在向我证明它曾经的英姿是何等的高傲与蓬勃；有的则卧俯在地，似乎在痛苦地低吟着曾经的悲怆命运；有的折臂断腿，有的拦腰巨创，有的倒立在沙丘之中，有的依傍在另一具枯死的兄弟躯干上仍然不想休止其生命的乐章……其情其景，令我百感交集又激情澎湃。

“这胡杨树，能在沙漠里活一千年，活出个彻彻底底的生命；它死后还能在原地站上一千年，那是真正的铁骨铮铮；而倒下后它的骨骼依然还能不朽一千年……”李佩红大姐这样夸奖胡杨树。

三个一千年！这就是胡杨树？！

“这叫作活有其胆，死有其骨，枯有其魂！”路小路主席说。

说得好啊！胡杨树，你让我不仅大长见识，更让我对你油然产生庄严的敬畏。李大姐告诉我，这胡杨树之死是一种独特而奇特的现象：不是腐朽和腐败，而是被风沙一块块地剥落的，是一缕缕被撕裂与粉碎的。在其粉身碎骨之后依然不腐朽、不腐败，将骨殖呈于天地之间，尽显其坦荡与坦白，表达其永远的威风与光彩。我细细观察一棵棵胡杨树惨死的痕迹，发现在其倒下的四周，必定有一堆没有散去的沙丘，这些沙丘或完整或残缺，这一现象，让我立即想到千万年的岁月之中，胡杨与风沙之间的搏杀是何等的残酷与持久，而在这样的搏杀中，我们依然可以清晰地见到胡杨的英雄气概和风沙的凶猛无情。

可惜，活着的胡杨已经不多，只有靠近塔里木河边的不远处仍残留了一片。“这里本来可以申请联合国教科文组织的自然遗产景观，但当地政府太急于求成了，尚在‘申遗’过程中，就已经忙着大兴土木修别墅区、疗养院，结果专家们到此一考察就给否了这份‘申遗’。”李佩红大姐不无惋惜地对我说。

我看到一片胡杨树丛中，有几幢很不像样的房子建在那里，与干枯的胡杨林极不协调，破坏了整个自然环境。

这样的可惜是自然而然的。但我想得更多的是：为什么当年有大片大片苍绿的胡杨林，而如今只有残留的几小片孤独的活树，可怜的它们还能不能保住其宝贵的生命，我不得而知，因为“死亡之海”缺的就是水，塔里木河虽然依然在流淌，可它的河面越来越小，什么时候或许永远不再见得水面的流动时，残留的那些胡杨是否还能挺拔千年？

我得不到答案。那一刻我的心头有些悲怆。

乘坐的“路虎”继续向着大漠深处前行，好在两旁的绿荫始终伴着我们，这让我内心感到几许安慰——中国的当代石油人或许能让残留的胡杨永远挺立不朽，甚至还能繁衍后代。

生命的奇迹不会灭绝，有人便有生机。“只有荒凉的沙漠，没有荒凉的人生。”我忽然想起塔里木油田到处可见的一条标语，那标语是塔里木油田人的象征与信念，李佩红大姐曾不止一次向我介绍这句话。而我默默在想，是否应该还有这样的话：没有荒凉的人生，更没有荒凉的沙漠。是的，没有人的沙漠必定是荒凉的，而有了人的沙漠就不会再荒凉了。中国石油人的人生不会荒凉，有石油人在的沙漠将从此告别荒凉。

可不是，你看那“死亡之海”的腹部竟然又是一片郁郁葱葱？我惊呼起来：那可是一片真正的绿洲啊！

“到了。我们到目的地了！”路小路主席已经是第三次到这儿，所以他的眼尖，一下就认出我们要去的塔中油田已在眼前。

这是个什么样的地方？如果你不是亲自置身于此，即使你长着诗人的想象翅膀也描绘不出它的真相：一个距最近的县城也有五百多公里路程的塔克拉玛干大沙漠的腹地，竟然会有一块异常茂密的绿洲，那里树是绿的，房子是崭新的，虽然道路会随时被沙尘淹没，但很快又会被清扫干净。高高的油井顶端有一束昼夜通明的火炬，威风凛凛地向世人宣告这里就是著名的塔中油田。

二十一年前，也就是 1989 年 10 月 19 日 20 时 23 分，正在施工的钻井突然冒出一股强大的油气流，它从 3582 米的地心深处呼啸而出，顷刻间，油气化作火龙，染红了天际，也染红了沙漠……消息迅速传到中南海，时任党中央总书记的江泽民同志兴奋不已地批示道：“发现这样的油田，真是雪中送炭，对整个国民经济无疑是一个极大的支持。”这一天被永远载入了人民共和国石油发展史。

1989 年对中国来说是个多么困难的年份，在中国西部大沙漠里竟然发现一个大油田，怎能不让中央领导兴奋？怎能不让全国人民兴奋？

这一天，中国石油人犹如发现当年的大庆油田一样，彻夜不眠，他们为自己在荒凉的塔克拉玛干大沙漠里发现又一个世界级大油田而欢呼雀跃……

走进塔中油田的展览厅，我了解到当时曾经在此发生的一个伟大历史事件的始末，和在这一过程中中国石油人的悲壮与伟大。我知道就在塔中油田发现的前夕，一位名叫刘骥的塔里木石油勘探总工程师没能看到他一手打造的油井出油，便长眠在北京医院……刘总是塔里木油田开发的第一批勇士，那年他已是 57 岁，不顾年高又患严重糖尿病的身体，他请战出任钻井顾问组总工程师。在数年与沙漠的艰苦卓绝战斗中始终同年轻的小伙子们一起摸爬滚打在塔中油田上。当油田勘探进入关键时刻，大批施工装备怎样进入沙漠成了一时解决不了的大难题。当时有人提出用直升机直接将设备运送到沙漠腹地，但流动沙漠里怎能建飞机场呢？“我看可以，这个方案好！”志愿军出身的刘骥听说后异常激动，他说：“我在朝鲜战场上就看到过这种带圆眼的接扣式钢板飞机跑道。”刘总不仅赞成这件事，而且亲自跟空军司令部联系，请求支援。很快，一批从抗美援朝战场“退役”下来的跑道钢板运进了大沙漠。于是，在塔中油田施工工地旁，一个由 14 000 余块带圆眼的钢板铺成的宽 20 米、长 600 米的中国独一无二的沙漠飞机跑道建成了，于是成千上万吨各种油田设备和器材源源不断地通过直升机被运送到大漠深处，从此拉开了塔里木油田的伟大战役。

沙漠大油田正处激战之中，刘骥总工程师的病日趋严重，他的体重降至不足50公斤，全身肌肉萎缩，然而刘总仍然惦记着前线的施工。“塔里木的事情，我只干了一部分，没有看到大油田，没有看到一条路通到沙漠，我死了不甘心……”刘总对前来医院看望他的王涛部长这样说。“我死了，就把我的骨灰撒在塔里木河边，撒在大沙漠里。”

塔中油田出油的前一个月，刘总永远告别了他的“油汉子”们。11月，他的夫人和女儿捧着刘骥的骨灰，从北京来到库尔勒，又从库尔勒乘坐飞机到了塔中油田，将其骨灰撒在刘总亲自设计的那个钢板铺成的沙漠机场上，撒在一边的油井旁……

呵，斯人已去，而承载着塔中油田全部历史的钢板铺成的沙漠机场则永远原封不动地留在大漠之中。

那天听完刘骥的故事后，我执意要去看看那个沙漠钢板机场。这个愿望实现了。而当我踩在那14 000块钢板铺成的全国最小、又是全中国最了不起的机场上时，心潮激荡，热泪盈眶——我仿佛看到那一块块钢板犹如一个个倒在地上的刘骥他们的身躯……是的，这是无数个刘骥的身躯铺成的沙漠机场，这中间还有英雄的石油工人代表王光荣的身躯。

王光荣是另一位塔中油田的英雄。他是这个油田的钻井工，就在塔中1井工作。1989年盛夏，王光荣被医院确诊患了绝症，而且是晚期。“这怎么行呢？我还年轻，塔中1井还没见油，我不能离开钻井台！”这位英雄在病榻上天天想着井场的事，当他听到自己的钻机打出高产油的那一刻，他竟从床上跳起来不停地欢呼着：“出油啦！出油啦！——”

两个月后，年仅43岁的他永远地离开了他心爱的石油伙计们，到天国去继续他的石油梦……这位“铁人式”共产党员后来与塔中1井一样成了塔里木油田的“功臣”。

如今，我看到的塔中油田，在其中奋斗的是一群平均年龄只有28岁的新一代石油人。他们的总人数是106人，在领头人杨春树的带领下，负责着7个油气田的开发和15座油气处理场站的管理，人均为国家贡献年产值2000万元的油气。

这是何等的贡献啊！

杨涛，23岁，2009年从西南石油大学毕业，是自己要求到塔中油田的。当我问及这位帅小伙子为什么甘心放弃大城市的生活而一头扎在沙漠深处奉献青春时，他说："我知道塔克拉玛干大沙漠里本来没有生命，因为有了石油工人才有了我们今天可以看到的绿洲和源源不断运向祖国各地的气与油。我是一个'80后'，虽然没有机会像老一代石油人经历那么多艰苦奋斗历程，但我愿意用我的青春和生命来证明我们也是不会给祖国丢脸的新一代石油人！"

说得多好，多实在啊！

谁说沙漠没有生命，当我们将热血和汗水晒干的时候，绿洲与鲜花就会让那个"死亡之海"沸腾起来，与我们一起共舞，一起奏响生命的乐章。

2010年7月于塔里木—2010年10月于北京

温州人的成长记忆

我与温州人的交往很有限，但却留下了深刻的记忆。

最早认识温州人是在20世纪80年代初的北京街头。那时我也刚刚到北京工作。当时的北京，虽然也已经是中国人民很向往的伟大首都了，但那时的北京街头绝没有现在那么繁华和现代化。大部分北京人夏天穿的是塑料凉鞋，冬天穿的皮鞋也是常常掉跟的那种很低廉的皮革类东西，很容易坏。于是那个时候北京街头就出现了许多修鞋的温州人。这是我第一次开始认识温州人的阶段。

我记得那时的温州人可以说是北京街头最辛苦和辛劳的一批人，他们每天早早地就在大街小巷的路边或十字路口摆摊，他们基本上都有一台补鞋机，有的是手摇的，有的是脚踩的。后来我到温州采访，才知道这种补鞋机就是他们温州人发明的，我还见到了当年发明这些机器的“元老们”——他们中有的后来成为世界著名的“缝纫机大王”，也有如今非常出名的“汽车狂人”李书福这样的人（李是台州人，是受温州人的影响而走向中国民营大亨的）。我住的地方就有几个温州修鞋匠，他们有老的有少的，也有女的，很年轻的女人。夏天似乎见他们的身影少一些，后来才知道夏天他们大部分回家做农活或到东北地区去补皮鞋了——补皮鞋要比补塑料鞋多赚一些钱。

温州人会算账是从那个时候开始的，那是一分钱一分钱最质朴的资本累积。冬天的北京街头，温州补鞋匠是当时街头的一道风景线——也不知怎么搞的，是那时的鞋子太容易坏了，还是人们买不起新鞋穿？反正我觉得补鞋的人特别多，常常要排着队等。好像那个时候的温州人很吃香，谁要是跟他们熟悉一点，就可以获得补鞋“优先权”——这很重要，那时大家都很忙，上班工作特别重要，人们的自觉意识也很强，街头也没有那么多汽车，只有公交车，上下班主要靠公交车和自行车。在“时间就是生命”的年代，温州人已经先一步意识到了“时间就是金钱”——首都北京人那时是不敢这么说的，即使心里也这么想。虽然当时大家的工资都很低，就连我这样的军官也就几十元一个月，但温州补鞋匠的收入已经不少了，粗略地算一下，他们一天至少能挣十几元，一月下来就是个不小的数目了。

可他们非常辛苦，这也是他们给我留下的第一个深刻印象：无论刮风下雨，他们总是在街头巷尾永远牢牢地“钉”在那里，从不轻易搬动，像汽车站的牌子一样，除非发生了特别的意外。令我感动的是，每每下雪刮大风，大街上不再有人时，你透过窗口，看到大街上几乎连公交车都没有时，那些温州补鞋匠却依然坚守在他们的补鞋机旁边——像一尊劳动的丰碑，让我几十年不忘和敬重。后来我问过一个温州补鞋匠，下那么大的雪、刮那么大的风，零下一二十度的冰天雪地里，也没有什么人来补鞋，可你们为啥还不到房子里躲一躲，他笑笑告诉我，这就是他们温州补鞋匠赚钱的秘密：你是服务于大家的，你不知道需要补鞋的人啥时候得空，他得空的时候可能是上班前，也可能是下班后，或者是星期天节假日，或者就是下雨下雪天的时候他得空，这个时候他要补鞋，可一下找不到你了，人家咋想？如果我一直在那里，人家想啥时来就啥时来，这叫信誉。信誉到了，生意就会不断，我们也就会积少成多。原来如此！我听后恍然大悟。

温州人从补鞋赚第一桶金开始，就知道了什么叫服务，什么叫信誉！诸君知道吗？我们大多数人不知道，不知者想赚大钱肯定是不太可能的。所以温州人比我们会赚钱是有道理的，人家老早就有这悟性了！

第二阶段认识温州人是在20世纪90年代末，温州经验已经非常成熟了，全国都在宣传温州经验，到温州就像这些年大伙往国外跑一样热闹和平常。那个时候我去过温州，作为一名作家身份去采访采风。那时我见温州大小街道上到处都是自己开的小店，以服装为主。许多外地客人喜欢那里的服装，时尚而便宜。但像我这样的人就不太喜欢逛店买衣服，可有一次朋友硬拉我去转服装店，走了一家又一家，温州朋友还不断向我介绍说谁谁都是百万富翁、千万富翁了！那个时候的温州人脸上已经有了些骄傲的神色，但大多数人还很谦虚，不过他们的服务态度很好，也十分注意听取别人意见。走了十几家服装店，我发现一个问题：温州人很会做自己的衣服，但很少有自己的品牌。我曾问过几个老板，他们（她们）立即会红着脸朝我笑笑，说：哪能做得了品牌嘛！我们就想赚点钱，有的衣服是自己做的，有的衣服是从朋友手里转手来的，还有的是从其他地方批发来的，没想到自己的牌子。我一打听，他们多数以前是农民，品牌的概念对他们来说确实很陌生，这可以理解。

但在一个老板那里，我看到了他有品牌，是自己起的。不过名称很土，不是“秋艳”，就是“红绫”“春丽”什么的。有个男装店也有品牌，但起的名字也十分俗气。“你是作家，你给我们起个名吧！”这个老板很聪明，把球踢到我这边来了。为了不丢份，我硬着头皮给他起了一个：男人嘛，不是英雄，就是才子，你朝这个思路试试看！“好！好！我一定重新起个‘英雄’和‘才子’牌！”老板一听很高兴，连连向我道谢。这其实也就是现场的一次调侃而已，我并没有将其放在心上。

若干年后，在电视广告中我看到了“才子”男装的广告，我还开玩笑地对家人说：“这是我起的品牌名字哩！”当时也就说说而已，并未放在心上。可也就是在这个当口，有一天邮局给我送来一个包裹，打开一看：竟然是几件“才子”男装！还附了一封信，信中说：谢谢何作家，我是温州某某人，当年你给起名的“才子”服装，后来我已经做成自己的品牌了，现在生意不错，“才子”牌男装的生意更是火爆，为了表示答谢，特意送上几件“才子”男装给您……我一看，乐开了嘴：温州人真行！温州人真能干！温州人干啥就是能干成！那次我还给其他几个小老板起过商标名字，他们现在每年过节时都要向我问候什么的，很讲义气，不忘点滴之恩。

这是我对温州人的第二印象。

第三印象是在 2003 年“非典”过后的一年多时间里。那时我应著名导演谢晋之邀，到温州创作一部农村教育题材的电影。我和谢导在 2003～2004 年里多次去温州。这一年里，我对温州人有了全新的认识，起因是我和谢导为拍摄这部反映乡村女教师题材的电影筹款，因而与温州老板们多次打交道。谢导坚持认为一部 800 多万元投资的电影，在温州寻求投资和搞点赞助不成问题。于是他老人家多次来到温州，甚至与温州企业家们屡屡接触。我也曾跟着谢导再次来到温州，与那些亿万富翁们交流和介绍我们的电影。然而令我和谢导意外的是：我们竟然没能实现筹资计划。原因是温州老板们对我们的电影及投资项目在一次次地论证着。后来不巧的是谢导因故意外去世，这样，我们的那部反映温州山区女教师的电影就没能如愿拍摄。

这也是谢导最后留下的遗憾。可那一次我对温州人的印象并未因没有筹到电影款而下滑，相反我对温州人有了更好的印象：他们已经成熟了！他们知道什么事只有想通了才可以去下决心做。

他们已经是财富的主宰者了!

这就是我记忆中的温州人的成长史。他们的成长过程，代表着中国改革开放后的中国人的成长史，值得我们去歌颂和记忆。

手机阅读的梦想

此次受邀来西湖边参加中国移动手机阅读高峰论坛会议我非常感动，梦是不用去准备的，到了西子湖畔就有很多梦。

1969 年，我是苏州人，曾来杭州看一看，第一次来和家人失散了，好几个小时都无法联系，如果身边有个电话，有个移动电话，就会非常方便，这是我童年的梦想。

1979 年，我在对越自卫反击战场上做战地记者，看到许多的战士想要写家信，非常希望和家人能有最后的联系。但许多人最终埋在了那片土地上，也未能和家人有任何联系，有个移动电话可以与家人联系，这是我当战地记者时的梦想。

1989 年在北京，我是武警总部的新闻干事，那时日日夜夜我都在现场，带了照相机，希望可以让家人了解在北京发生的情况，当时的梦想就是能够有一部传播信息的移动工具，但是没有。

1999 年出版界打了一场很有名的官司，王蒙、张抗抗等著名作家告网络侵权，赢了后共计得了 50 多万稿费，5 个人加起来 50 多万字。我目前在网上被侵犯版权的有 100 多万字，但从来没有打过官司，作品只在新浪卖过几千元钱，没有拿过网络稿费，我有个梦想：以智慧能够得到自己的利益。

网络世界已经乱了，我寄希望于手机阅读，一头是最大的中国移动通信公司，一头是一大批作家的梦想，中国的手机阅读未来可期，将来状态肯定不一样。现在都用网络阅读，过了 5 年，10 年，手机阅读可以对网络世界的弟兄讲，你们已经不行了，这个世界是我们的。我们明天的生活，除了生命以外，手机足可以让我的生活丰富多彩，电脑、图书馆都可以放在一边，这是必然的，无法改变的一个现实，从事手机业的同事们，站在一个新起点。

我理解的手机阅读不一样，刚才的介绍都很好，但靠这些还远远不够。从书店、图书馆搬到这个平台上，非常好，是很大的产业，但仅仅是一个移动搬家的方式。关键要从原创作品入手，手机阅读承担文化战略的产业发展方向和核心点，不能只是搬过来，这会使很多原创作品作者大失所望。作者期待我们的好作品放到手机阅读后能一夜成名，百天成为大老板能不能做到？我们出版社得到利润是拿出一半的钱付给作者，我们才有那么多作家好朋友。手机阅读是否可以达到这样的效果？要做共赢的世界，就要关注作家，关注原创作品，给他们更多的利益。

把图书移动化是非常简单的，我们要解决核心，要做有效的文化产品，真正符合消费状态的产品。手机阅读里的作品要经过再创作，应该还要有其他工序，仅仅移动没有解决根本问题。这是文化形态的改变，是一个产业化的工作。以后还会有手机电影，但应该是半小时左右的。应该还会有手机电视，电视对中国人影响很大，《暗算》影响人们欣赏谍战片的习惯，《激情燃烧的岁月》影响人们观看军旅电视剧的习惯。手机是个性化的，未来的手机电视，我们一天写一集，每天放一集电视连续剧，是怎么样的产业，这才是手机文化的前景，我把这个梦献给大家。

我想完成这样的产业，包括图书、影视作品的手机阅读。

佛驻灵山

无锡灵山，早已在我心中，悠然间它一直让我远远地仰望。也许正是这份远远的仰望，真有一天身置其地时，顿然感到一份朝圣般的情愫。来到这样的地方，需要一份特别的纯洁和神圣之念，心也会变得空灵宁静……

我相信佛境和佛所倡导的是善良、宽容与仁义。不是说人如草木，心比天高嘛！在佛圣之前，谁都会有敬畏之感，除非他是人性的罪恶之徒。

灵山其实本是我故乡一隅，但今秋我才得以到此一拜。这得归结于我刚刚去了一趟印度和尼泊尔后的内心泛动之情。释迦牟尼的传说令人诚服，他的精神和教义影响了整个世界的近一半人口，仅此一点，我们谁人可以否认其作用？我非唯心，然存佛念。这并不矛盾。

从印度的老德里，到白尔瓦，到恒河，再到加德满都，到蓝毗尼……在一声声优美动听的经声和一个个摄人心魄的教场情景的启发下，当我千里迢迢驻足在佛祖出生地的那棵菩提树下时，我感到心灵在颤抖，在呐喊，在省悟。其间，一个个问号在胸中膨胀，在追逼着自己回答：

人从何处而来？

人为什么要来？

人归终在何处？

人应当是何样？

而现在人为什么成了这样？
难道人一定有存有亡？一定有恶有善？
人啊人，你不是草木，为何常常不如草木？
你既非草木，又怎不比草木更美丽自然？

很多貌似简单的问题，其实我们都答不出来。虚伪和粉饰是现世人群的共同特征。缺乏理性和智慧的激情又是人们通常的表现。忽冷忽热，忽高忽低，忽好忽坏，是推动人类不断朝前面行走的主要形态。

科学的发展，尊重自然的发展，创造美好环境下的发展才是人类的出路和维系久远生命的根本。

佛本为凡人身，后来转世后变得另一样貌。到了太湖边，它顶天立地，慈面普世，总让众生仰面高望。

为什么？

因为一群在力拓一片和美、恬静、自然之境的人在努力，难道还有谁没有看出他们的真实心思吗？你看：大佛傲立在灵山，有谁还敢对此地的一草一木动刀动镰？有谁还敢在此狂言乱语、恶行不义？有的是众生轻声轻脚、低声细语地祈祷求福；有的是天高云白、气爽风物；有的是天地人灵的和一……

阿弥陀佛。佛驻灵山，万代福祉！

2012 年秋于灵山

陕北安塞“好汉坡”

这是一个山坡的名字，很硬朗，充满了英雄气概。

“好汉坡”在陕北安塞。这里是典型的黄土高原，群山起伏绵延，沟壑纵横。它曾经是革命圣地延安红色根据地的一部分，毛泽东当年率领队伍在此与敌军周旋，留下无数传奇故事。这里还是中国石油工业的发源地，东汉班固和北宋沈括皆在此发现了石油，而一百多年前中国陆地上打出的第一口油井——延长石油官厂的那口油井也在此，今天它依然屹立在当地的一所希望小学校园内。

哎——黄黄的那个山峁峁哟，黄黄的沟壑，数不清的川道爬不完的坡，自从来了咱石油的汉哟，满山山踏成了“好汉坡”。

油井井建在高岭岭上哟，伸手手敢把星星摸。一座座小站云里头落，一井井石油汇成河，忽雷雷朝天，一声声吼，齐声声唱起“好汉坡”……

这是不久前我涉足陕北安塞油田时，远远从那望不着边际的山峁峁里传出的一首激昂的信天游。其声音雄浑中略带沙哑，豪迈中夹着几分沧桑，于是它强烈地吸引着我——

“你看，这就是‘好汉坡’。”在走进数里峡谷深壑之后，安塞油田的主人指着正前方的一座大山。我顺着望去，只见那大山的崖端上赫然有三个巨大的红字“好汉坡”。

真有“好汉坡”啊！

“我们安塞油田的油井大多在山高路陡的峁顶或坡壁上，这个王三计量小站管辖的十多口油井都在1300多米高的大山之端。采油工每天要从这条无人沟底部顺着陡坡爬上去检查巡视油井。你看，这坡陡吧，70多度，当地百姓原来称这坡是阎王坡。十年前，我们的采油人到这里后，每天背着十几斤的工具在这片山沟间顶风冒雨，爬上爬下，忘我工作，大家相互鼓励，从不言苦，久而久之，阎王坡被采油人改名为现在的‘好汉坡’。”这就是“好汉坡”的由来！听着石油人娓娓道来的浪漫传奇，我心头顿时对眼前的这座刺天峭壁产生了由衷的敬畏。

“好汉坡”啊，你如一块磁石，又似一面镜子，所有来到你面前的人都想顺着那弯曲的石阶坡道往上攀登，去感受一下采油工的艰辛，去抚摸一下山峁上的那一口口油井……于是我跟在小站的女采油工小高后面，顺石级台阶往上而行。

太陡了！不出百级台阶，我便腰酸膝疼，气喘吁吁。

“我的师姐师兄们刚到这儿的时候，这里没有石台阶，他们走的路要比现在难得多，你看，就是那种道……”二十二岁的小高，一身红工装，猩红猩红的在我前面闪动，她轻盈矫健的身姿在台阶上健步如飞，令人羡慕。驻足喘气间，我看到了几米外那条采油工们最早在此留下的巡工小道，它弯曲如蛇地在杂草和松土间向山峰延伸。可以想象，当年的采油工是何等的艰辛！回首俯瞰，那陡峭如削的深沟里冒出啸啸风声，顿时体会“上了阎王沟，十人九哆嗦。从上往下看，吓得魂魄落”的绝境滋味。

好不惭愧，平时缺乏锻炼的我竟然在“好汉坡”上半途而废。一路轻盈的小高带着清脆的笑声仅用几分钟时间便从“好汉坡”直上直下，并且爽朗地告诉我，北京来的石油战线的领导们都上去过，王涛老部长曾两度到此，并激情地留下了“安塞油田出好汉，‘好汉坡’上好汉多”的诗句。

在“好汉坡”采油站的小陈列室，我们可以看到十年来在这里战斗和工作过的所有“好汉”的名字与他们的身影，那青春的脸庞似一团团燃烧的火焰。“好汉坡”上好汉多，风似钢刀雨如梭。让那青春来拼搏，莫将岁月空蹉跎。”“全国五一劳动奖章”获得者、“好汉坡”第二任站长马金玉，还清晰地记着九年前他刚到“好汉坡”时的情形：“当时正值严冬，小站显得格外阴森寒冷。那时我们的条件很差，不允许在站内做饭，于是每天上班前都得带足一整天的干粮和水，再用电饭锅热热便是一顿午餐了。如遇停电，只好在站外石坡草丛里生野火吃烧烤了。一旦刮风下雨下雪，就只能啃冷食吞黄土了，日子过得有点像当年红军的长征路上。这还不是最苦的，有时大雪封山，一连几天只能挨饿受冻。但攀坡巡井的任务必须坚持不停，那个时候我们的石油人真的就像冲锋陷阵的勇士，‘好汉坡’上的好汉形象也无遗会彰显出来。”

“好汉坡”上英雄辈出，“好汉坡”上传奇绝伦。

今天当我来到“好汉坡”采油小站时发现，这里的“好汉”们多数已换成了那些英姿飒爽、穿着时尚的姑娘们了！

“对啊，在我们安塞油田，一线的几千名采油工中至少有一半以上是我们女同志担任了。你看，我们‘好汉坡’5 名职工中除站长外，其余 4 名全是女的。”快言快语的小高非常自豪地告诉我。

“你们天天攀七十多度的千米峭壁能行吗？”望着刺天陡壁的“好汉坡”，我不由为采油女工们担心。

“当然行嘛！不信我们比试比试？”小高拉着我就要往上冲，这也让我确信她和其他采油女工们早已不把“好汉坡”放在眼里。

“常年在山窝窝里工作害怕吗？”

“说一点不怕那是假的，但我们已经习惯了。”快活的小高没等我再问她为什么，指着耸立在小站院内的一块石板说：“这首小诗是“好汉坡”人自己写的，代表了我们采油人的心——

采一朵“好汉坡”的山花回去
这一生就会拥有蓝天
掬一捧“好汉坡”的黄土带走，
生命就会获得永不熄灭的光焰……

“‘好汉坡’精神现在已经成为我们十万长庆油田人的一种标杆精神，它鼓舞和激励着每一位在西北石油战线工作的同志为了祖国富强多找石油的豪迈战斗意志。正是这样的‘好汉坡’精神，昔日荒凉的西北高原上，正在崛起一个新的‘大庆油田’……”在西安的长庆油田总部，冉新权总经理这样充满信心道。

呵，一个新的“大庆油田”正在西北崛起，这是多么振奋人心的消息！为这，我向屹立在黄土高原上的千千万万座“好汉坡”和战斗在这些“好汉坡”上的中国石油好汉们致敬！

视别人为弱者其实是弱者的表现
——访蒙古国随感

在我们的印象中，邻居蒙古国实在是不值一提的，没有航母，更没有原子弹、远程巡航导弹，与拥有庞大军队、原子弹、巡航导弹、高铁及十三亿人的中国相比，蒙古国常常被我们忽略……

在计划访问俄罗斯前，我向作协外联部的刘宪平主任建议，是否有可能安排一次访问蒙古国？宪平办事干脆利索，竟然办成了，太不容易！外事上的事情难的时候，越一寸都如跨越泰山巅峰。

蒙古国能独立成国并且有今天，这对中国人来说是一个巨大的痛，但痛之后我们就不宜一直想着那些不愉快的过往了。

我们一行六人除了刘宪平曾经途经过这个邻国之外，都是第一次来。自然我很关心这个人口只有北京东城区那么多的邻居，到底是个什么样的国家？他们生活得如何？作家同行们又过得咋样？一切的一切，我都很好奇。

我总以为，落后有落后的好看一面，中国发展得太快，快到今天根本挡不住一天比一天多的雾霾，我们想逃出首都其实比躲过雾霾还要难——你不可能丢下工作、事业及你的家庭，于是只能与雾霾为伍，以缩短寿命为代价。

从贫穷突然暴富的人，内心深处有一种自大和高傲，总以为自己比别人强些什么，总以为那些不跟你出声的人好欺。

我们就是带着这种好奇心，掠过冰天雪地的内蒙古，来到蒙古国国境——飞机上看到的几乎都是一样的景象：白白的雪地与赤裸的戈壁，不见任何建筑，也没有像中国大地有那么多城市与村庄。两个多小时后，我从飞机舷窗看到一片格子形的建筑——在一片弯曲的大山沟谷内，旁边有河流与森林。我想这可能是蒙古的首都，又觉得似乎小了一点……犹豫之间，飞机已经落地。

我们到了乌兰巴托。

蒙古国的作家朋友来接我们。看一个国家穷与富，看路景就行。年初时我曾到希腊，一出雅典机场往酒店走，公路两边的广告牌上竟然没有一个有内容的，我立即意识到希腊的贫困，后来我把看到的这一景写入《我想托起您的眼泪》的诗中，居然让希腊同行感动得热泪盈眶。

蒙古的公路，窄而坎坎多，首都的主要马路也不宽……但我绝对不敢以看希腊那样来对邻国蒙古下判断——完全的反差：大街上的蒙古人那么有朝气、那么有教养（乘坐公交车排队整整齐齐，与我们那里那种你争我抢的乱哄哄的现象形成鲜明对比）、那么充满自信和活力，而且小伙子个个帅气十足，年轻的姑娘们竟然那么美丽！呵，为什么会是这样？他们不是很穷嘛？不是他们很“蒙古”吗？坐着马车、赶着牛羊……

一路上，我注意到：只有一处临街的一张椅子上坐着四位长者，他们像排列的雕像，整整齐齐地一字形坐在那里，脸上虽没有表情，但眼神里是幸福和安宁的。

我真的大吃一惊：原来蒙古国的人民完全不是我们想象中的那样，他们其实并不比我们差什么，相反却比我们多了不少修养、不少时尚、不少精神的充实与自信，更比我们多了几份对待生活的平静态度和独立、坚韧的民族力量。我特别注意到，在首都乌兰巴托的大街上，年轻人特别多，而且从他们的表情看，很少有那种颓废的、消极的、不满的和欠营养的，相反都是些充满朝气的、活跃的、快乐的、积极的和颇有修养的平静的表情，这与我们中国城市大街上所看到的众相比较，真的让我感觉健康和精神得多！这令我十分吃惊，因为看一个民族是否强大、是否有知识和修养，从他们的表情、衣着及走路的姿势观察就足矣了。蒙古大街上这一幕幕清晰而明了的活力与修养水准告诉我：这个国家的年轻人是有修养的，心灵是非常积极向上的，从他们平静和坚定的步履中可以看到他们对时下和未来充满了信心与自豪，他们有说有笑的表情更说明了内心真实的幸福感……

所有这些让我联想起自己国家的某些大街上看到的那种拥堵、那种互不相让、那种一张张毫无表情的脸，即使有点儿表情的脸上也充满着冷漠、焦虑甚至仇视的表情，相比之下，我感到内心的紧张和担忧。这不是简单的问题，甚至反映了一个国家在一个时代里暴露出的问题，就像人的身体一样，当你有病甚至病入膏肓的时候，脸部和肤色可以清晰地显现这一切。我们当警惕！尤其是那种冷淡、焦虑甚至是仇视的表情，它的背后可能是一个个即将发生的悲剧与燃烧的火焰。一个没有修养的国民和一个没有发自内心微笑与步履轻松的民族，其实是非常压抑和危险的。

乌兰巴托大街上一幕幕深切的美好和健康表情给我留下了深刻印象。中国驻蒙古国大使王小龙先生听了我的这一印象后，眼睛亮亮地惊诧道：你竟然发现了这个？到底是作家！

其实在我看来，这是个非常明显的现象与差异。中国与蒙古国是近邻，强弱的差异似乎也很明显，人口的差异就更不用说了。我们常常感觉别人不如我们，与我们差得十万八千里，哪知仅大街上我所看到的人家的修养和健康的表情，就足够我们学习三十年了！

蒙古国只有二百多万人口，其中一半在首都——这很独特，有一半人据说还在草原上过着完全游牧民的生活，他们依然住帐篷、喝奶茶、放牛羊。首都附近的山坡上，成片成片的帐篷里，居住着那些向往城市生活又不愿失去蒙古传统的人。首都的房子已经有不少崭新的楼房与大厦，虽然不能跟我们的北京、上海比，但如果将它收缩在一个北京东城区，那也算是“高耸林立”了。

我住的酒店是“成吉思汗大酒店”，这位在中国也是人人皆知的伟大人物，是蒙古人的祖先与骄傲，乌兰巴托市区内到处都是他的雕像和以他命名的建筑物。酒店设施很好，尤其是里边温暖如春。乌兰巴托唯一有两点不理想：一是冬天取暖烧煤，污染不亚于北京的雾霾，出门很呛人。二是公共设施如道路等很不美丽干净，这与私有化有关，政府能力被严重削弱，还与公共财富不充裕有直接关系。

第二天上午就有一个我在蒙古国立大学的讲演。有些想不到，能坐二百多人的讲堂里满满地挤着一屋子年轻人，甚至连走道上都站满了学生。

我担心用中文讲有多少人听得懂，同学们大声告诉我：听得懂！原来他们学的是中文专业，而且其中还有三四十个到蒙古国来志愿教中文的中国志愿者。哈，我不用怕没有听得懂汉语的了！

第一次在国外著名大学讲演，自然不能用稿子，不过我很满意自己在一个多小时里的讲演。讲得如何，从现场的情绪和听众的表情是可以看得出的。之后是近一个小时的提问与对话。蒙古学生们比较关心中国的发展和年轻作家们的创作方向。中国留学生提的问题就像是在国内参加一场文学对话，气氛非常好。

结束讲演，我们就到了首都广场去参观博物馆，长了不少见识，对蒙古的历史有了更深的了解。总体感觉这个民族了不起，尤其是先人成吉思汗。在以马为战器的时代，蒙古人一往无前的战斗精神以及他们的马上兵法，高超神奇，所向披靡，令世人敬佩。先人留下的历史版图和勇敢精神永远流淌在这个民族的每一个人的血脉里，你无法改变这一点。

但苏联人对蒙古国的民族文化来了个彻底的改变——他们把旧蒙文字母全部变成了俄罗斯字母，尽管读音仍是蒙语，但拼写的字母与今天我们在内蒙古看到的蒙文完全不同。虽然蒙古国现在有人力图在恢复旧蒙文，可很难实现，因为已经有几代人习惯用现在的俄罗斯字母拼写出的新蒙文了。可见，一个国家对另一个国家的占领，其实不用枪炮，改变他们的文字就足够了。但在东方世界有些特别，你看看像日本、韩国、马来西亚、菲律宾等，用我们祖先创造的文字的国家还少吗？但他们几乎都不太愿意当我们的亲朋好友。东方文化里到底有哪些值得我们反思的阴暗面，其实很值得研究。

蒙古也有作家协会，主席还是位非常年轻漂亮的女士，叫孟克其其格。她来过中国，我们代表团的徐坤说孟克其其格是长着一双媚眼的美女，我看也是。蒙古作家多数是诗人，他们的生存情况与其他国家差不多，几乎没有人能靠稿费养活得了自己，更不用说出书挣钱了。一本本精美的诗集，都是由他们自己掏钱出版的。一位为我们开车的男作家很幽默地说：他的女朋友一个个跑了，因为她们都找有钱的人去了，为的是能够给自己出书。很有意思：没钱出不了书，诗人不也白当了吗？难怪我在讲演时讲到中国作家现在有不少进入“富豪”阶层、一年能赚几百万甚至几千万稿费时，全场一片惊叹的“嘘”声。

我在许多场合讲过，中国的作家真的很幸福，大家都遇上了改革开放和国家发展带来的太多的好处了！然而有人并不以为然，还天天在骂政府和党，不知他们的良心何在？自然政府的工作中还有不少需要改进的地方，但这是另一个方面的问题。公平客观地看待我们的世界和社会是一个具有良知的知识分子的心理底线，失去了这一点还叫什么知识分子？

蒙古国的访问是短暂的，然而留下的印象给了我诸多思考，其中最重要的还是一句话：强者往往无视弱者的进步和长处，这样的强者早晚会败在自己身边的弱者手里。国与国、民族与民族之间的较量，历史已经无数次地告诉了我们这一点。今天自认为已经强大起来的中国，切勿小看邻国蒙古国，其实他们在许多方面已经远远比我们强大，比如修养，比如心理，比如身体。作为人而言，难道这几点还不足以表现他们的强大吗？故而尊重弱者其实就是在尊重自己，更何况人家的骨子里并不比你弱嘛！

普希金为什么不到中国来
——访俄罗斯感悟

在莫斯科访问时，当原俄罗斯总统叶利钦的办公厅主任菲拉托夫先生拥抱我的那一刻，他说了一句令我内心强烈颤动的话：假如我们的伟大诗人普希金在你们中国，不知是否同样能受到像在我们俄罗斯那样普遍的尊敬呢？菲拉托夫先生有此一问是因为我在与他交谈中提及在莫斯科大街上到处都能看到普希金雕像及其名字。

为什么不呢？可为什么又一定是受到普遍的尊敬呢？中国真能像俄罗斯人一样尊敬一位伟大的诗人吗？

这样的疑问，在我到了圣彼得堡后的感受更加强烈：圣彼得堡这个名字对中国人来说还不是太熟悉，但如果说“列宁格勒”恐怕我们就谁都知道了。伟大的“十月革命”和“列宁格勒保卫战”等惊天动地的故事就发生在这个城市。苏联解体后，俄罗斯人把“列宁格勒”的名字改了回去，叫圣彼得堡。苏联解体才二十多年，可是当我们到这个英雄的城市走一走，便会发现许多令我们中国人不可思议的事：在这座伟大而英雄的城市里，关于“十月革命”的故事，也许今天的圣彼得堡年轻人还没有我们中国人知道多；第二次世界大战时，这座城市曾经为了抵抗德军而牺牲了整整五百多万人。当时整个城市一半以上的房子被摧毁了，可以说是一片废墟。但二战之后的苏联人民在斯大林的领导下，很快又将这座古老的城市建设得比战前更加壮丽。然而又因为一场“革命”，俄罗斯人很快把列宁、斯大林这样的人物忘记了……这在我们中国人看来都是不可思议的事，然而在俄罗斯的今天却实实在在地发生了。作为一名深受苏联文学熏陶和社会主义思想影响的作家，我的内心深深地被震动：政治和历史既无情又冷酷呵！

然而在圣彼得堡又有一件事令我产生了另一种震撼：居然有一个诗人成为这座城市不朽的灵魂和精神——在圣彼得堡处处有以普希金命名的街道和建筑，他的塑像随处可见，似乎圣彼得堡就是他普希金的城市。

为什么？为什么一个诗人竟然远远超过了列宁、斯大林这些改变人类政治格局和世界命运的政治家与历史伟人的地位？难道写几首爱情诗真会比创造一个人类进步制度更了不起、更有巨大的历史功绩和进步意义吗？

回国许多天了，我一直在寻找这样的答案，然而似乎一直没有结论。对前面关于“中国真能像俄罗斯人一样尊敬一位伟大的诗人”的疑问和后面这几个疑问，我始终下不了什么结论，因为一向崇尚文化的中国人其实骨子里真的像我们自己吹嘘的那样“崇尚文化”吗？否也。倒是有一个现实明明白白地摆在我们面前：如果普希金真的是属于我们中国的诗人，假如他真的在中国，那么我想充其量他也许只是一个普通的“历史文化名人”而已。在中国五千余年的漫漫历史长河中，这样的“历史文化名人”多如牛毛，一根牛毛，何足挂齿！

是的。普希金在中国的话，几乎可以断定他就只能是这等命运。苦涩间的思索中，我这样感叹：普希金呵普希金，你不在中国是何等的幸运！

这位俄罗斯的伟大诗人，生于1799年6月6日，这“六六顺”的生辰，其实并没有给诗人带来顺畅的好运。但他的诗才却是空前绝后的，七八岁时他就学会了写诗，十二岁时进了皇村学校。十五岁时他作为一名中学生，写了一首《致友人》的诗，寄给著名诗人茹科夫斯基主编的《欧罗巴导报》发表，茹科夫斯基被少年普希金的才华所吸引，亲自到学校访问普希金，并在后来写信给朋友说："这是我们诗坛的希望，我们必须联合起来，共同帮助这位未来的天才成长。他将来一定会超过我们所有的人。"

二十一岁时普希金写下了他的一首叙事长诗《鲁斯兰与柳德米拉》，立即轰动俄罗斯文坛。导师茹科夫斯基马上寄照片祝贺，并写道："赠给胜利了的学生。失败的老师赠"。马克思对《叶甫盖尼·奥涅金》崇拜有加，拿它作为自己学习俄语的教材。普希金后来又写了诸多爱情诗，他之所以写爱情诗写得那么好，是因为他本身就是个"情圣"——他一生的基本生活状态几乎都是与女人有关，而且皆是些高贵与美丽的女人。他的妻子娜塔丽娅就是这样一个绝色佳人。可也就是因为女人的原因，葬送了这位杰出诗人的性命。

在生活上，显然他是个极放荡的人，而从诗才创作上，又正是因为他的这种放荡才有了一个又一个伟大诗作的诞生。最后他还因为与自己的情敌决斗而丧命，死于 1837 年，年仅 38 岁。普希金过早地离开了人世，但丝毫没有影响他的文学地位，高尔基这样说："普希金之于俄国文学，正如达·芬奇之于欧洲艺术，同样是巨人。"

还有一点必须提出，普希金还是位具有强烈爱国热情的政治诗人，他写过如《自由颂》《鲁斯兰与柳德米拉》等诗，严厉抨击专制制度，歌颂自由与同情人民，所以他被称为"俄罗斯的太阳"。人们之所以这样比喻他，是因为普希金的诗具有崇高的思想性和完美的艺术性，其作品所表现出的对自由、对生活的热爱，对光明必然战胜黑暗、理智必然战胜偏见的坚定信仰，他的"用语言把人们的心燃亮"的崇高使命感和伟大的抱负深深地感动了一代又一代人。普希金的诗写得好，同时也激发了无数俄罗斯音乐家的创作激情和灵感，如《黑桃皇后》《叶甫盖尼·奥涅金》《茨冈》等普希金的诗作配成音乐曲子或改编成芭蕾舞后，都成为音乐和舞台上的不朽之作，且广为传播。

俄罗斯的诗人被一个民族捧为自己的“太阳”，这也许只有同普希金一样性格的俄罗斯民族才能做得到，他们都有与生俱来的敢爱敢恨的性格。

普希金的这种性格对中国诗人的影响显然是深刻的，因为敢爱敢恨其实也是中国诗人们的特点，李白难道不是这样的放荡不羁吗？郭沫若难道不是像普希金一样浪漫吗？徐志摩不也是如此吗？呵，人们这时才会得出一点“结论”：诗人们都有些“神经质”，他们的放荡不羁似乎也在“允许”范围之内。

其实普希金对中国的影响，不仅仅在文人中间，可能还在所有人的精神世界里，这也是他的伟大和不凡之处。最近在网络世界的“铁血社区”里，我偶尔看到一则这样的消息——

一位少女为情而欲从 26 楼跳楼自尽，紧急关头，消防队员们实施救援，但跳楼的少女在 70 多米高的楼上，消防队员根本无法施展本事。于是直升机开始在高楼前盘旋起来……

“你们再走近一步，我就跳了！”绝望的少女向警察发出警告，她的双脚已经悬空，随时飞向死亡的地狱。

“姑娘，你听我说……”现场的谈判专家无计可施，突然他那嘶哑的嗓门里发出一串凄婉的声音：

假如生活欺骗了你，请不要悲伤，幸福的日子，很快就会来临！
爱也许不能征服一切，但它依旧可以征服死亡……

姑娘“哇”的一声号哭，重新回到了生命的怀抱。

这故事是真的，专家念的救了这少女生命的诗就是普希金的

《假如生活欺骗了你》这首名诗。

这就是普希金，这就是俄罗斯人为什么称他是“太阳”的缘故吧！

但对这么一个伟大的诗人，我作了一个设想：假如他到中国来，肯定不会有像他在俄罗斯那样的境遇。为什么？我们似乎可以做出以下的一些深刻反省：

我相信并且能断定，假如在其他国家，像孔子这样的人物，在首都最著名的大街上为他专竖一尊塑像是很正常的事，并且能够放上几百年甚至几千年，但在中国恐怕不行。像孔子这样滋润了中华民族文化营养和民族素质几千年的伟大教育家只能在国外扬张自己的名字和塑自己的形象——孔子学院便是例证。

再者，鲁迅在中国文化界是“旗手”了吧？可谁见过中国境内的大大小小几千个城市里有“鲁迅大街”吗？北京没有，上海也没有，连鲁迅的故乡绍兴好像也没有吧！中国对文化人物的尊重，相比之下实在是很可怜。其实在中国历史上，能同俄罗斯的普希金不相上下的伟大诗人我看至少有李白、杜甫和近现代的郭沫若、徐志摩等，但你听说过哪个城市有“李白大道”“杜甫大街”“郭沫若大道”“徐志摩街”？没有，绝对没有。

为什么？我不知道。但我知道，这类“作风不咋样”的诗人的名字和塑像只能被淹落在书本和小屋子里罢了。

文化古国里的文人，其实只是一群附庸者，要你撑门面的时候你就是一个耀眼的幌子，真到了该树碑立传的时候，文人只能退之一边，取而代之的是政治上的“历史伟人”和空洞的那些时髦的政治名词和政治口号。

文化是什么？尊重文化和尊重知识又体现在何处？难道是用时抬出来当宝贝，分享现实和历史荣誉时又被弃为废物的玩物？

显然不是。显然不应该是。历史其实早已证明这一点：在人类的文明进程中，最持久和永恒的正是文化和创造文化成就的那些文化人。秦始皇够伟大的吧？他的军事才能和统一国家的政治谋略与智慧也够伟大的了，然而在漫漫历史长河中，秦始皇依然只是沧海一粟，当一个又一个王朝更新换代时，再伟大的君主和统治者也会像星空闪过的流星一般，转瞬即逝。但是有一种人的光芒一旦放射，便永恒地留在天际上，这就是那些创造文化的文化人。尊重这样的人，并非因为他们是什么完人，而是因为他们曾经给人类留下了不朽的思想与精神，这样的不朽思想和精神，其价值远超于一个君王和一位政治领袖所创造的一个时代、一种制度，更具历史意义和人类文明意义。

我们对此还远远没有认识到，或者认识到了，但又不敢正视或不想去改变一种固有的错误理念。

俄罗斯人则不一样，普希金因此有了好境遇。他在圣彼得堡，成了比列宁和斯大林更伟大和不朽的人物，这在中国几乎是痴心妄想的事。

现在中国出了个诺贝尔文学奖获得者莫言先生，如果在其他国家，我相信有人会，而且也能成功地将诸如“平安大街”改成“莫言大街”。但在中国简直又是一个痴心妄想，因为真要那样改了，估计莫言兄再也不会舒服地在中国待下去了。为什么？道理依然一样：国人们的骨子里还是认为一个文化人怎么可能“镇”得住一个城市的“灵魂”呢？他们认为，区区文化人有什么资格被高高地置于城市的大街上让来来往往的过路人天天向他致意？有什么资格以他的名字来命名这街那道？他们不就是写了几首破诗、出了几本烂书嘛！

这就是普希金不可能到中国来的理由和原因。他来了，他的诗也许只能沉默地躺在图书馆的哪个落满灰尘的旧柜里，他本人的形象最多也只能在自己家乡的旧宅基前放着。

一个国家和一个民族对文化尊重的程度，表现着国家和民族之间的严重差异性。尊重文化和视文化为一个民族和国家的精神支柱其实是多方面的，不只是在口头上，更在行动上，更在心目中。要义是在本质上。

我因此羡慕普希金能够生在俄罗斯。我因此也向俄罗斯民族表示自己的敬意。

最后我要说——

普希金，你是全世界有爱心者的太阳，
你勇敢而激昂的诗句，
成就了一个有爱的世界，
世界因你而变得有情有爱。
因为有爱你才不惧王权的淫威，
自由与奔放在你生命里获得彻底的张扬。
俄罗斯人对你的尊敬，
体现了一个民族对自由和文学的信仰，
难道这还不算是人类文明里最耀眼的一种鲜亮？
而中国——你什么时候也会有这般鲜亮呢？

2013 年末断想

第四篇　评论与序言

石油人的史诗

作家周洪成坚守在胜利油田火热的第一线，汲取鲜活的生活营养，为他的石油兄弟鼓与呼，先后创作并出版了长篇力作“血脉三部曲”：《地球之血》、《共和国之血》与《国家血脉》。

十年前，我亲手编发过他的《共和国之血》，并写了篇感悟文章，文中这样评价：“凡生命皆由血液滋养，现代国家作为一个巨大的生命体，石油犹如它的血液。民族石油工业，既是共和国经济之血脉，更是中华民族强盛之血脉，而中国石油人身上所代代相传的铁人精神和科学探索精神，也正是保障我们中华民族永远伟大强盛的‘国家血脉’……”我想，这正是周洪成坚持以“血脉”为题埋头躬耕的主要因素，也是他为人为文的可贵之处。

十年后，他精心创作的《国家血脉》(作家出版社出版)，又是一部高奏时代主旋律的重磅力作。作品以一生献给石油科技事业的著名科学家、全国劳动模范、中国工程院院士、胜利油田资深首席专家顾心怿为生活原型，真实地再现了当年石油大会战以及从陆地向海洋石油大进军的悲壮历史画面，生动地描写了以科技工作者顾东龙为代表的一群铁人形象，热情地讴歌了人类对于大地与海洋的开拓精神。这部文学精品注重从宏观上表现波澜壮阔的时代氛围和恢宏场景，如荒原上整拖井架、特大井喷、迎战海洋风暴和黄河口凌汛、万人围海造油田、黄河入海奇观、从陆地向海上石油大进军、黄河三角洲壮丽景象……同时细腻地展示了主人公的内心世界，以顾东龙搞科研发明的艰难历程为主线，热情讴歌了中国工人阶级崇高的科学创新精神和伟大情操。人物个性鲜明，血肉饱满，鲜活地跃然纸上。这部作品体现的主题是：中国石油工人是中华民族的脊梁，新中国的石油工业，既是共和国经济之血脉，更是中华民族强盛之血脉！整部作品凝重激昂，令人荡气回肠，突出了世界高科技与铁人精神凝于一体的开创式探索，让人们信服地感到，整部作品主旋律就是传统意义上铁人精神和当代高科技的结晶，堪称是“一曲中国石油人感天动地的颂歌，一部民族石油工业绚丽恢宏的史诗”。

血是什么？血是一切生命的源泉，没有血，生命将枯竭；有血，生命就充满活力。周洪成用血比喻新中国的石油工业，是一个非常形象和充满了激情的比喻，作品也由此展开了激动人心、引人入胜的描绘。在旧时代，当科学家们费尽心血在玉门像挤牙膏似的挤出一点点油星时，腐朽的蒋家王朝已经日落西山。新中国诞生后，以毛泽东为核心的第一代领导集体就立即指挥了气势磅礴、波澜壮阔的一次又一次“石油会战”。曾几何时，几万名会战大军在王进喜那句“有条件要上，没有条件创造条件也要上”的名言激励下，用自己热腾腾的血汗，在枯木不留的松辽平原上掘出了共和国的第一个“血源”——我们一直引以为豪的大庆油田，从此石油革命呈现东方旭光；接着，西部戈壁滩上又钻机隆隆，捷报频传；稍后，百万石油大军挥师东进，再创奇迹，一条条油龙畅流神州大地，使新中国的石油战线涌动起勃勃生机。进入改革开放新时期，党中央继续高瞻远瞩，集结中国石油战线的有生力量，倡导科技先行，再创由陆地向海洋、由本土向海外进发的战略大转移的辉煌业绩，并以科学发展观统领，打响了民族能源产业复兴的重大战役！经过半个世纪艰苦卓绝的奋斗，新中国石油人以可歌可泣的精神，使“贫血”的神州大地不再“贫血”，为日益健壮的人民共和国注入了源源不断的鲜活的血液，实现原油年产量 1.8 亿吨，使我国跻身于世界十大产油国之列。

石油人，在你留下的一个个足迹处，共和国早已矗立起一座座现代化的城市与工业基地，那明珠般的城市与耸立的井架，就是你的丰碑！共和国没有忘记你，人民没有忘记你，历史更不会忘记你。

一部优秀作品的产生，总是饱含了一个作者的辛勤劳动。周洪成之所以成功地为中国石油人铸造并高耸起了一座不朽的丰碑，首先在于他自己就是一名石油人。正如他自己所说："我是一个地道的石油人，一个石油喂大的作家，连脉管里流淌的都是石油。我知道油田外边的天地很精彩，可我依然愿意置身于油田，固守油田这个家园，默默承受无边无际的寂寞，这是因为身边的同事与战友用生命与热血在激励我关注着一件事，那就是国家主人翁正在创造着这个时代最激动人心的乐章，人民的作家不当国家主人翁的擂鼓手，还有什么热忱去干其他事？"我想，《国家血脉》之所以有魅力，这也是一个重要原因。

关于黄金和黄金人的传奇

中国有个“黄金第一村”，它在山东招远。黄金属稀贵之物，人类因此对它有一种天然的崇拜感。于是关于黄金和黄金的传说写满了古今中外的小说之中。但似乎还没有一本完整的真正写黄金生产过程中的传奇故事和黄金人故事的书。作家唐占鳌的《伊甸新园》给我们提供了这样的一个宝贵故事，并且将其故事放在伊甸园来图说，故而它的精彩与精美尽然显现。

这就是小说的魅力，这就是纪实小说的独特魅力。《伊甸新园》的故事是属于文学的，同时又属于现实中的黄金村。我们可以把本书看作是一部关于一方热土和一座金山的史诗。千百年来脸朝黄土背朝天的农民，在一片充满深厚齐鲁文化积淀的土地上，创造了伟大的奇迹，在那里，他们用智慧和勤劳，铸就了“中国黄金第一村”。这个名不见经传的小村子，叫作九道湾村。看起来似乎这个名字很土，可它却引证了黄金产生的九九八十一道工序的复杂与艰辛过程，以及黄金人的悲喜剧。

九道湾现在是个响当当的名字，成为小说后的九道湾变得更有文学和传奇的故事韵味。这是作家的功劳。原本不起眼的九道湾村，地处胶东半岛，是中国金都——“全国黄金第一村”。在作家的笔下，它活脱脱地成了吸引人们眼球的一个标志性村名。其小说以此为背景，全景式地描写了那段历史。昔日，农民多少年来守着金山过穷日子，祖祖辈辈做着发家致富梦，而如今，在其领头人汪金泉带领下，发扬穷则思变的精神，冲破艰难，敢于开拓，立志高远，大力发展乡镇企业，在社会主义新农村建设中，走出了一条宽广的创业路，改变了昔日靠天吃饭的农村面貌，在那片传统的农耕天地里，矗立起一座美丽如画的“伊甸新园”。这就是中国的奇迹！中国农民创造的奇迹！这里，我们不妨借用书中一位诗人所写的诗句：

天堂鸟从远方飞来
栖息在埋藏黄金的地方
衔着珊瑚般的颜色
描绘这里的河流和山岗
金城，用黄金打造城市
用祈望孕育吉祥

作者唐占鳌是一位诗人，也是招远人，故而他在作品中自然而然地倾注了浓郁的乡情和诗意。在他笔下，土地是一部浑厚的诗篇，农民都是以锄为笔的诗人，他们在社会主义新农村建设中大展身手，尽情泼墨，将田野谱写成恢宏的篇章。有感于此，他奋笔挥毫，充满激情地为这个矗立在齐鲁大地上的“中国黄金第一村”传神写照。同时，作者有着强烈的社会责任感，书中的人物和故事首先感动了他自己，因而才在表现过程中碰撞出创作灵感的火花，这是作家的十分可贵之处。可以肯定，作者具有敏锐的现实主义意识，全书紧紧抓住当前社会主义新农村建设这一崭新课题，写出了如今中国农村发人深思的新动向、新变化，给读者带来一股不同于以往任何一个时期的清新的田野气息。这是作者在挖掘现实主义题材中可贵的探索，也给正在探索发展过程中的中国特色社会主义新农村建设以有益的启迪。从这一点看，作者的探索是很可敬的。据我所知，作者在动笔过程中，深入到基层进行采访，掌握了大量的素材和生动的故事，结识了众多的人物，熟悉他们的生活、性格，他用朴素的语言，颇有感情色彩地娓娓道来。

黄金和黄金人最突出的品质是它们和他们的精神所在。《伊甸新园》体现这些精神时是渗透在人物的行为之中，那些行动着的与黄金沾着光芒的诸多人物，他们都是坚定不移的改革者和建设新农村的践行者。其中，塑造得最出色的也许要数九道湾村带头人汪金泉。这个人物身上具有新一代农民的典型特征，“他二十岁左右，高高的个子，身材略显单薄，浓眉大眼，高鼻梁，浑身透着一股子刚毅和倔强气，但也隐约流露出一丝淡淡的忧虑和焦躁”，刚毅和倔强意味着不可动摇的雄心和志向，忧虑和焦躁意味着深切的责任感及忧患意识。他高中毕业后回乡务农，先是在镇办金矿打工，继而回乡创业，后经换届选举当选支部书记和村委会主任。他克服重重困难，摆正个人利益和国家利益之间的关系，经历了友谊与爱情的洗礼，顶住了宗族宗派势力的强烈抵制，坚定地采取“以金兴工、以金兴村”战略，完成历史性跨越，实现了几辈人建设伊甸新园的梦想。这样的当家人最适合带领农民致富创业奔小康。建设21世纪社会主义新农村，正需要一大批这样优秀的新型农村带头人。从这个意义上说，这个人物具有典型的现实意义。

俗话说，是金子总要发光。以汪金泉为首的九道湾村的创业者们，是尘土掩埋不了的真金，他们因时代的原因被埋没一时，但不会永远被埋没，一旦时机成熟，就会抖落身上的尘埃，散发出夺目的光彩。是黄金，锻造了他们金子般的意志品格，我想说，比金子更珍贵的是他们美好的精神世界。

写到这里，忽然记起小说结尾的那句话来——“一张以蓝天碧海金沙滩为背景的九道湾两代人的合影悄然定格”，那么，我想借助这部小说，九道湾这个美丽的名字也将会在波澜壮阔的中国改革史上“悄然定格”。也正如有人所评价的那样，这是“一个中国现代版的美丽如画的‘伊甸新园’，成为中国当代农村改革发展的一个缩影”。这美丽如画的“伊甸新园”，着实令人神往！

整部作品情节曲折跌宕，引人入胜，格调健康清新，文笔细腻流畅，书中许多描述很是精彩，有些手法和技巧堪称是匠心独运。无论内涵还是艺术特色，《伊甸新园》这部小说都称得起是当前新农村建设热潮中具有借鉴意义的生动教材，同时也有较高的文学价值。相信读者在阅读时会获得双重享受。

2010年6月10日

张国领注定是诗人

张国领是从诗歌创作开始他的文学之路的，一路走来，他不断扩展自己的创作领域。但他依然是诗人，注定是诗人——我这样认为。

近日，张国领出版了11卷的文集，其中，诗歌占5卷，散文、随笔占4卷，另外两卷是纪实文学。文集第一卷收录的是两首长诗《盛开》《血色和平》，从安排的顺序看，这是作者的扛鼎之作，两首长诗的内容一刚一柔。《盛开》是一首爱情诗，正标题下有一副标题——写给妻子的永世情歌。他的妻子自小在艰苦的环境中成长，养成了艰苦朴素的习惯，直到生活高度富裕的今天，仍在坚守和发扬着那最初的简朴作风。这首4000多行的长诗是张国领2008年写的，那时候的他已接近知天命之年，这个年龄还用深情得令人羡慕甚至嫉妒的诗行赞美他的结发妻子，在今天，不能不令人对他肃然起敬，不是敬佩他的从一而终，而是敬佩他情感的至真、至善、至美、至纯。他从和他在一起生活了近30年的妻子身上发现的美，不是外表的漂亮，而是人类追求的那种天地合一之美：

从你身上我闻到了麦子的清香
那是五月的麦子
刚刚由青转黄的麦子

——《盛开》十八

刚刚由青转黄的麦子的清香，激起了张国领的创作欲望，以及数不清的对艰辛劳动的回忆、对丰收在望的喜悦、对美好生活的向往。在诗歌中，张国领把这一切都转化成了对妻子的赞美。

作为丈夫的张国领，写给妻子的是柔情似水的诗行。作为军人的诗人，唱给祖国的却是英雄豪迈、浩气长存的壮歌，这也是张国领的诗歌从不改变的主题。1999 年 5 月 8 日，以美国为首的北约发射数枚导弹炸毁我驻南联盟大使馆后，既是军人又是诗人的张国领奋笔疾书，一口气写出了 4000 多行的长诗《血色和平》。我一直推崇张国领的诗作，正是因为他的诗里有一种真正的刚性———一种激情和柔情融合为一体的刚性。

张国领是军人，一个拿笔杆子比拿枪杆子更顺手的军人。既然是军人，就应该有气壮山河的阳刚。今天这个世界，特别是男人们，似乎什么都有了，唯独少了阳刚之气——人格和意志、信念和责任的阳刚之气。

令我感到欣慰的是，我的这位“小兄弟”兼战友还保持着这种很纯的阳刚之气。因此，我十分看重张国领的诗作，有从内往外自然溢出的欣喜感。

张国领的军旅诗中，士兵普通的生活和朴素的情感是他持久抒写的对象。可以说，在他的内心，他仍然是在连队写诗的年轻士兵。在张国领的诗行中我们看不到矫揉造作的痕迹，也无为了写而写的踪影，他写的是他生命的自然流露。冲动，是写诗的动力，但这样的冲动没有功利，没有炫耀，只是情感积蓄之后的喷发，是生命力的强劲反弹。如《士兵》《警服》《军乐》《拥枪的日子》和《春天的兵营》，这些反映士兵日常生活的诗歌，回到了生活现场，回到了普通士兵的内心，用他们那平平常常的目光注视世界。他不是在为士兵诉说，为士兵代言，而是如实而真切地作为士兵在细语轻吟。没有过多的叙事，却处处可见写实性的细节。

与许多军旅诗不同的是，张国领并没有过多地沉湎于生活的细节，试图以诗歌的方式记录士兵日常生活的枝枝末末。军人和军营总是有其神秘的一面，过去如此，现在如此，即使将来社会再信息化，这样的神秘总是无法抹去的。一个生活在当下的诗人，能够将日常化的生活写出诗意充满诗情，自然与其对生活的无限热爱和细腻感觉是分不开的，这还是一种心灵和情感的力量体现。这些，张国领并不缺乏，只是他发现了更深层次的诗性元素，这就是士兵生活中的个性文化。士兵既是普通的社会人，血液里流动着千百年传承下来的传统文化，又经受着军营文化的身心洗礼。在具体的写作中，他滤去了许多的生活琐碎，只在意展现士兵青春年华和军人角色的那部分。在他的诗作中，这样极富意蕴的细节往往只是几朵浪花，但却活泛了整条河流。我将此看作是诗歌写作中的画龙点睛。

张国领的军旅诗没有锣鼓喧天的气壮山河，却不失发自心灵深处的激越豪情。激昂、刚性、惨烈等极致化的情绪，是军旅诗的一张名片，这是我们认识军人生活的一般性感知，爱憎分明、非此即彼、干脆利落。如果带着这样的情感预设进入张国领的军旅诗，我们会有些不知所措。这就像我们看多了硝烟弥漫的战场和豪气冲天的军人后，进入当下的营区时，我们眼前的一切都是那样的陌生。和平时期的军营和军人在平和与紧张、日常与特殊等状态中转换着。真正悟透了士兵的张国领从士兵的日常生活进入，参与他们的真情实感，但又能细致地把握士兵那份化于日常生活之中的崇高与梦想。他诗中的营区和士兵，是那样的真实可亲，又是那样的阳光四射、瑰丽明艳。我们触摸到的是鲜活的士兵表情和话语，感受到的是士兵独特的气质和精神。张国领将人性和神性较为完美地统一在士兵身上，从而形成了他军旅诗个性化的品质。

与诗相比，从张国领的散文中我读到的是当下军人“平和中的焦虑”。军人是为战争而存在的，和平，是军人的最高理想，为了和平，军人可以牺牲一切。然而，面对和平，少去了战争的洗礼，远离了枪林弹雨，军人又在自觉或不自觉地守望战争。战争成为营区生活的背景，不管是近还是远，依然还只是背景。军人因为平和平淡而找不到体现军人价值的坐标，向往战场上的耀眼的精神光芒，军人的生存境遇和生存方式，遇到前所未有的、难以释怀的困惑，这便是张国领众多散文中所表达的“平和中的焦虑”。

坚守平民意识，是一种不为文学而文学的创作理想和立场，充满亲切而感动的人文关怀，回到了文学最为坚实的精神之路。或许像张国领说的，他骨子里就是一个平民，那些外在的东西只是一件衣裳。当下的文学，在呼唤平民意识的粉墨登场，只因为缺失才需要注入。只要是注入，无论是自愿还是迫于压力，在更多的时候，只会飘忽在目光中，杂糅进文字里。但张国领不是这样，他不敢、不愿更无法驱赶或剿杀他的平民基因。这样的好处是，他没有办法也不习惯让自己站在高处俯瞰老百姓。他是一个普通的家庭成员、普通的丈夫和父亲，更是乡村大家庭中最不忘本的一员。他与普通人的区别只在于，比身边的普通人多了一种表达的途径。他已分不清生活与写作的界限，生活走到了他的笔下，写作成为生活的一个细节。

诗与散文本身就是有内在联系的文体，很多诗人就是散文家，张国领亦然。这些年，他除了发表大量的诗歌之外，还发表了二百多篇散文。这套十一卷《张国领文集》的出版，我相信只是他一个时期文学创作的小结，我们期待他的新作不断问世，并且有更多出彩的佳作呈现给这个伟大的时代。

2012年12月31日

令人入迷的故乡吟

我不是诗人，但我喜欢读诗，每每在进行自己的创作时，总喜欢将那些名诗好诗融入我自己的情绪之中，这就是诗对我的影响。著名诗人韩作荣先生向我推荐的铁夫的一本《金家坝》诗作，就是我静下来喜欢阅读的这样一部诗作，这部长诗竟然让我入迷了……

什么是诗？大概是那些读后便会有一种冲动的带着旋律和节奏的文字吧！铁夫的《金家坝》是一部难得一见的乡土叙事诗，很长，是像长篇小说一样的厚卷。读长篇小说，是因为情节吸引而往下读，长卷鸿篇的诗歌能够像小说一样阅读吗？能够！《金家坝》便是一例，我爱读，就像回味自己故乡的一幅幅画卷一般。这是我喜欢上《金家坝》的首要原因，也是我认为它最成功的第一要素。谁都有故乡，谁都会对故乡有种特殊的感情。故乡是“生我养我的地方，精神的依附，灵魂中永远无法摆脱的胎衣，记忆里永远无法抹掉的胎记”——这是铁夫的话，也是我们所有人对故乡的那份认同。识别一个人的特征，除了血脉之外，就是长在身上的胎记，这胎记无论到什么时候你是无法刮落的，除非将你的肉体化成灰烬，即便如此，你的灵魂里依旧烙着“胎印”。因为故乡是我们“今生的田园，来世的福地”。

《金家坝》让我想去看看金家坝，那是铁夫的故乡，也是我的故乡，更是中国人的故乡。那里有诗人的亲人和血脉，那里也有我的同胞和生命的源泉，那里有中国人的文化传承足印和中华民族的响亮回声。那里简直就是让人如痴如醉的仙境——所有诗人的故乡都似仙境，铁夫的故乡变得美轮美奂，是因为他心头的那支彩笔比别人的画笔更用情，更用心——他的“金家坝”，是“自然的杰作，上帝心爱的遗物，吹过的风每一丝都昭示生命的创意，活力的角须，张扬神的羽翼，阳光灿烂或者没有阳光，金家坝都是最美的经典，都是最亮丽的诗句”。我很欣赏诗人这样描述和比喻自己的故乡。故乡对一个游子而言，就像是自己留在故乡的母亲，她再老，再丑，她也是最美的经典和最让你动情的人。我欣赏诗人对故乡有这样的情感，是因为我相信铁夫是位懂得感情，懂得感恩的人，而且是位非常具有孝道的人。本来这种孝道并不值得刻意地指出，但今天这个世界上，我们已经越来越感觉到对母亲、对故乡深怀感情的人少了，不忠不孝者则大有人在，并以此为荣，这是人伦道德的下滑，很可悲。一个民族的伟大，一个时代的崛起，其实并非经济强大了就说明一切，相反中华民族强盛，常常是因为我们每个人内心对母亲、对故乡、对祖国的那份赤诚之心的强大，没有了这，国家再有飞船、航母，又有何用？

为这，我们得敬佩“金家坝”出来的诗人。他对故乡的一片深情感染着我们，并影响着我们。

关于故乡，我们可以用很多的比喻去描述它，然而故乡留给每个人的东西是生命中的血脉和温暖，它是我们人生漫长航程中的港湾。有人一生没有离开故乡，而他的生命未必就没有光彩；有人终身是故乡的游子，而他的一生命运却与故乡情愫紧紧地联在一起；有人荣华富贵了，有人贫穷潦倒了，而故乡就像母亲一样，从不会因此格外地看重或看轻每一个从自己怀抱里成长的人。这就是故乡，故乡的血脉因子永远牵连着所有在她土地上成长的子子孙孙。显然，铁夫笔下的“金家坝”是故乡中具有特殊乡土味的一个地方，那里的山，那里的水，“咋那么敦厚严实”，“咋那么滋心养人”！这是因为祖先“留下的足印”夯实了山岗的峰，这是因为父辈流淌的汗水将“门前的小溪”荡漾得清爽无比。还有那劳动号子练就的性格，老婆婆一勺勺喂成的点滴耐心……这些都是诗人从血液和骨髓里提炼出的生命之水告诉我们的，所以让我们感到了一种如饥似渴。

《金家坝》的作者既是一个故乡的歌颂者，更是一个对土地、对亲人、对民族和国家具有强烈孝道和感情的人，同时也是一位自然主义的精神崇拜者。他的诸多发自心灵深处的呼唤和生命本体的呐喊，都超越于对故乡的简单赞美和表层情感，是回荡于山谷与天地之间的精神叩问，是击地锤宇的生命追思，具有很好的象征意义，因而我认为整部诗作“美不见底”，值得做更深入的解剖和分析。

读出哲人的诗情画意

“诗要细细品读，画是观赏的，如何讲‘读’？”不着急！先说说李德哲先生……

知他是哲学博士，又为美术杂志的主编，更是一名画家。择其一二，《国学经典》、诗集《醉》、水墨画，颇有杂家之意味。然文艺是相通的，没有他的哲学修养，如何能编得了《国学经典》？没有他的诗文情怀，如何画得出形意相宜的葡萄画？如果不是整天熏陶在诗词画卷里，单凭多读学术著作，怎修出他的哲学意境？

李德哲的诗有点“意思”。一则读来有趣、引人入胜；二来意味深长、思辨有余。他的诗题材广泛，涉猎内容繁杂，既有对于大自然的抒写，又有对于社会诸事的描述，同时也有寂静沉思的冥想。语言朴实，行文中还有很强的节奏感和跳动感。他的诗写个人的点滴经历、写情写景，更像是写凝思。写自然之景、社会之事是写诗的一块平地，从景、事当中写现实经验和个人感怀是写诗的一个阶梯，身处现实和人文之上写出人生的思辨，又是另一个境界了。“醉就醉了，醉就是醒，醒就是醉……醉酒的人，落入烈酒旋起的浪涡。”能从酒中写出醉，醉了本来就有感怀的人生，而自嘲醉的人往往不醉，此时言醉其实是倾诉内心的那份不醉之感怀而已。他的诗有时候让人“费神”，不是读不懂，而是要真正的品味起来，才觉得有些思考藏在里头。一般来说，这种诗词思辨是诗坛老成的功力所见，他这种青年显然是受熏陶于哲学的修养，哲学为具体学科提供世界观和方法论，由此可见一斑。

与诗相比，他的水墨画更向前走了一步。他的画有着中国诗性的美，他画的葡萄、莲梅松草等，自然之物见人情，一笔一勾就如同流动的音符，洒脱又凝静，生动又自然，体现着中国人的一种审美理想，强调作品本身的文化特质和精神内涵。更重要的是，他的水墨画总逃不出一个“道”字，画里有着中国传统哲学的意蕴。他本身是哲学专业出身，又出自老子故里，传统文化和哲学境遇自然超人强烈，单就读一下他几幅画中的题：心之门、德之门、生之门、和之门、醉翁之意、子望……就足以让你翻腾几个跟头了！中国哲学最讲求“天人合一”，花草鸟虫与画家的情感世界是相通的，德哲兄通过有形的自然之物，描述了无形的人生心气，比如画葡萄，葡萄的藤枝最能使画家释放情怀，或直或曲，或谨慎或洒脱，葡萄的丰满、枝干的苍劲与画家的人生态度糅合在一起，所以他的画，看形色笔锋倒是其次了，从画中读到此公的传统哲学精神以及对于中国文化的理解和展露是最重要的。

由此看来，不光是他的诗，画我们也应当好好读一读，方能读出其作品的情怀。

当然，诗文词画作为文艺，表现给大众的首先是形式和内容，之后才能读出情和意来。哲人作画，意味是不用说了，在诗文上，也要不断修整，剪去繁杂，内容多一些充实。对于绘画，在哲学意境之外，业精于勤，不断在技术上更上一层楼，最好不过。

谈起人生使命，李德哲说：“让世界人民享受中国画！”嚯，口气不小！我知道他已经在全国各地举办过画展，成绩斐然，自然有此底气和志向，这底气和志向都让我们为他骄傲。有个建议：不如也把诗一并拿出来，让世界来读你的诗情画意吧。我和芸芸众生都在期待着……

2013 年夏

用文学表达我们对海疆的情感

有一块地方，过去我们的国人对它似乎太缺少关注和重视，那就是我们国家面积达300万平方公里的海疆。这块疆域如今事最多，也最被世人关注。有人说，中国的未来发展和希望皆在于此，看来这种结论越来越被接受。难道不是吗？否则，当今的头号强国和诸多想食肉我南海、东海列岛者为何如此频繁出现？中国应警惕兮！

从清朝鸦片战争开始，中国闭塞的国门终究还是被迫打开了，开始向我们称之为“蛮夷之地”的外国开放。我们已经习惯于唯我，习惯于固步，更习惯了以“疆土”为名的中国称谓，对于大陆之外、海洋之滨的他国实情知之甚少。正是这种尘土自封的意识让中国的脚步在19世纪末停缓下来。甲午海战水师惨败，八国联军跨洋越境，可以说，中国的大门是从海洋上被打开的。就在那时，清政府竟还在用骑步兵来做着拯救自己国土的梦。他们对海洋没有概念和意识，所以，当外国人打进了北京城，我们看到黄头发、蓝眼睛的他们，仓皇地称之为“洋人”。“洋人”表明了少见多怪的我们对异国人士的印象，同时也无时无刻不告知世人：当时中国对于海洋的熟悉度就如同刚见到的外国人一样陌生和新鲜。

假若抽去时间的间隔，将一个半多世纪前后叠加在一起，我们总能发现中国海洋主权意识令人错愕不已的前后对比。历史车轮碾过一百七十多年后的今天，中国宣布在海南成立三沙市，为南海黄岩岛海域的主权之争与菲律宾展开激烈的对峙与抗争。而在东海，美日屡次为钓鱼岛与中国展开明与暗的种种博弈，我国据理力争，以自己的实际行动在捍卫自己的海域主权。经过了一个多世纪，从最初的“洋人”之称，到如今的捍卫之举，国人的海洋主权意识在不断地增强。众所周知，海洋是人类生命和文明的摇篮，人类对于海洋的依赖是如此的强烈，以至于凡是有水流经过的地方，我们就会播撒耕种，繁衍生息。同时，海洋作为一项重要的战略资源，对于滨海国家的生存与发展有决定性的意义。海洋不仅是一个国家天然的生命线，还蕴藏着丰富的石油、天然气等资源。可以说，21 世纪是海洋的世纪，海洋权力的范围涉及军事、政治、经济还有文化等各个领域。它不仅仅是简单的控制问题，更重要的是用海洋来开拓一个新的舞台、一个全新的时代。

当了解了这些，再回头看《中国海洋轶事》便会对杨钦欢先生格外钦佩。杨钦欢不仅有出色的商业头脑，更有着一流的思维“移植”能力。在他的眼里，文学作品贴近社会、贴近现实的点就在于对于当今时代的独特的把握。在与他的长期交往中，我深切地感受到一个中国企业家的锐利和智慧，更能看到一位爱国者强烈的文人情怀，这是非常难得的。杨钦欢先生具有博大的战略胸怀和深谋远虑的思想意识，他对构建当代国民文化素质体系也有独到的深层思考。他在倡导编撰出版《中国治水史诗》后，再度策划主持《中国海洋轶事》工程，可见他的涓涓爱国之情。

《中国海洋轶事》是一部文学体裁的“海洋知识”书，内容丰富，文采飞扬。其中无论散文也好，小说也罢，无不在告诉我们，中国自远古以来就有海洋文化和文明，对于海洋轶事的记载则是最好的历史证明。这无疑又在中国海洋文化发展史上写下了浓重的一笔。本书纪实性强，同时也不乏许多有趣的海洋故事。读这本书，从头到尾是心情澎湃的，激动昂扬的，一腔爱国热血驻足胸间。该书上到远古神话，下到当今故事，很系统和生动地把中国海洋的文化发展史展现出来。该书以体裁分卷，分为纪实、散文、小说、神话、史论，让读者更加清晰地了解海洋文化，虚实结合，实例丰富，娓娓道来。文章的作者大多为知名作家，其文字功力可见一斑。可以说它对于弘扬国人的海洋主权意识、传承海洋文化及文明，功不可没。

应该说，有这么多的作家集体创作一本海洋书还属首次，文学家能用自己的笔去记录和传承中国海洋的文化发展史和文明史，对于中国海洋的现在和未来将产生极大的影响，其文化和社会意义非同寻常。我们知道，文学是社会的绘版，作家是时代的学匠，用文学去记录和反映时代生活是作家的特殊使命。作家的作用不仅是提供给大众文学作品，更应该对社会的发展、国家的兴衰、民族的振兴、文明的传承给以强有力的支撑。事实上，随着文化影响力的日益提高，作为历史印记的文学作品正发挥出应有的作用。

近年来，日本觊觎我钓鱼岛，抢夺之心未死，中日在东海上摩擦不断。而在南海问题上，越南、菲律宾也是野心勃勃。而书中周羽的《南海：祖国的神圣主权》、吴维的《泱泱大国的伟大航行——郑和下西洋》、傅波的《中国广阔东海的印记》等文章真切地反映了中国版图内，经营东海、南海相关海域及其渔民从事渔业生产的历史；刘兆林的《甲午中日大海战》、邓刚的《千奇百怪说海洋》、陈世旭的《海上札记》、冯艺的《风向北部湾》等，都从不同角度反映了我国南海、钓鱼岛等海域古今各个时期的维护海权方面的诸多史实。诸如此类为代表的文人所著的篇章是我国拥有海域主权的有力证据。这一切，就是文学所具备的社会意义。用文学表达我们对祖国海洋的赤诚之情，便是本书诸多参与写作者的共同心愿。21 世纪是海洋的世纪，那么 21 世纪的文学必定也会去激情拥抱海洋。海洋带给文学的是取之不尽的源泉和养分，我们何不行动起来！

最后，要感谢杨钦欢先生的策划促成了本部书，也感谢《中国海洋轶事》编委会的各位同志的努力，以及各位作者的辛苦创作。尤其感谢程贤章和张笑天主编，他们对于文学的执着值得我们学习。更应该感谢的是中国海洋文化史中的那些人和事，它们无疑是中国海洋文化的血肉所在。我相信，中国海洋的发展必将蒸蒸日上，更加辉煌!

2012 年 10 月 11 日

谈报告文学创作的难度
——由《中国橡胶的红色记忆》说开去

薛媛媛的报告文学《中国橡胶的红色记忆》，写的是20世纪五六十年代，一群从湖南去云南种橡胶的老知青的故事。应该说这部作品在近年报告文学创作中并不多见，值得重视和关注。

作者是一位优秀的小说家。以我的观察，中国的小说家远远多于报告文学作家，其中重要的原因之一是，写报告文学通常情况下远远辛苦于写小说。小说家可以按照自己的思维、时间和想象去写作，但报告文学作家不行。当报告文学作家，第一个碰到的问题和困难，就是你得去实地采访，你得付出巨大的劳动，你还必须忍受别人不理不睬的各种尴尬，你还得忍受来自正面的、反面的甚至你根本想象不到的麻烦。而这些是小说家和诗人通常不会碰到的。在这些困难和无奈面前，许多写作者逃逸了、害怕了，于是他们不会去从事报告文学创作。

其二，报告文学的故事和人物是客观设定在那里的，它不像小说一样，完全按照作家自己的想象和构思去设置。由于它的客观性，报告文学的故事与人物有时是丰富的，有时是零碎的，有时是断断续续的精彩，有时是弯弯曲曲的延续。它的材料和人物故事，也许早就暴露在历史的地面上，已经给晒枯了；有时又可能深埋在地底下，根本没有引起过路人的注意。一个作家去写一部报告文学，如果不努力地去发掘和采访，调查与发现，你可能付出了巨大的辛劳，流了那么多汗水，花了许多心血和路费，最终却一无所获。你也许对某一个人、某一件事兴致勃勃，但最后发现，由于种种原因，这个人、这件事你根本不能去碰、不能去写，你再沮丧也没有用，你再悲愤也是白搭。这就是报告文学写作的难点所在，也是许多人不愿从事报告文学创作的原因所在。

其三，报告文学的故事和人物不可能像小说那么完美和现成。小说可以按照作家自己的想象去让笔下的人物变得精彩，故事组合得尽善尽美，然而报告文学不行。但你既然要写一部报告文学作品，你期待它是优秀作品，你就必须把那些现实生活中可能早已被历史和时间遗忘的东西重新捡起来，用自己理性的抹布，将掩盖在事件和人物身上的历史尘埃擦干净，然后再用自己带着炽热的情感甚至是泪水加汗水，将其高高地托起，让其闪耀光芒。这就是报告文学的难处，也使得报告文学有了自己独特的魅力，深深地吸引着那些敢于为之付出心血的人，他们有正义感、有良心、有爱心，怀着使命，乐意去关注那些边缘的、被历史和现实早已遗忘的人和事。薛媛媛做的就是这样一件事，一件值得敬重和赞美的事。她是一个小说家，她完全可以坐在家里，喝着咖啡，优哉地写小说，去冲刺鲁迅文学奖，或者是茅盾文学奖。

其四，报告文学写作还有一个难度是，你很辛苦，像一只不知劳累的蜜蜂一样，写成一部作品后，你还有一件无法避开的事，就是接受时间和历史的“审查”，接受读者和市场的“审查”，这是报告文学必须履行的一道无法避开的“手续”。因为报告文学不是新闻报道，写一部长篇报告文学作品不像写一篇普通的新闻，一天过去了可能就是旧闻，好不好没人管你。但报告文学作品不行，它是文学作品，它必须与虚构的、想象的甚至是编造出来的离奇小说一样，接受广大读者和市场的考验。在我看来，这是报告文学比其他文学种类更难写作的另一个方面的原因。

现在不少人认为，报告文学写作，不就是写写表扬稿嘛，不就是一些广告宣传品嘛！错了，真正的报告文学不是你想象得那么简单。老实说，我在前面粗略地点了这四个难处，恐怕有人一听就再不敢去从事报告文学创作了。更何况，报告文学创作的难度和难点，何止这几个。莫名其妙地有人跟你打官司，莫名其妙地说你得到了主人公的什么好处，莫名其妙地说你什么时候成了吹鼓手。这些还都是小事，更有甚者，你可能莫名其妙地因为写一个人，写一件事，会弄得你一生不得安宁。这就是报告文学。这就是我为什么说要向薛媛媛致敬，因为她从一名优秀的小说家跑出来，站到了报告文学的队伍里来了。我作为中国报告文学学会会长，非常兴奋，并热烈地欢迎她到报告文学队伍中来。

这部《中国橡胶的红色记忆》，是一部难得的好作品，至少它使我了解了什么是橡胶，中国的橡胶是怎么来的，中国还有一批为橡胶事业献身的人。在今天看来，这些历史人物和他们的功绩似乎对国家和社会的发展不像以前那么重要了，然而他们曾经有过的历史性贡献，毫无疑问应该不被遗忘，这些人将永远成为中国人民心目中的红色记忆。这是薛媛媛用几年心血跑出来的成果，也是文学关注历史、关注社会、关注特定群体的标志，作品里的许多故事和人物给了我精神上的巨大震撼，特别是这些人物身上的爱国主义精神值得永远铭记和发扬。

关于你的名字
——《西部神话》序

全中国的人、全世界的人都知道有个大庆油田。因为大庆油田像“两弹一星”一样，曾经支撑着共和国经济建设的宏伟大厦近半个世纪，今天它仍然放射着耀眼的光芒。大庆成为中国工业的旗帜和不朽的精神标杆。

说大庆就会说铁人，铁人的名字叫王进喜。铁人是中国工人的代表，代表着一种艰苦创业、奋发图强的精神。铁人在40年前离我们而去，仅活了49岁，但他的名字永远镌刻在新中国的历史丰碑上。

“大庆”这个名字的诞生，是因油田的发现日在那个激情燃烧的年代、又恰逢新中国成立十周年大喜日子的前夕，它是欢天喜地的中国人给自己的伟大发现所起的一个大俗大雅的好名字。它被叫得响亮，叫得爽快，叫得舒心养神，叫得扬眉吐气！

你呢，长庆？

长庆，你呢？

你是谁？你与大庆是什么关系？

是兄弟？当然。它是兄，你是弟？是，又不是。

大庆诞生于20世纪50年代末。你诞生于20世纪的70年代初。

大庆的名字源于一位领导者初闻松辽平原上的油田大发现的喜讯而一时产生的灵感。

你呢，长庆？

长庆人告诉我们：长庆的名字源于石油地质专家们通常惯

用的专业式取名法——按当时地名或地质构造拼成。于是这样的科学的习惯竟然成就了一个伟大名字的诞生。最初的起名者起“长庆”为名，纯粹像中国传统的父母们给自己的儿子起“阿狗”“阿猫”“菊花”“二妞”一样随便，哪知这样的起名竟然成就了一个伟大油田光辉而不朽的、如东方红日般的喷薄而出，犹如韶山冲的父母给儿子起的名字毛泽东，犹如弗吉尼亚的农场主给儿子起的名字华盛顿一样响亮。

显然，最初的“长庆”没有“大庆”那么富有诗意和激情，也没有人当场为它喝彩，更没有人把它当回事，能“活下来，长成人”就不错了——这是当时共和国的诸多当家人对它所抱有的一点点期望。想想也是，作为共和国“长子”的大庆就不一样，大庆油田的诞生，预示着中国从此将扣在头上的“贫油”帽子彻底甩掉了，那份喜悦和欢欣，连“四海翻腾云水怒、五洲震荡风雷激”之下仍岿然不动的毛泽东主席，在听说松辽平原发现了大油田时也激动得抽烟的手指都在颤抖……

长庆的名字诞生之时不是这样的，它注定没有像父母对长子的出生所怀有的那种惊喜。它出生于一个极其特殊的年代，那时中国面临巨大的国防压力和生存压力——1969 年中苏两大邻国的“珍宝岛事件”后，全面进入备战状态，且无奈采取的是被动的“深挖洞”退却战术。中国人的日子在那一阶段每喘一口气都感到异常吃力……

绝处逢生。屡经战争考验的共和国开国领袖们俯身在雄鸡形的国家版图前，苦苦地思考着、探索着，随后有人大手一甩，将巨掌压在黄土高原上……那是一片神秘而伟大的土地，秦王朝、唐王朝皆在那儿缔造过华夏辉煌的历史，而更重要的是共和国的缔造者对这片土地异常熟悉——这是当年蒋介石百万大军曾经想一口吃掉的地方。蒋介石不仅没有成功，反而成就了以毛泽东为首的中国共产党人走向全面胜利，“延安精神”在那片土地上永放光芒。

“战争一旦爆发，大庆油田恐难保全，国家的所有军事用油将成为我们能否生存并最终获得胜利的根本。假如我们在千里黄土高原地带找到油田，这等于我们在现代战争条件下又有了一个‘能源延安’！”有领袖这样道。

“掘土三千尺，也要在黄土下挖出一个大庆来！”决策者异口同声说。

于是，一场秘密的军事行动在陕甘宁地区展开，接受任务的是兰州军区某部官兵，随队的还有一批工程技术人员，他们是富有经验的石油工人和石油工程师。这支队伍并不庞大，资格却很老——他们多数是玉门油田来的老石油人。他们充满战斗豪情，充满骄傲和自信，驾着一百五十辆不同型号的汽车和五台自行制造的钢铁钻机，悄然进入新的战场——陕甘交界的庆阳县马岭镇。此处山高路险，是典型的陇东地貌。从高高的钻塔在山谷里竖起的那一刻起，从未见过“解放军工人”的当地百姓就按捺不住内心的激动，在等待和企盼着他们猜不透的“秘密”出现……9月26日，这个秘密终于被揭晓：“庆1号”井喷出黑乎乎的油柱腾空几十米!

找到油啦!

陇东有油啦!

解放军官兵和当地百姓不管三七二十一一齐往黑乎乎的油柱下窜……于是一个个“油人”们又跳又蹦地整整乐呵了十几个小时。工程师一测试，该井日喷油量达36.3吨!

36.3吨意味着什么？我们拿当年大庆油田的发现井“松基三号”井作比较，当时的“松基三号”日喷油量是十多吨，仅为“庆1号”井的一半!

不用说，“庆1号”井的36.3吨这个数字对石油人和盼油欲穿的中国领袖们将是何等的鼓舞和振奋！有人甚至乐观地握着拳头说："我们又有一个新的大庆了！一个比大庆油田可能还要大的大油田了！有了它，我们还怕'北极熊'吗！"

"9月26日出的油？"石油老将、时任国务院副总理的余秋里听了老战友康世恩的报告后，神经猛地像被扎了一针兴奋剂，说："中国的石油就这么巧啊，当年大庆的'松基三井'也是9月26日出的油嘛！"

"是啊，我们中国的石油工人们就是这么神奇！9月26日对中国石油人来说绝对是个吉祥日子！"石油部长康世恩的眼睛里闪着晶莹的泪光。

陇东找到大油田的消息当日报到了中南海，报到了正在为"深挖洞、广积粮"运筹的毛泽东那儿，老人家那双已显苍老的眼睛往挂在房间里的地图看了一眼，表情颇显激动地喃喃道："那个地方是个聚宝盆！"据说那一天中南海里出现了少有的欢快，"工业学大庆，农业学大寨，全国人民学习解放军"，毛泽东身边的人在这一天听自己的伟大领袖多次喃喃这句话，其中多次重复的是"工业学大庆"和"全国人民学习解放军"。

"石油还是得余秋里来抓。"毛泽东又一次在政治局会议上重复这句话。

石油自然还是余秋里来抓为好！余秋里抓新中国的石油工业自然也离不开老搭档康世恩。"余康"是中国石油工业的一面战无不胜的旗帜，他们指向哪里几乎都是所向披靡。现在他们按照中央和毛泽东主席的部署，将战旗指向他们曾经战斗过的黄土高原——陇东大地。

这个新油田叫什么？"余康"首先想到的是给"金娃娃"起个吉祥如意的好名字，"没有名字咋个叫法嘛！"余秋里甩着空洞洞的左胳膊大吼一声，令部下赶快找到"战事攻击点"。

就在此时，陇东前线又传喜讯：与“庆1号”井隔山相望的“岭9号”井又涌出超乎预料的高产自喷油。日产原油258吨！这个数字是大庆发现井“松基三号”井的20倍！

“我们真的是发现又一个大庆了！”

“比大庆还大！大得让我的心跳都在加快！”

石油人将这一喜讯传遍大江南北，领袖们的嘴边也在不停地议论着这一话题。只是鉴于当时国际形势的需要，并没有像发现大庆油田那样发表人民日报社论而已。

在“岭9号”井现场，那乌黑的原油从地心射向天空，形成的壮观场面，乐坏了3209队的官兵们，也惊呆了当地百姓。“晚上看似楼上楼下，白天看是两个泥猴在打架……”老百姓用山歌这样描述出油那天的场景，所有井场的人都由“泥猴”变成了“油猴”。太高兴了！太值得高兴了！

北京的指挥者们更是忙着“大会战”的部署。报告送到中南海，毛泽东当天圈阅批复。于是1970年11月5日至11月10日的六天时间里，一个具有历史意义的重要会议在兰州召开。当时的会议是秘密的，在军区大院召开，标题是：兰州军区陕甘宁石油会战协作会议。会场的正中是穿军装的毛泽东巨幅画像，主席台两边的标语分别是毛泽东语录中的：“领导我们事业的核心力量是中国共产党”“指导我们思想的理论基础是马克思列宁主义”。

这是一次战略安排、部署和动员大会。参加会议的有国家计委，国家燃化部，国防工办，陕甘宁三省区和各地区政府，省军区和军分区，玉门油田管理局，银川、陇东石油勘探指挥部，延长油田，以及西安、咸阳、宝鸡、兰州、银川等地方有关石化、机械、仪器、水电、建筑类厂矿单位，共四十多个单位一百六十一名代表出席。兰州军区副政委、后成为长庆油田首任“司令”的李虎同志宣读了国务院、中央军委联合下发的（1970）

81号文件。国家燃化部副部长唐克同志作了《关于陕甘宁地区当前石油勘探工作的情况和建议》的报告，陇东石油指挥部军代表宋志诚向大会汇报了《陕甘宁盆地石油勘探工作情况》的报告。这是长庆油田尚未有正式名字之前的战斗动员会，它按照毛泽东和中央的指令，勾画出了一幅宏伟的战斗蓝图：五年之内拿下十亿吨石油地质储量，建成年一千万吨的原油生产能力。它的未来目标就是一个新大庆！

大庆当时的年采油量达三千万吨。中国领袖们和石油人已经在那片黄土地上看到了又一个“大庆”诞生的曙光。那一束曙光让许多人感到眩目，甚至连“余康”等决策者也在豪迈中高唱战斗歌曲：十万队伍，十亿储量！三五年见成效！

这就是四十年前的“长庆前奏曲”，它充满澎湃的激情，它饱含领袖和全国人民的期待和希望，它是中国命运的又一个承载者。

那时，“长庆”油田的名字还在孕育呢。大会战前的协作会议结束不几日，数万军人和数万地方石油人迅速向环江河谷汇聚……李虎等会战领导选中了陕西长武与甘肃庆阳交界的一座古桥处作为油田指挥部的落脚点。

“不错嘛，这儿还有一条奔腾不息的河谷啊！”

“那是陇东的母亲河——泾河。”

“这桥很有些气魄呵！典型的中国石孔桥。是什么时候建的？”

“据说是民国时期建的。”

“有名字吗？”

“有，叫长庆。”

“长庆？好名字。我们在这儿进行油田大会战，咱们沾沾这大桥的福分，就叫长庆油田如何？”

“长庆油田……太好啦！”

“太好啦——北边我们有大庆油田，这西部我们有长庆油田。

一大一长，中国的油田又大又长……哈哈哈！”

“长庆油田”就这样诞生了！它诞生得如此光艳、如此浪漫，如此富有诗意和渊源，它符合中国人的起名习惯，它更符合石油领导者“余康”的脾性，当然毛泽东等领袖也十分欣赏“长庆”这个名字。

“北有大庆，西有长庆。中国的油田有大的，也有长流不息的，好！我看长庆油田必定会给中国带来喜庆的未来……”

一百万吨，这个数字对普通油田而言，已经是个大油田的概念了，但对“长庆”并非如此。“长庆”＝一百万吨，这个等式对于长庆油田来说应当是个耻辱。可偏偏“长庆”在国家和领袖们还有石油人自己特别期待它“强壮成人”的那十几年里，一直像个永远长不大的侏儒，难道这还不够让豪气冲天的石油人感到耻辱的吗？

呵，路漫漫其修远兮，长庆人面对磨刀石一般的岩石，心头的压力比万重山丘的黄土高原还重，比藏于鄂尔多斯盆地下的岩心还深……

“呵，西边的那个长庆，他们还有什么可庆的呢？他们还有什么前景呢？”有人在质疑，有人在嘲讽，更有来自内部的粉碎式的自信破裂：我们真的只能永远是个“百万吨”的小油田？那像是养咱几十万人的油田吗？咱配得上做荣光闪耀的大庆的兄弟吗？

我们还是退至后边吧——每每中国各路油田聚集京城开会，长庆人自觉惭愧地选择了最后的旮旯坐下，甚至不再骄傲地称自己是“长庆的”，而是被人称之为“西边的”……西边的人和西边的油田对突飞猛进的东部、北部、南部的中国人来说，那是“荒凉”与“落后”甚至是“一无所有”的代名词。

长庆人经历了长期的压抑和沉闷。长庆人的这份痛苦与无奈，让被黄土泥尘蒸干了水分的磨刀石也在跟着掉眼泪……岁月磨砺着这样的日子，这样的日子让长庆人懂得了什么叫珍惜和自尊，于是他们在寻找出路、挣扎前进。于是有人感到冤屈，有人感到失望，然而更多的人在期待和寻求光明……

长庆人多数是玉门油田的传人，长庆队伍的主要人员由英雄的人民解放军官兵组成，因而他们是整个队伍的核心与骨干，他们曾经的犹豫和徘徊很快被自信和坚定所替代，即使在最艰难的岁月里也在低吟着对光明的强烈渴望——

我是一粒种子，
给我温暖的泥土，甘甜的泉水
我会将祖辈们赋予的基因重新排序
当我沉睡的脉搏开始跳动
阳光再次温暖我的肌体
我会用尽全力朝着我记忆中的世界
努力伸展我的双臂
破土中最尖锐的一声绝响
在每一天里纷繁呈现
那是长庆人的油魂啊穿透时空
万紫千红
报答这片曾经养育我的土地

这是一个长庆人写的诗，这是所有长庆人内心的渴望与口中的低吟。因为他们知道自己是中国石油事业的开拓者，更知道自己是撒播到全国各个油田的一颗颗“玉门种子”——大庆油田是“玉门种子”、克拉玛依油田是“玉门种子”、渤海湾油田和胜利油田是“玉门种子”。长庆人同样是“玉门种子”，而且是没有离开黄土高原的玉门油田的同宗同源的“种子”。

现在他们期待的是“温暖的泥土”和“甘甜的泉水”。

然而他们知道“风物如残阳”“掘井千尺是枯井”的黄土高原上绝没有“温暖的泥土”，缺的就是“甘甜的泉水”。于是他们开始寻觅着、等待着……最后进行了一场场艰苦卓绝、波澜壮阔、气吞山河的“磨刀石上闹革命”和一次次“跑步上陇东”、一次次攀越“好汉坡”、一次次闯进“鬼门关”、一次次走进苏里格……直到他们用赤子心的热度将磨刀石感动出了泪水，又将这热泪化作涓涓甘泉，灌溉万重黄土与秃岭，直至让沉睡于千万米深处的鄂尔多斯油气苏醒过来，并伸出双臂拥抱……

呵，长庆人不再需要低吟了，更不再需要躲在每一次的表彰会和总结会的旮旯里了，他们开始扬眉吐气，开始向北京报送一个个新油田的诞生喜讯，开始向最发达、最富有的上海、天津等千家万户输送天然气，开始将奥运会的火炬熊熊点燃，直到举国上下向西部的那一片曾经哺育中国共产党人和孕育新中国政权的红色土地致敬！

一年一个台阶。

一步一个跨越。

从区区一百万吨，一直迈向年产三千万吨、四千万吨……直逼五千万吨！

这就是长庆！这就是西边的那个油田！那个原来就叫作“长庆”的长庆！

那个如今不用再加引号的长庆油田！

那个现在已经接近并在不远的时间里成为中国陆上最大油气田的长庆！

那个完全可以同大庆平起平坐的共和国石油巨人！

那个让中国人听着他们的故事由衷感到振奋和传世的一曲绝唱！

《红色圣地上的呼啸声》序

《红色圣地上的呼啸声》由作家出版社出版，为我们发扬革命传统，学习革命老前辈坚定的共产主义信仰和一不怕苦二不怕死的艰苦奋斗精神，进行爱国主义教育提供了一部很好的教材，是一件可喜可贺的事。

陕甘宁边区是中国革命的圣地。在那里，你只需随便走走，便会听到革命战争年代老一辈无产阶级革命家那些可歌可泣的革命故事与传说。其中刘志丹、谢子长、习仲勋的故事最能引起人们对当年那峥嵘岁月的回忆。他们那些光荣的革命历史曾经教育了一代又一代的后来者。全国解放初，陕北人民曾写信给毛主席，祝贺自己的领袖担任中华人民共和国中央人民政府主席，毛主席及时回信表示感谢，提出要继续发扬延安精神，发扬老区精神，为建设新中国而努力奋斗。

本书记述了习仲勋同志 1932 年至 1942 年在创建陕甘边区革命根据地，坚守南梁，守护边区南大门等各个历史时期的革命活动和丰功伟绩，读来倍感亲切和感动。在陕甘边区党内两条路线斗争中，习仲勋同志总是站在正确的方面，不顾个人的安危，据理力争，被称为实事求是的活的马克思主义者。但是习仲勋同志的革命历史过去很少有人写过，特别是反映他和刘志丹、谢子长一起创建陕甘边区的文学作品，更是少见。虽然他曾经是陕甘边区革命根据地的重要和主要领导人之一，然而，正如众所周知的原因，多年来写陕甘边区早期的革命活动成为文学创作的禁区。无人敢写，写了也难以出版和发表，这是很不公平的。这次路笛、路小路兄弟俩以朴实纪实的笔法，为我们打开了一扇窗户，让我们从中看到了过去发生的许多鲜为人知的历史事件和故事，使我们更加怀念老一辈无产阶级革命家刘志丹、谢子长、习仲勋同志的丰功伟绩，更加热爱我们的党和懂得珍惜来之不易的革命成果。

书中最让人震撼的是刘志丹和习仲勋创建的当时在全国仅存的这块革命根据地，为党中央和红军长征提供了落脚点和抗日战争的出发点。但是“左”倾机会主义者却将他们以种种莫须有的罪名关进了监狱，准备活埋。同时，又牵连了军队营以上、地方县以上许多中高级干部被逮捕，其中二百多名被活埋和杀害。他们在狱中所受到的种种迫害和刑讯逼供的场面，真是催人泪下。就在这十分危险、千钧一发的关键时期，毛主席和党中央率领红一方面军到达陕北。在毛主席主持下，中央开了常委会议，纠正了陕北的错误肃反，挽救了陕北危局。如果没有党中央及时来到并纠正错误，后果将不堪设想，这一硕果仅存的根据地也会丧失掉。

总之，陕甘宁边区的故事是值得大书特书的，因为它在我们党的发展和中国革命史中占有重要地位。正如作者在后记中所说的“这一传奇色彩故事，为党中央把全国革命的大本营放在西北奠定了坚实的基础。”

在中华人民共和国六十华诞喜庆日子里，我们出版这本书，就是为了继续老一辈无产阶级革命家开创的事业，发扬他们忠于党忠于人民的优良品质，学习他们不怕牺牲、艰苦奋斗的革命精神，在以胡锦涛总书记为首的党中央领导下，坚持开拓创新，坚持改革开放，坚持科学发展观，坚定不移地把我国各项社会主义事业向前推进。

期待广大读者喜爱这部好书。

2009 年国庆

贵在心境

——《浩然龙年风》跋

事实上我跟春光兄（我愿意这样称呼国家公务员局局长杨春光先生）并不太熟悉，我们仅有几次见面，皆是工作关系。但不曾想到的是，当我们在一起时谈得最多的竟是文学和文化，这令我内心暗暗吃惊，因为春光同志一直是身居要职的组织与宣传部门的负责人，前年他到了国家公务员局当局长后，更是公务繁忙，然而令我敬佩的是他长期积累在心、如今倾情挥就的诗才居然如喷泉般涌动于笔端，连连写出佳作。我们开始认识，也相互阅读了彼此的作品，仿佛成为交情久远的老友了！

当今中国，国泰民富，为世界瞩目和羡慕。有一个特别令人欣喜的现象是：诸多有才华和艺术细胞的政治家在他们的工作之余，自觉地参与各种文学创作，尤其是诗歌创作者更多、更盛。我想这种现象说明了两点：一是我们的干部和领导队伍素质得到了根本性的改变，知识型、思想型和情感型的越来越多。二是文学艺术不仅仅是只属于文人们的事，而且只有当文学艺术成为所有人共同的武器和欣赏对象时，这个国家和民族的素质才会获得真正的提高，其文明进步程度也会越来越高。我国战国时期和欧洲文艺复兴时期的状况都证明了这一点，不然人类文明史上就不可能产生“诸子百家”和莎士比亚等伟大的作家与作品。政治家善舞文弄墨，自古就有，且精英辈出。我们党的历史上如毛泽东、周恩来、陈毅、董必武、叶剑英等都是诗坛高手，他们的佳作广泛流传于民间并被载入文史。我知道，在现今的政坛上，也有很多像老一辈革命家一样能写出优秀作品的创作者，比如诗歌创作方面，江泽民、李岚清、刘云山、马凯等领导者的作品，都有上乘之作。我还编辑出版过如周克玉上将、陈福今院长等一批老将军和老领导的诗集，他们也都有非常多的佳作。在更年轻一代的政坛精英中，像全国总工会副主席倪健民等平时不断有诗词佳作传给我阅读。春光同志是这一代领导者中爱好文学和诗歌创作的佼佼者之一。

我以为，一个政治家假如能够写一些文学作品，尤其是写一些诗歌，特别是古体格律诗，这对个人修养和领导艺术的提高会有特别多的辅助作用。领导者首先是人，其次才是领导他人和管理他人的人，而领导与管理他人时，情感的因素十分重要和关键。一个没有情感的人，无法与自己的民众产生心灵上的共鸣。没有情感上的共鸣，几乎可以断定不可能当好一名合格的领导者与管理者。我们亲爱的人民，在日常的社会生活中，他们宁可与你聊几句亲热真诚的家常话，但恐怕不愿看你在台上呼风唤雨。

春光的《浩然龙年风》，属于他自己内心的那份情感，这份内心的情感可以清楚地透视出他的政治品质与个人性格。他跟我讲过他自己的人生经历，讲过从山东那块大地上走到京城，然而又受命到西北边陲数十年服务边疆人民的政治生涯，他说他过去几十年里一直繁忙的工作中总有许多情感被强制性地埋在心头，近年来当他在另一个新的岗位上有机会接触祖国更广阔的大好河山以及一次次出国访问时，“内心的那份所思所感变得异常强烈而不可抑制……”诗情画意便奔涌而出！

“有时用心很难，有时用情不专，有时用功太轻……”，“用心，才能融入；用情，方可沟通；用功，始有丰盈”。我读春光同志这样的诗句，其实一直在想，这到底是他的几十年人生感悟，还是长期在领导岗位上得出的省思？结论是：每一个领导者恐怕皆有这般心理感受。这就叫“诗感而发”。

诗是一个人内心真实感情的反照。作为一名领导者，有时会有很多内心不易表达出的东西，而这样的东西其实是最真实和本质的。我们平时或许都把它们忽略了，其结果也使自己变得官僚和很没有人情味。

“你说人生的路程有多远？你说天下的事情有多难？你说固守一地要多少代？你说什么样的使命大于天？”

“你说那献了青春、终身，献子孙，你说那一代一代接着干，你说那不讲待遇讲奉献，你说无怨无悔一年年……”

这是感悟，还是自问？这是感叹，还是自省？其实都不是，其实就是春光自己内心在诉说自己的人生。这是一个内心燃烧着火焰的共产党人的感悟与自问，这是一个内心充满强烈责任感的革命者的感叹与自省。

春光的诗作中有许多是参观革命先烈的纪念地，或阅读他们的传记与书籍时所抒发出的独白，而这恰恰最能体现和照映出一个人的政治信仰与革命意志。共产党人的诗是革命的信仰，革命者的情带着对民族、国家和人民的使命与责任的火焰。在春光同志的每一篇诗作的字里行间，我们可以强烈地感受这一点。他选择的诗集书名也叫《浩然龙年风》。2012 年是中国龙年，这一年中国共产党第十八次全国代表大会召开，以习近平同志为总书记的新一代领导人开始执政，将开启我国全面建设小康社会的伟大历史征程。国之兴，民之康，在如此伟大的历史时刻，春光同志以一个革命者的豪迈情怀，抒发自己对民族与国家的一片赤诚之情，其心其意，皆在一曲曲赞美与自省的作品中流露，即使是在写致过去的挚友和出访他国时所产生的感触时，也无不包含了他对伟大祖国美好前景的澎湃激情和赤诚之爱。

一个人能不能成为诗人，一个人能不能成为富于人情味的领导者，一个人能不能在既当领导又作诗人间左右顺势而行，关键在于他的心境如何。超脱和超越，不是所有人都能做得到的，尤其是身居要职的领导者。诗，或许可以使你在困顿和矛盾时，心灵豁亮；诗，或许可以使你在束手无策时，茅塞顿开。问题的关键，依然在于你的心境如何。

“好”心境就有好诗篇。这里的“好”并不代表普遍意义上的好，它指符合诗情意义上的心理环境。让我们跟着春光同志一起为龙年中国吟诵，为美丽中国的今天和明天吟诵。

写于2012年末

《十三亿人乐了》序

与王鸿鹏认识并能够产生友谊，可能是同为“当兵”者的这份天然的缘分。第一次粗读鸿鹏的作品，有点儿像阅读新闻稿件，也许缘于他是一名职业的新闻工作者。第二次阅读他的作品时，感觉完全变了，变成了一部真正的文学作品。故而，我欣然提笔作此序。

文学是什么？文学当然是记录社会、记录人生和记录心灵世界的一门学问。文学表现什么？为什么要表现，这是文学的使命所在，也是一个作家要掌握和弄明白的事。鸿鹏在他的这部《十三亿人乐了》中，可以说是很好地完成了这一使命，因而他和他的这部作品，把我们带进了一个享受阅读和感受生活的广阔境地。

中国的医疗改革是一件非常艰难的事，是涉及十三亿人的大事。它既是医疗系统和医院方面的事，但更多的是一个社会问题，一个历史阶段和历史条件下的社会问题，这社会问题影响和涉及方方面面。“看病难、看病贵”这在中国是个人人都知道的事，人人都痛恨、人人似乎又想不出高招去解决的事。

医改工作，是一道公认的世界性难题。有报道称，无论是发达国家，还是发展中国家，各有各的难处，没有包治百病的“灵丹妙药”。任何一个国家的医疗卫生保障水平，必须与经济社会发展水平相适应。过于超前或者滞后，都会影响和制约经济社会的发展。例如，美国是全球最发达的国家，2008 年用于医疗保险的费用达 2.5 万亿美元，占 GDP 的 17% 左右，人均医疗费支出达八千多美元，居全球之冠。但是，花费如此之高，卫生绩效却不高。同时，不断增长的医疗开支，已经威胁到美国民众的生活质量和经济基础。相比之下，中国人均 GDP 刚刚突破三千美元，2008 年卫生总费用占 GDP 比重约 4%，年人均卫生费用仅为九百多元。我国有十三亿人口，人均收入水平低，城乡、区域差距大，并且将长期处于社会主义初级阶段。这一基本国情，决定了我国的医改任务更加艰巨。如何用最少的投入，获得最大的健康效益，考验着中国的智慧。

在现实的中国社会里，我们已经有太多的理由痛恨那些所谓的名医、名医院了，因为正是他们给了中国老百姓太多的“看病难、看病贵”的活生生的残酷现实。医疗行业本来是治病救人的善业，可就是因为“看病难、看病贵”越来越成为一种令人头痛的现实顽疾，医院则成为这种顽疾的发源地和藏身地。本来是救死扶伤、行善积德的地方，结果成为人人痛恨之地，这种反差叫人难以接受。谁之过？谁之罪？医院和医生不言，病人和民众愤愤，其实都解决不了问题。那么谁来为这样一个涉及亿万人利益的事承担责任和改错纠偏呢？谁都清楚：医院和医生行动起来，问题就可以解决大半。然而由于太多的利益关系，广大的医院和医生们都把病人和公众的谩骂视为耳边风……

呼兮！我以为这种风气可能永远不改。可看了鸿鹏的大作《十三亿人乐了》，竟然激动和兴奋起来，原来中国还是有大勇者呵！

大勇者，就是武广华。

他是一名胸外科专家。然而他的功绩是——用了十余年时间成功地为中国的一个社会疾病进行了一次“胸外科手术”！武广华了不起，了不起的地方是他完全可以对现实和顽疾视而不见，这样既省事又省心还得大利。可他没有这样，他以一个职业医生的道德操守和对人民（特别是对弱者）的赤诚热爱，勇敢地操起

"手术刀"，在自己的医院或者说在自己的躯体上试验着、动真格地做了一次又一次的大手术，使难上之难的医改工作获得巨大的成功和效益。

这是武广华的功绩，这是一位了不起的伟大探索者和实践者，他以自己的实践和勇敢精神，破解了一道"世界难题"，其事迹可歌可泣。我们所有吃尽"看病难"苦头的十三亿中国人能不为之欢欣鼓舞？能不乐吗？

然而我要着重说的另外一个成功者，则是把武广华这样的成功者介绍给我们的王鸿鹏。没有他的这部《十三亿人乐了》，我们面对医改难的这道"世界难题"似乎仍然处在无奈和痛苦之中。就像一名患有重症的病人一样，现在我们有希望了，因为我们看到了复活的希望，这就是武广华精神和"武广华良方"。

鸿鹏先生把武广华精神和"武广华良方"介绍给我们这个社会并使之获得传播和推广，让所有原本认为没有了希望的人感到了希望复得并为之激动与兴奋，这就是文学，这就是文学所起的特殊作用！

相信读者看了这部《十三亿人乐了》，都会为中国能有武广华这样的医改探索者和成功者而开怀欢乐，因为这部书带给我们整个社会的是一种希望和实现，相信这个希望和实现能在真正想着为百姓服务的所有地区的医界得到推广和发扬。

让我们一起为这样的乐事欢呼和期待吧！

2009年五一

最接地气的地方和你……

文学是什么？文学是我们研究和描述人类生存状态的一种文字艺术表达。有些人表达得精美酣畅，成了经典的文化被人传阅，并流传于历史的长河之中。在这其中，有一批人用报告文学这一真实的艺术文体在做这样的事情，这批人即我们所说的报告文学作家。

现在讲得比较多的是接地气的话，指的是文学工作者应当深入生活、深入生活的每一个细微之处从而实现文学艺术的崇高追求目标。什么地方最接地气呢？我想在中国，大庆油田肯定是最接地气的地方，因为有一批伟大的铁人们在那里不断向地心钻探，并且给国家和人民奉献源源不断的石油，他们的工作深度、精神深度和生产深度，无疑都是最接地气的。在这里，有一群文学工作者，尽管他们身着石油服，但他们依旧用诗一般的文字在记录他们的工作和生活。

朱玉华就是其中之一。

她是 2007 年我在北京中国现代文学馆组织《中国作家纪实》签约作家活动时认识的，她来自大庆，所以我会格外地关注她，因为我是大庆的荣誉石油人。大庆与我结下了深厚的感情，我的一部分创作激情来源于这个地方，《奠基者》和《部长与国家》等作品使我认识了大庆，也让大庆人认识了我。朱玉华便是其中之一。她在工作之余写作，诗歌、散文、小说等文学体裁她都写，而更加挚爱报告文学，这令我这个中国报告文学学会会长自然格外关注她。最近她用了 9 年时间所写的报告文学，集于《标杆作证》一书，叫我写个序言，看来是不能推的，否则大庆人会说我不够意思。其实给大庆写点文字总是高兴的事，因为我是“大庆人”，并为之荣耀。

朱玉华的这部报告文学集为我们展现了今日大庆油田的精彩画面，弘扬了大庆精神和铁人精神，展现了女性心灵的独特视角。她用朴实的文字和婉约的情怀，写出了一个个令人感动的人和集体。就像原油从地下喷涌而出，是那么真挚、细腻，也很感人肺腑。

去年夏天，朱玉华给我发来了《光耀通途的星辰》让我看看，该作写的是大庆油田中俄原油管道漠大线伴行公路上的路桥建设者们的事迹；一个月前，她又发来了《中国石油梦》，再一次写李新民。与以前不同的是，李新民已成为“大庆新铁人”了，2006年她第一次写李新民时他还是1205钻井队第十八任队长，她仍然让我对她的作品提出批评并指点。我看到她不断地进步和成长，非常欣慰。她工作在国企，用业余时间写出了近二十万字的文章，可想这对一个肩负家庭与事业双重责任的女作家来说，该是多么坚韧和辛苦。

《标杆作证》属于石油的世界，在这个世界里有许多激情和美的文字。可以看出，朱玉华作为大庆人对大庆和石油人一往情深，尤其是对铁人的队伍格外情深。1205钻井队，是铁人带过的队伍，是英雄的井队，众人瞩目。女作家迈着轻盈而坚韧的步伐扑入钻塔的怀抱。1205队，人、事很多，多视角、多层次的心灵的触摸和倾情的传递，是很不容易的。她以对钻塔的亲情、独特的手法、真切的感受，写出了一个全新的1205钻井队，尤其是铁人继承人的形象。她敬仰那巍巍的钻塔，融入了那钢铁的身躯，流淌出了那真切的钻塔情怀。

2009年，《铁人精神的传人》获第三届中华铁人文学奖提名奖，朱玉华走进了北京人民大会堂参加了颁奖典礼。《文艺报》这样评论她：朱玉华的短篇报告文学《铁人精神的传人》，记录了1205王进喜钻井队第十八任队长李新民，在大庆二次创业中接过铁人的旗帜、踏着铁人的脚步、继承铁人精神的事迹，表现了1205钻井队在新时期的时代风貌。作品于2006年分别获中国报告文学学会、《报告文学》杂志社“先锋杯”保持共产党员先进性教育全国报告文学征文一等奖；黑龙江省作家协会纪念建党八十五周年暨红军长征胜利七十周年征文一等奖——这或许不仅是对她的文字的认可，更是对铁人及其后任者的致意。

尼采这样说过：真正的生命活动必然是审美的活动，所谓“生命即审美”，“只有审美的人生才值得一过”。从《标杆作证》里，我们读出了钻井人的石油情结和审美人生，这不仅体现在钻井人对石油天荒地老的热爱上，更体现在朱玉华热爱文学的审美追求里。文字中渗透出了她“只想让那钻塔的情怀陪伴她的一生”的生命追求，为此，她很快乐。看到高耸入云的井架，看到那纯朴、坚强、乐于奉献的钻井工人，她总会感动得落泪。她的语言是审美胸襟的熔炼和情感的浇灌，能使读者获得人生的启迪，感受到生命之真，享受到工作之美。《标杆作证》证明着大庆精神、铁人精神，还散发着无穷的魅力，犹如铁人还活着，因为铁人有着无数的传人。

璞玉勤琢露芳华。以花为貌，以鸟为声，以月为神，以柳为态，以玉为骨，以石油为心，是朱玉华的文学追求，也是目的。愿朱玉华在文学的殿堂中多情地抒写、多情地歌唱——为石油人抒写和歌唱是时代赋予作家们的一份使命与责任，我们应好好完成。

相信朱玉华，相信大庆作家们，因为你们是在最接地气的地方。

第五篇　近年心路

2014年中国文坛最重要的一件事……

特别的2014年马上就要过去了。这一年中有许多事情让中国人民想起来就会感到惊心动魄，比如一只只“大老虎”进了铁笼……那么2014年里，中国文坛最重要的一件事是什么呢？我想，肯定是“反省”二字。反省我们的问题和不足，是这一年文坛最重要的事。首先是因为习近平总书记在他主持的文艺座谈会上对当代中国文艺界存在的问题，向我们提出了清醒而深刻的尖锐批评，他的话振聋发聩。

一个民族是需要适时地反省的，不反省的民族是危险的民族，尤其是日益强盛的民族更需要经常反省。然而，如果没有特别清醒的政治家掌舵，反省也是很难做到的。中国的文人一向高傲自大，做错了的事也不会轻易承认，因为他们认为这是他们的“骨气”，可这样的“骨气”在大众眼里，被贬为“酸臭气”。其实，在当代中国文学界，沉积的毛病已经很多了，其中最主要的我认为还是香臭不分、自以为是，以及作品价值观上的巨大偏离。特别是近些年来，中国文人们自大和骄傲得有些忘乎所以了，也不知自己的行为方向在何处，缺少基本的清醒认识。因此像习近平总书记主持召开的文艺座谈会上讲到“为人民写作”“作品是作家的立身之本”等这样的话，对许多作家来说，已经不仅仅是简单的提醒和警示了，它应当算是敲打我们灵魂和行为的警钟！为何如此说？因为现在不少人已经忘了自己写作是为了什么。再有一些人声称是“作家”，却早已不再干作家的事，倒是经常在做些对抗社会正面势力、毒害读者心灵、混淆是非、制造麻烦的事。至于理论批评界，被习总书记所批评的那种“人民币的厚度，决定评论的高度”的现象比比皆是。

习总书记的讲话，无疑极其重要。不过，在文坛私下里我听到不少人对“谁参加了会”这件事的议论颇多。自然，那些参会者非常骄傲，而没有被邀者有些被冷落的不快感觉。“到底谁定的名单？”好几位文友问我。我苦笑地回答：连我也根本不知道。“你是作协党组成员、驻会副主席，不可能不知道！”冤枉我了不是！像许多事一样，其实我真的不知道、也没有参与决定。我只知道作协和文联党组班子成员除书记一人参加外，其余人员都不参加。“为什么是他而不是我？”这样的疑问和议论，至今仍是在文友中时常被提及的话题。老实说，对我们这些整天被会议“拖”得累死的人来说，参不参加一个会，基本上不会太放在心上，关键是知道和了解会议精神便可。可对不常参加重要会议者来说，这次“谁参加会”便成了一大关注点。到底大家是什么心态，我不得而知。是名？是利？还是面子？还是被重视或冷落了？恰巧我到西安参加陕西省作家协会成立六十周年纪念会，碰上陈忠实先生，问他因为身体欠佳而没有参加此次会议有没有遗憾，忠实先生毫无表情地答道：我没有啥想法，作家呗，写好自己的作品就行。

作家该当像陈忠实先生一样，别总把心思放在那些妒忌别人的好事上面。现在文坛仍有一些非常严重的不健康心态，即总有那么一些人，作品写不出来、几十年没写出几千字让读者记得住的东西，但到处煽风点火，整天阴阳怪气嚼舌头的本事可大呢！这样的“文人”还是少一些才更有利于中国文学的发展和纯洁。

2014 年，是鲁迅文学奖的评奖年，这次评奖过程中出现的一些“噪声”曾经热闹一时，噪声最大的有两件事：一是古体歌作者周啸天的获奖，二是阿来的“零票风波”。前者我没有发言权，只是知道些情况，因为评奖时所有评委都在一起，诗歌评委中有负责古体诗的评委，也算老朋友。在最后几轮时，我知道他们非常认真地听取了评委之外的几位古体诗权威意见，我从一个评委口中知道，那些古体诗权威们对周啸天的作品还是比较认可的。然而，获奖名单一出来，社会上“揪”出周啸天的几首“打油诗”进行痛打痛批，引来喧哗一片。在这之前，我们都对周啸天不熟，喧哗声出来后，才慢慢了解了这个教授诗人。老实说，到现在我都没有读过他的诗，只是当时感觉有人“揪”出的那些“打油诗”水平似乎有被“攻击”的某些理由。但又一想：谁能保证伟大诗人的众多诗篇中就没有几首是“打油诗”水平的？这样也就一笑了之了。第二件事与我有关，而且作为鲁迅文学奖评委会主任的我，因为阿来兄几度发表“声明”及媒体不断炒作，我便成了众矢之的，天底下差不多都在骂我这个“权贵”了——天地良心，当回评委会主任，其实也只有一票之权利也。

阿来的“零票”，其实是一个伪命题。大家从公示的最后结果，看到了阿来和其他几位作者在最后一轮投票中得了零票，而这个零票，事实上等同于一场足球赛最后的“冠亚军”决赛，胜者肯定是全票，输的必定是“零”票一样，根本不是真正意义上的零票概念。鲁迅文学奖的评奖机制在最后一轮的十部作品中，要以三分之二的得票数才能进入前五名，如果懂一点数学水平的人，都会清楚出现“零票”是必然。不知是阿来不明白，还是媒体有意炒作，还是鲁迅文学奖评奖机制本身就存在极大问题，总之，那个“公示”结果让全社会都知道了像阿来这样的作家都得了“零票”。于是乎，得“零票”的人怒气冲天，看“零票”热闹的人纷纷跳出来挖苦嘲讽，煽风点火，故这一年的鲁迅文学奖又成了社会一大热点。

这其中我们这些参与评奖的评委便成了被辱骂的对象。冤不冤？当然冤。因为我们 11 位报告文学评委，一直以高票的强势，把阿来的作品推荐到了最后一轮。更冤的是我这个评委会主任，在最后决定前五名的获奖者提名讨论时首先发言，当时我提了6篇候选，其中就有阿来的作品。之后多数评委认为：报告文学获奖作品，一是应当考虑那些长期从事报告文学创作的报告文学作家，二是应当更多地考虑那些关注现实的题材作品，三是既然所有以前获过鲁迅文学奖的作家都不参加此次评奖了，为什么像阿来这样获过茅盾文学奖的还要给他们奖呢？再说，他的那部作品如果算是“非虚构”作品，那么，五部获奖作品中已经有徐怀中的一部“非虚构”了，就不能再出现两部“非虚构”作品进入报告文学奖了。评委们提出的三个理由应该是非常实事求是的，因此最后我等也只能“投降”，所以其他评委一致投出了最终的结果——这就是阿来得“零票”的真相。

对这件事我不想多说，一些作者的误解和社会上不了解真相的人说的一些过头话，我们作当事人的因为按纪律在当时不能说什么话，加之作协一直没有正面回应社会上的一些质疑，造成了大家的一些不必要的误解。我认为确实有些问题值得反思：

一是评奖机制本身。到底“公示”好不好，“透明”到什么程度才是真正的透明。

二是参选的作品体裁之混乱应当予以高度重视。比如我们的报告文学类参选作品最初的194部（篇）中，大多数根本不是报告文学或纪实文学的东西。有的是新闻通讯，有的是所谓的“非虚构”，马不像马、驴不像驴，还有的则是介乎于散文和杂文之间的“非虚构小说”“纪实散文”等等。有的作者现在不能很好地把握某一文体的精心创作，就喜欢搞些新名堂、引进一些新概念来滥竽充数参赛，实在无益和混淆评奖。

三是此次鲁迅文学奖评奖第一次对以往获过奖的人一律取消获奖机会，这有一定道理。但长此下去，显然会严重影响参评作品的质量。比如报告文学作品，每四年评一次，四年中真正好的报告文学作品，都是由报告文学创作的第一方阵的作家创作的，而这第一方阵的作家几乎都获过奖了，他们的作品不能参加评奖，于是大家会发现：最好的作品几乎看不到。这对国家级文学奖而言，其社会公信力损伤是极大的。到底获过奖的人能不能再参加评奖，恐怕成了今后评奖的一大难题。在作协领导层的作家中，我和铁凝主席是早已公开不参加像鲁迅文学奖、茅盾文学奖等由中国作协组织的奖项了。我们好办，可其他作家怎么办？著名作家的优秀作品都不能参评，可想而知评出的文学大奖会是什么样的水平呢？

四是当社会有一些议论或不解时，我们应当及时通过新闻发言人等正常渠道及时向社会说明。这方面我们做得极不理想，造成被动。不说和不让说的结果是，社会对我们的信任程度更低。

五是获奖的作家受到的社会待遇的巨大不均，给作家们的心态带来极大的影响。近些年，像南方尤其是广东等一些省，十分重视对获奖作者的再奖励，结果这让一些作家心态发生改变，把获奖当作了改变个人经济困难甚至人生命运的主要途径，于是拼了命都想争取获奖，甚至联和为其发表作品的编辑、出版社、杂志社负责人，专攻评委关系，有的干脆私底下承诺“分红”——“你只要想法帮助我评上，我把省里、市里给的奖金拿出来跟你们平分……”这样的事已经在我们身边和耳边能够清晰而频繁地听到了，这不是很可怕吗？我真诚希望以后再不要让这类作者进入获奖的可能之列！也真诚希望有关省市别搞这些几倍于实际获奖奖金的“锦上添花”了。那样对所有的获奖作家来说，也是很不公正的。我记得当年第一届鲁迅文学奖获奖后我得了 2000 元奖金，而某省的一个与我同样获奖的作家，他最后拿到的总奖金是 40 多万元（省市又加奖给他的）。看看，同样一个奖，差距有多大！这很不公平。容易让一些作家滋生起写作的不纯目的，同时也搅乱了神圣的评奖过程。

2014 年的报告文学界有几件重要的事情：

一是徐迟先生百岁诞辰。中国作家协会召开了纪念会，铁凝主席发表了讲话。我在这次会上有一个比较长的发言，着重讲了“徐迟先生存在的意义”、当前报告文学的基本情况，及关于所谓的“非虚构”是不是要替代报告文学的问题。我把这次发言的相关内容摘录如下：

> 毫无疑问，徐迟先生发表于 1978 年 1 月的《哥德巴赫猜想》是他一生中最重要和最闪耀的代表作。曾记得，当年《哥德巴赫猜想》给因“文革”而沉闷和压抑了十余年的中国所带来的那股尊重知识、尊重知识分子的“科学春天”之风是何等的强劲！从某种意义上讲，中国后来以昂首阔步的豪迈姿态走向四个现代化建设的伟大征程，并取得举世瞩目的辉煌成就，徐迟的《哥德巴赫猜想》是一首叫人无法忘却和永远不可抹杀的中国走入新时代的激情战斗曲，它通过奔放浩荡、感情丰沛、入情入理的艺术感染力，让那些多少年来弓着腰为共和国拉车却得不到起码尊重的知识分子重新扬眉吐气；让人类用自己独有的聪明与辛勤劳动锤打出的知识，从臭气熏天的垃圾堆的最底层，重新被抬到了神圣的殿堂……让整天撕着课本打架的学生重新回到了安静的教室；让监牢农场里的工程师、科学家重新回到了实验室和科学院；让千千万万“臭老九”们再度感觉自己有了生的希望和活着的价值。一个文明古国的伟大历史从此也就揭开了全新的时代画卷，而这个时代画卷上所呈现给世界

的是中国式的波澜壮阔、风起云涌。于是，一个文学家所塑造的名叫陈景润的“哥德巴赫猜想者”，向我们迎面而来，成为民族的榜样和知识分子的代表。文学的力量何等之大！大到了我们整个社会在一天之内以惊天动地、惊涛骇浪、惊心动魄之势，完成了对科学、对知识、对知识分子评价的彻底颠覆。这就是《哥德巴赫猜想》——一部报告文学作品在30多年前所带给我们中国的伟大贡献；这就是我们今天为什么要以特别感恩之心感谢和纪念徐迟先生的原因所在。

中国改革开放30多年取得的成就，中国改革开放30多年来对我们每个人、每个家庭、每个单位、每个行业所发生的翻天覆地的命运变化，中国改革开放30多年对世界和整个人类发展所做出的推动与影响，与一部由中国人写的《哥德巴赫猜想》的报告文学作品和一个叫徐迟的作家有没有一点关系？回答是肯定的，而这份肯定使同样为一名报告文学作家的我，由衷地感到无限的荣耀和文学尊严的崇高。

《哥德巴赫猜想》和徐迟先生对一名普通作家的影响同样是深远而巨大的，这种深远和巨大有时令人无法想象，因为大家都知道，人的基因是父母遗传给我们的，我们的生命基因无法改变，但徐迟先生和他的《哥德巴赫猜想》，改变了无数人的人生基因和事业基因……

“一个改变了无数人文学基因的人”，这是我对徐迟先生的评价。在说到我们报告文学与当代中国的关系和影响时，我这样说：

中国的今天，是一个伟大而精彩的，能让文学彰显五彩缤纷的时代，我们的生活、我们的人民、我们的社会变革，给予了报告文学格外恩赐，几乎每一片土地、每一项事业、每一个变化中的社会的人和人的所有活动，都是报告文学创作的丰富素材，我们没有理由放弃和自我贬低报告文学文体的价值和它早已被主流社会所广泛认可的客观现实。事实上，还没有哪一种文体在记录、表现和宣扬改革开放的中国的贡献上，可以同报告文学相比。这一点毫无疑问。尤其在今天，当一些明明是正能量的人和事，却被“小道消息”和网络丑化，负面传闻越来越多的时候，报告文学必然对消除和打击这样的歪风邪气起到其他文体形式所不能替代的效果。有人说，今天的报告文学面临死亡和边缘化；也有人说，它将被非虚构写作所替代。我在这里明确而准确地告诉大家：在中国，在继续沿着社会主义特色的道路继续前行的当下和未来，报告文学不仅不可能死亡和边缘化，相反，它会比任何一种文体更具生命力，更放射光芒，更有市场和读者，更被主流意识所认可。原国家新闻出版总署在前几年每年所进行的年度出版与阅读调查中，一次又一次地告诉我们：喜欢和热爱纪实类作品的读者，其人数远远超过虚构类的读者人数；在座的朋友们应当知道，中国的主流媒体如《人民日报》《光明日报》，曾经在头版发表报告文学作品的只有两次，一次是50年代魏巍的《谁是最可爱的人》，一次是1978年的徐迟的《哥德巴赫猜想》。但在今天，我们的《人民日报》每年至少要发表20篇报告文学。尤其是《光明日报》，仅十八大以来的一年多时间里，在头版、甚至头版头条先后发表了多篇报告文学，其中有我的两篇，李春雷一篇，还有一篇是年轻作者王国平写的。事实上，《光明日报》在10年前的2004年7月26日就在头版和二版也发表过我的另一篇名为《永远的红树林》的报告文学。11年前的“非典”期间，上海的《文汇报》也曾有过非同寻常的壮举，连续用8个整版发表了当时我写的报告文学《北京保卫战》。在近两届的中宣部“五个一工程”奖中每一次都有超过三分之二的获奖图书是报告文学作品，更可喜的是在上一届的“五个一工程”奖获奖的十几部电影中有三分之一的电影也是根据报告文学作品改编而成的。这些事实，都很好地说明了报告文学不仅没有死亡和边缘化，恰恰充满了无限的生机和活力。

关于“非虚构”文学的问题，我这样说：

近些年，总有一些人在说非虚构写作将替代报告文学。在我看来，作为丰富和充实报告文学创作的一个写作现象，我们对非虚构写作将给予更多的关注、支持和包容。但，这里有一个学术概念必须予以澄清：所谓的非虚构，其实最早在国外提出的并不是我们今天一些人所理解的非虚构概念，它最早是由法国著名小说家左拉先生，针对当时的小说家们所倡导的新自由主义写作而提出的一个创作观点。作为当时法国小说界的领军人物，左拉实在无法接受那种坐在家里、远离生活的同行们的胡编乱造，因此提出小说创作必须尽可能地接近生活本真。为此，他自己身体力行，为写一部铁路工人生活的小说而不惜用十几天时间亲自趴在火车的车厢顶上，去细致地观察铁路上的人间万象，从而形成了他后来被人称之为“非虚构”的写作风格。这就是国外流传已久的非虚构写作的真正起源。近几年来，以美国一批新闻记者为代表的写作者所引领的新自由式写作风尚，在西方世界较为流行，其中最有代表性的就是前几年翻译到中国的那本由雪莉·艾利斯写的《开始写吧！非虚构文学创作》。这本书的作者其实是一个创意写作培训师，是跟我们中国的广告设计师差不多的自由写作者，她所倡导的所谓非虚构写作，好比我们中学里的写作课一样，是专门培训那些缺乏基本写作经验的初学者，如何按照自己的心理感觉进行文字表达而提供的一种课堂写作教学方法。这种创意写作自由度大，不像小说可以全虚构，也不用像传统报告文学那样必须对真人真事有严格要求，自由而随意，尤其注重和倡导作者的自我感受的表达，因此受到一部分因在小说创作中不能很好地艺术虚构、作品越来越没人看而苦恼的小说家们的欢迎；同样，这种非虚构写作也受到了一部分因从事传统报告文学创作那种必须遵循对真人真事不能有半点虚假的文体要求而束缚手脚的写实体作家的欢迎。因为这种新的非虚构写作，可以写到五百年、三千年前的事，也可以将一个白宫的真实事件搬进文中，又可以将自己内心完全虚设的故事放入其中，这就是非左拉时代的今天西方国家的非虚构写作。中国是个文明大国，包容和吸纳他人的优秀文明成果和文学经验，一直是我们的明确态度。然而，像雪莉等倡导的所谓现代式的非虚构写作，其实在中国早已非常成熟了，说白了就是记实体散文写作。它并不是什么新鲜玩意。即使如此，我们中国的文学家，依然对西方写作者的那种灵活、自由和开放式的写作经验，从不拒绝。但是必须指出的是，中国有中国的传统与习惯，中国有中国的文体之美和所集成与积累的成功经验。中国自20世纪二三十年代以来，以瞿秋白、夏衍和新中国成立之后的魏巍、巴金、丁玲等尤其是徐迟为代表的老一代作家们，他们继承司马迁《史记》这种优秀纪实作品的创作经验和中国人对历史真实的那种毫不留情的严谨治学态度，同时又吸收和发扬了世界现代报告文学奠基人基希先生的报告文学文体创作特点，形成了中国自己的报告文学。这就是：严格将时代性、新闻性、现实性、批判性和文学性融为一体，早已被广大读者所接受和喜爱的一个充满生机活力，并有自己独立文体要求的文学种类。

……

今天的中国，整个社会都呈现出开放和进步，我们的报告文学文体，也在接受和吸纳所有新鲜的空气，包括非虚构在内的诸如个人化写作、心灵史叙述、口述回忆录、传记创作、自由度非常大的纪实体散文等写实体作品，以及它们的新写作经验，都将为丰富和发展报告文学文体提供有益的养分和广阔的空间。

这个发言内容，后来在文艺报上部分发表了，同时在我的博客上全文发表后，许多同行叫好，说把多年混乱和颠倒了的文学概念和认识，重新恢复了过来。其实，中国的纪实文学——现在叫“报告文学”，这一文体是中国最早发明，也是早已成熟于世界任何一个国家的文体。用不着动摇，也不可能动摇。一些新鲜玩意，玩几年就得重新回归原点。大家一定还记得，20世纪90年代，许多玩这个“主义”、那个“风格”的小说家们，最后还不都回到了中国传统的现实主义写作。

报告文学第二件重要的事，是我们中国报告文学学会又成功地举办了一次参加人数达一百五六十人的全国创作会。自担任会长之后，我和李炳银、黄传会、张胜友等学会同志，致力于对基层报告文学作家的创作能力的提高培训，连续三年开放型地召开、举办这样的创作会，收效极好。以后还要继续做好这项工作。

今年中国报告文学学会做的第三件事是：成立了青年创作委员会。培养青年一代的报告文学作家，是我们的任务和责任。学会批准了由李朝全、丁晓平、马建辉、马娜、纪红建、谢友义、王国平、田静等领衔的“中国报告文学青年军团”正式宣告成立。期待他们能够继承和接替我们成为新一代中国优秀报告文学作家。中国正处在伟大的发展时期，报告文学大有前途，他们应该是更有前途的一代。

不能不说今年中国报告文学还有第四件重要的事：鲁迅文学院举办了第一个“报告文学高研班”。来自全国的61名中青年报告文学作家在一起进行专门培训，是鲁迅文学院有史以来第一次。同样不能不说的是能够举办这个班来自于作协党组的支持，当然也与我在党组的几次提议有关。作为一个文学大种类，无论别人如何评价我们，各级政府、政党组织和社会对报告文学的需求是如此之大，报告文学在中国的影响是如此之大。我们没有理由放弃这样的“发展机遇期”。办这样的班的意义和成立“中国报告文学青年军团”的意义是同样的。相信这批参加过学习的学员会在未来的岁月里创作出优秀作品。

最后需要说一下今年的报告文学情况。我想本书入选的作品肯定是部分的代表作，它对本年度的报告文学创作是一个基本面的总结和检阅。由于篇幅限制，还有不少好作品没有入选，是个遗憾。然而，令我欣慰的是，越来越多的年青报告文学作家的作品进入我的视野，这比什么都让人高兴。亲爱的读者，难道你不这样认为吗？

可以说，习近平总书记在文艺座谈会上的讲话精神，给了我们中国报告文学创作的一次前所未有的动力和促进。我们不会失之机会，必定迎来更加灿烂的明年……

写于 2014 年年末

选自《2014 年优秀报告文学年选》序言

阿里的特别贡献

我们都知道阿里是美国的著名拳王，但很少有人知道阿里还为中国做过一个特别的贡献。这个贡献是他和中国改革开放总设计师邓小平一起完成的。特别出奇的是，更不会有人想到当时还是一名年轻军官的我，竟然是这一事件的见证人和参与者之一。

阿里对中国的贡献是什么呢？自然是与拳击运动有关。大家知道，拳击是发源和流行于西方国家的一门体育行动，也是奥运会比赛项目，在世界上极为流行与普及。中国是武术之乡，拳术一直是"国粹"之一，后来西洋拳——拳击引入后，从事拳击的也不少，20世纪二三十年代，上海等地还涌现出了一批优秀的拳手打败过外国拳王。新中国成立后，拳击运动广泛开展，并成为比赛项目。但在1958年因一件意外的死亡事故而取消了这项运动，"野蛮运动"后来长期成为这项运动的别名。听前辈们说，当年的一场拳击比赛中死了一个人，所以引起了一场风波，一些部门尤其是妇女界的同胞们"群起而攻之"，最后国家体育部门不得不宣布停止在全国的拳击比赛和任何的拳击运动。"文革"中还有造反派将这项运动中曾经获过"拳王"称号（比赛冠军）的运动员作为贺龙的"黑爪牙"拉出去批斗，北京的著名拳王王国钧便是其中之一，他在1956年一场国际比赛中击败了朝鲜运动员而获得冠军。"文革"中，王国钧饱受挫折和批判。自1958年这项运动停止之后，从此拳击这项运动便在中国的体育比赛中消失了，直到阿里1979年访问中国与邓小平见面后，这项运动才被重新提及。

"阿里访问中国是件大事，当时我们欢欣鼓舞。因为像拳击这样的运动，虽然它是世界性运动项目，但由于历史的原因，许多中国人把它当作‘野蛮运动’，新中国成立后这项体育运动已经被政府宣布‘禁止’了，你再想恢复谈何容易！没有高人出面，是绝对不可能的。”中国拳王王国钧曾这样对我说。“从 1958 年开始，尤其是‘文革’结束后，我们这些拳击运动员和诸多体育工作者及有关方面如解放军、公安战线等都希望恢复这项运动，包括国际奥委会，也希望武术之乡的中国能够尽早恢复参加奥运会和国际拳击比赛。我们也通过各种途径请求国家有关部门，力争恢复拳击运动，但几乎没有回声。阿里来中国，恰逢其时。中国全面改革开放，邓小平作为当时主持国务院常务工作的副总理，还主管教育和体育，他出面接见阿里，机会难得，意义重大。我们这些搞拳击运动和体育项目的人奔走相告，同时也通过各种途径争取阿里在与小平同志会面时谈及或建议恢复中国拳击运动事宜，这事后来确实成功了。阿里在与小平见面时，不仅介绍了美国和国际拳击运动的情况，而且也将希望中国恢复这项运动的建议向小平同志提了出来。小平听后频频点头。这意思很明白，小平他本人对拳击运动及中国恢复拳击运动的态度是积极的。所以那次阿里访问中国，从政治层面上讲，有人这样评价：不亚于中美之间的‘乒乓’外交，而体育界的行内人知道，阿里作为世界拳王，为中国恢复拳击运动做了自己杰出的贡献。当然，这项运动后来在中国得以恢复，关键是邓小平同志的支持与态度。”王国钧说。

阿里是 1979 年来中国的，中国恢复拳击运动是 1986 年，这中间的六七年时间里，昔日驰骋拳坛的老拳王们及体育界人士做出了更多、更艰巨的努力，其中功劳最大的当属王国钧。这期间我有幸与王国钧老师认识，并参与和见证了恢复拳击运动的艰难历程——

我已经记不住第一次到王国钧老师家是什么时候，只记得他当时住在宣武门的一个胡同里，房子很小，很破旧，但王国钧老师的拳王风采依旧，硬汉一条。他说话特别有鼓动力，我是“文人”，没有“拳力”，在拳王面前自然只有敬仰之意。我们能够经常在一起是因为王国钧老师重视我的笔杆子作用。那时我刚从北京军区调到新成立的武警部队，所在单位是位于廊坊的武警学院。武警学院有个专业是内卫，就是现在百姓经常看到的警卫部队与特警战斗部队的那种专业，战斗力训练是其主体。我在武警学院是新闻干事，写新闻、写文学作品，同时还给学院训练部门的老师帮忙改教材，拳击与散打在新组建的武警部队中属于必须推广的一项训练及战斗项目，所以这两个原因使得我与王国钧老师有了特殊的交往与交情——如今与王国钧老师同住在首都城里，虽几十年没有见面，却时常获得王国钧老师的电话问候，想起来我有些惭愧。这是后话。

认识王国钧老师后，他给我的印象是一直在致力于恢复和推进中国的拳击运动，并且做出了常人难以想象的努力。比如那个时候，社会上对拳击开展还很抵触，王国钧老师组织的拳击训练与比赛常受到干扰，常常某个部门一声令下，比赛就会临时被取消或改变形式。我记得有一次到唐山还是什么地方，说好的一场拳击赛，结果被权力部门一句话就取消了。当时王国钧老师还算是年富力强，但与他一起组织比赛的上海籍老拳王张先生等人都一把年纪了，最后只能住在最简陋的地铺上，运动员更不用说有啥特殊待遇，连口饭都吃不饱。但所有这些，都丝毫没有影响王国钧他们恢复与开展拳击运动的毅力和决心。后来聚集到王国钧拳王身边的人越来越多，这得益于武警部队和后来出任武警司令员的李连秀将军的支持。李司令不仅允许了拳击作为训练项目在全武警开展，而且他还支持在武警总部成立拳击训练队，并将王国钧老师从首都体育学院特招到武警当这个拳击训练队的总教练。

王国钧老师和中国拳击从此有了正式的“合法”的地位。这件事李连秀司令是头功，当然我等“小兄弟”为王国钧老师穿上军装也花了不少心思。我们当时都为五十多岁的拳王能够穿上军装而高兴——这在当时也算一个“奇葩”。

王国钧老师到武警之前的时间里，其实我们一直在社会上做恢复拳击运动的诸多宣传和“导热”方面的事。比如我记得北京晚报第一次刊发了我写王国钧老师的专访，别小看一篇拳王专访，实在是很不容易的，因为拳击运动当时还没有恢复，有人看了文章就会责问：怎么，谁又想把那个“野蛮”运动恢复起来？是不是想把我们的孩子带坏？等等，大帽子扣下来，能吓死一片人。比如，在王国钧老师的主导下，我和新华社著名记者施宝华通过一篇新华社“内参”，向邓小平和中央直接反映了王国钧拳手和体育界人士要求在我国恢复拳击运动的意见与建议。后来这篇“内参”起了很大作用，据说小平同志对此签上了自己的意见。王国钧老师与我感情几十年不断，我一直猜想他是为这件事念我的情。但其实施宝华老师是关键，发“内参”他有权、有渠道，我只是写文章而已。老施后来成为我重要的人生引路人。前年他去世了，我内心很愧疚，因为近十年没有为他做过事。

我们再来说中国恢复拳击的艰难历程吧。

回首往事，我只感觉在中国恢复拳击运动的过程实在太艰难，难得使我这样一个“局外人”甚至想退出。可看到王国钧老师他们老一代拳王们的努力与艰辛，又不忍心放弃。我一介“文人”，虽双手也有些力气——那是劳动人民的孩子和数年部队生活练就的基本素质，但与拳击手相比，实在不值一谈。王国钧老师他们的精神感染了我。在这段时间里，我做了一些与拳击有关的工作。比如我们创办了一份公开发行的《拳击与格斗》杂志，创办这份杂志让我花费了很大心血，同时也让我走上了编辑与出版的道路，这条道路为我后来几十年在文学与中国作家协会工作积累了不少经验，打下了坚实基础。现在文学圈里的人根本不知道我的这段经历。《拳击与格斗》这份刊物，从跑刊号到为刊号起名、到日常的办刊，基本上是我一个人在做。王国钧老师也是杂志的负责人之一，他负责把关稿件的业务方面，我管文字、出版、发行等全面工作。我们的合作者是吉林体委的老李，他是位特别好的长者，且对我特别放手与支持。杂志是在北京办，主办单位却是吉林体委，实际工作全由我和王国钧老师负责。我找了几个文友具体操作。没有任何经费，我记得只是在申请刊号时，我们花了几百元钱，请当时国家体委和出版署的两位负责人一起吃了顿饭，其他所有一切都得靠自己想办法，那才是真正的白手起家办刊。至今我仍然清楚地记得，因为没有地方办公，我找所认识的解放军报社李副总编，请他帮忙，后来我把编辑部搬到了军报院子，那里距我家只几百米，很方便。编辑部在军报的老招待所，还是要租金的，价格还算便宜，但对我们没有钱办杂志的人来说，真是个不小的压力。怎么办？逼得我策划了一场比赛，叫“全国军警拳击与格斗大赛”。这活动由我们三家主办：解放军报社、中央电视台和我们的《拳击与格斗》杂志社。操作层面其实就是我和王国钧老师，他负责找队伍，我负责比赛组织工作。中央电视台的体育部记者白钢是王国钧老师的好朋友，他找到体育部老主任、后任台长的杨伟光。杨台长非常给力，体育部全程播出支持，军报体育部两名记者也是全程报道和支持，后来我知道那位当时的军报体育记者在二十多年后竟然当上了军报社长！这么大的一场比赛哪儿来钱呀？虽然解放军总参谋部、武警总部都很支持，但没有钱呀！比赛是我们的发起的，就得我们自己找钱。怎么办？当时闪出一个念头，就是拉广告，企业赞助。宣传单子像撒网似的发到全国大大小小的企业那里，结果真碰上了“大鱼”——江苏春兰空调厂对我们的赛事感兴趣！我听后简直乐坏了，与春兰空调的老板陶建幸一谈即成。那时陶建幸刚接任春兰厂的一把手，想打企业品牌，于是就答应了出资 30 万元支持比赛，这让我们欣喜万分。当时的 30 万元确实可以派上不小的用场，既解决了运动员、比赛场地及播出的一些费用，同时也为我们办《拳击与格斗》杂志救了急。这场比赛是空前的成功，主要由军报和中央电视台在撑着，宣传力度和影响力巨大，七天时间，天天报道，声势可谓浩大。开幕式上，老总参谋长杨得志和刚接任的新总参谋长迟浩田一起出席，主席台第一排尽是上将、中将和正部长级领导。我是大赛的秘书长兼开幕式主持人，紧张得一塌糊涂，还算好，坚持到了最后。这要感谢军方各位首长的厚爱，而当时我也是穿着军装的“秘书长”（编外“拳击运动秘书长”）。可以说，这次比赛为推动中国恢复拳击运动起到了重要作用，因为这是首次公开将这项禁止了多年的体育项目呈现到了全国人民面前，让大家意识到这不仅是一项体育运动，还是对军事和社会治安等多方面有作用的训练项目，正面效应一下占了上风。第二年，中国拳击运动正式恢复，王国钧等老一代拳击运动员和拳王们无比兴奋。王国钧老师后来又出任国家拳击队总教练。1988 年，带队参加汉城（现首尔）奥运会，我国拳击运动员首次亮相，就得了团体第八名。1990 年，亚运会第一次在中国举办，王国钧老师又带队参加亚运会，他的队员白崇光为中国拳击队夺得一块金牌，这是我国运动员在亚洲比赛场上创下的历史最好成绩。此次亚运会上我国拳击选手共获一金五银，震动世界拳坛。

中国拳击运动从此在全国轰轰烈烈展开，尤其是在军队、武警、公安和保安队伍中，异常活跃和普及，成为今天强军、强警、安邦兴国、保护人民安全和社会治安等必不可少的一项重要基础工作，同时也为人民群众强身健体提供了一种新的运动方式。现在，各地都有拳击运动协会，女子拳击也风起云涌。

而我，作为一个拳击门外汉，居然也受王国钧等拳王的影响，不仅在1986年创作了一部以上海拳王为原型的长篇小说《东方毒蛇》，而且还与王国钧老师等一起多次主持和组织了全国数场重要的拳击赛事。其中印象最深的一次要算深圳比赛。赞助商是上海的，上海朋友们为了这场比赛，花费了不少心血，在上海和平饭店开的新闻发布会，当晚参加会议的上海市领导有六七位，还有白杨等演艺界明星，坐满整个饭店，好不热闹。而我作为武警部队李司令员的特派代表和比赛组织者，一个不到30岁的小伙子，竟然同那么多领导和拳击界前辈在一起，感受着改革开放和拳击运动恢复之初的那种热浪汹涌的时代气息，内心很是兴奋，因此这段记忆一直烙在脑海……

岁月沧桑，几十年一晃而过。而今我早已同拳击与拳击运动远若大洋两岸。可不曾想到，前日惊闻阿里拳王去世，往事不由重新浮现，忍不住写下几笔，一念为恢复中国拳击运动做出贡献的阿里和小平同志，二念昔日无意间“误领”我与拳击相识的王国钧等老师。

人的一生很复杂，有时也会有些精彩。我乃一介文人，竟然会与拳击运动有缘，想来有趣而耐人寻味。

2016年6月6日

春已绝，温暖怎存？

弄不懂这个春天怎么啦。

25日、26日这两天时间里，连续两位“国”字好友突然去世，一位是我们作家协会的人事部主任国丽霞——年仅51岁的人事部优秀女领导干部，来作协才一年就患病失花容，不别而去。而另一位则是与我相识、知音近30年的著名诗人汪国真老友……

这是怎么啦？春天？今年的春天似乎根本也就没有——才脱毛衣，怎就只得穿着衬衫出门？是你故意把春的美好时间缩短，让好人都在这季节里消失？

这是怎么啦？他们都在像春一样朝气蓬勃的年龄里不辞而别，是春的温暖不想留给这些有为的、杰出的人吗？

这是怎么啦？他们都不能健健康康地活着，好像精神生命越伟大的人、思想越杰出的人、艺术才华越横溢的人，越会统统被癌症这个妖魔捆绑着收走……

这是怎么啦？难道我们用生命和汗水创造的世界，就不该让好人们有一个起码的生命历程去安度，而非要接受不知是自然还是人为地布满了病毒的世界，最后受尽残酷的折磨，无不例外地提前死亡？

这是怎么啦？是我们吃的、住的、还是呼吸的空气里弥漫着毒气与窒息的贼光，在愚弄和引诱着好人走向绝望的悬崖与心灵的崩溃域地？

这是怎么啦？是我们过分的聪明与无耻的掠夺着良心的罪孽，在日趋猖獗和野蛮地加害我们的那些好人吗？

这是怎么啦？是好人就该短命，而一个个人面鬼心的家伙则在笑逐颜开、悠闲自得地继续吮吸着勤奋的人们那赤红的鲜血与肉体？

这是怎么啦？春天，你是否已经不再存在，不再眷顾善良、正直、无私、有才的人了？

那么春天，明年你就不要再来！

那么春天，以后你就别再以所谓的温暖出现，我们宁可接受暴风骤雨、严寒巨冻！让生命燃烧生命该有的时光与质量！因为你这个春天在今年带给我的痛苦已经到了无法承受的地步——我的博客上的文章几乎都是以好友的死亡布告及悼词形式在出现……你好狠呀！

亲爱的国真兄，还有李小雨、刘茵大姐、何西来老师、国丽霞同事……我想用我们以往一起度过的温暖的春天来补偿你们这些没有走完今年这个春天的好友们……

我只能用一个字来代替今春的温暖——哭！

2015 年 4 月 26 日午后

大裁军的祸与福

9月3日，在天安门现场聆听了习近平主席关于“裁军30万”的一声庄严宣告，我感觉这是大阅兵最震撼人心的内容之一。作为一名曾经的军人和经历过大裁军的人，怎不心潮澎湃、遥想当年？

1975年冬，我离开故乡，来到部队。仅几年后，当我成为一名年轻军官、全军新闻报道工作“先进个人”、连连立功受奖且从遥远的南方调任北京的兵种总部工作不久之际，就面临了刚刚出任中央军委主席的邓小平主持的第一次“百万裁军”浪潮。这是我军历史上第一次大裁军，涉及人员之多、规模之大，前所未有。我所在的兵种全部撤销，同时撤销的还有铁道兵等。对于个人而言，这是谁也不曾想到的事，因为当年我们正年轻，可谓风华正茂时。想想，比如像我等刚刚调到北京的一大批优秀青年军官都得面临转业、面临不知所向的前途；比如许多马上要成为将军的人突然断了“将军梦”；比如等待了许多年的军人妻子们不再有了随军改变身份的可能……总之，一团乱麻，人心惶惶，如大难临头！

普通将士们不知，我们这些在兵种总部工作的军官们还在做一件从未有人知道的“特殊工作”——力争不让军委裁掉，尽力保留一些部队，使裁减的指标分不到我们头上或少到我们部队。于是我的领导们带着我们这些“笔杆子”天天给中央、给军委、给邓小平打报告、写信……甚至有的还通过各种关系，直接找到相关中央领导家里去做“说客”。那些日子里，下面的部队忙着自己的前程如何安排，我们这些总部的“笔杆子”们，则不分白天黑夜地给中央写报告、送信。似乎经常有“希望”，似乎天天又失望了。所谓的“希望”是：某某中央领导同意我们兵种不裁或不全裁；失望的是：邓办和军委一直不松口。如此持续半年多后，当我们这些“秀才”和领导们疲惫不堪之时，传来的准确消息是：维持裁军的原方案。也就是说，“百万大裁军”铁板一块，谁也别想撼动“邓大人”的决心！

我们从此就放弃了所有的“努力”，开始谋划自己的出路……

出路何在？前途渺茫。

再想留在部队？几乎所有的大门都关上了，别的兵种和部队——那些不裁减的部队一律不收人，也就是说，你想调到那些不裁减的部队希望渺茫。唯有的一条路便是回老家，或就地转业。我的许多优秀的战友就这样匆匆地离开了北京、离开了部队，从此杳无音讯，销声匿迹……可惜！

我的命运如何呢？回老家？刚刚才到北京一两年，就这样不明不白地走了？回老家干什么呢？重新去复习考大学？晚了。重新争取当个什么干部？好像不是自己追求。还能重新什么呢？任人安排个工作岗位？大材小用。难道不是吗？能到解放军兵种总部工作的“笔杆子”和“秀才”，谁想去地方？没有地方去。唯有留在部队。

继续留在部队的大门被关得紧紧的。在大裁军的风口，想调动单位比登天还难。然而中国的事情从来就不可能是铁板一块，许多有本事的人和有背景的人纷纷趁机溜之大吉，到了他们想去的其他部队。我们这些有本事没背景的人只能望而叹之、骂骂咧咧，可此时光有心火怎能顶用！好在中国有一个好现象：有背景没本事的人，为了某种需要，总还能想起一些以后可以为他们做事的有本事的人，于是我们这些算是“没背景有本事”的人成了他们溜之大吉时的附带“战利品”，于是我和极少数的战友们被带到了不曾知道的“关系通道”上——我被调到北京军区南口的一个师级部队。“管他的，只要能留在部队再说”。虽然新单位比老部队差了好几级，但为了继续当一名解放军现役军人，也只好如此了。哪知，突然又一阵飓风刮来：时任北京军区司令员的秦基伟将军命令：凡“走后门”进来的人，一律遣返原单位！

妈呀！这不惨死了吗？据我所知，当时像我这样的人有八九十个，被一同“送”回原部队。

裁军裁掉我们已成事实，不可更改。

前途在哪？

一切又回到裁军原点。

突然有一天，同兵种的一位战友来问我：“兵种有一个团被收编到北京军区，你愿不愿意去？”

“好啊，愿意！只要留在部队，去！”那时我们的头脑已经乱成一团麻，听到如此的消息便像有了一根救命稻草，于是便不管三七二十一就答应了。

我哪知道，北京军区大着呢！内蒙古也是北京军区管——我要去的地方正是在内蒙古。

我的妈哟！当正式得知要去的地方在内蒙古，我的心降至了零下十几摄氏度……

从小生活在苏州水乡的我，从未去过北京之外的“北方”。到内蒙古某部报到时，正值寒冬。我第一次体会到啥是“北方的冬天”！啥是冰天雪地，寒风刺骨！根本想不到的是：我在部队机关的宿舍里，床边的窗口竟然能飞进厚厚的雪花洒了我一床……我想哭，又不能。二十五六岁的军官，哪像样？我想笑，那一定是傻笑，会有人以为是得了神经病。

不哭不笑，心里冰凉。

但连我自己也不曾想到：第一个星期里，我竟然写了两篇散文，后来皆被北京的《新观察》等杂志刊用——我找到了文学创作的富矿……在边境、在沙漠、在荒无人烟的戈壁、在虎狼出没的原始森林，我与战友们一起艰苦而浪漫地出生入死。

十个月后，一支新型的人民军队——中国人民武装警察部队正式成立，那些有背景的留在北京的战友们又想起了我，一纸调令便将我调回北京，开始了又一段新的军人生涯。

在新的军人生涯里，我的第一部长篇小说和第一部报告文学集出版了，1988 年又有了第一部电影《西行囚车》……并从此开始了真正的"作家之旅"，一直到后来转业到地方，调到中国作家协会工作，出任《中国作家》杂志主编、作家出版社社长、中国作家出版集团管委会主任、中国作家协会副主席至今……

你说大裁军落到你的头上时，到底是福还是祸？我想有一点可以给今天的我的小战友们一点启示：不管"上帝"如何安排我们的命运，你自己不能消沉，不能不做些主动的努力，更不能放弃自己的理想与追求，只有这样才可能变祸为福。不是吗？

对逝者说些心里话

我一直认为，对作家和文人来说，最好是用自己的作品说话。但在今天这样一个“微信”“微博”充斥世界的“多媒体”时代，你不说话或少说话，都可能遭殃。这几个月里，除了上班时间内处理各类事情和参加各种会议外，我一直在埋头书写70多年前中华民族史上遭受的一场大劫难——“南京大屠杀事件”，几乎没有丝毫的工夫去顾及其他任何事情。但有些事贴到了你身上，甩都甩不开。

比如，前些日子鲁迅文学奖评奖刚结束的头天，正在路上坐车的我，突然手机响起，说是有个什么报社的记者非得要我说几句，我一再声明我们有新闻发言人，有关鲁迅文学奖的事皆由其对外解释。这记者就显得很不高兴，说你们这些“当官”的就不能给我们一点面子吗，我就求你说几句不行吗！人家的“求”字都出来了，我还能没有一点礼貌吗？于是顺口说，你想让我说什么呀？对方就问：“你们这些评奖结果怎么有很多零票？”我说，这很正常，按照评奖规则，最后一轮十篇中选五篇，要求有三分之二票才能入选，有零票肯定是很正常的。对方问的第二句话是：某某、某某等著名作家被零票淘汰了，他们是不是水平不够高？我回答说：高不高，他们的作品是摆在那儿的，他们的作品早就被公众所认可，但这并不能说明，得过大奖的小说家写报告文学，就一定能在这回得鲁迅文学奖。

记者想问第三句话时，我猛然明白了她是在套我的话，于是赶紧把手机关了。

没想到，第二天，这位媒体小记者在她的报纸上写了一篇惹是生非的报道，说我何建明对某某著名作家得零票的回应是，轻飘飘的一句“很正常”，而且后面又说了一句疑似我在挖苦那位没有获得鲁迅文学奖的小说家朋友。

就如此被人断章取义的几句话，一下激怒了原先与我关系不错的作家朋友，对方拔刀怒斥。好家伙，忽然间，弄得我有嘴说不清。

不吱声不行啊！这些天，我的那位跟我死磕了十几年的“老朋友”，又突然把以前给我精心编造的“官场小说”，再度通过他人之手，在微博上大大“表扬”了我一通，又惹得许多熟悉的和不熟悉的真朋友们一团雾水，时不时来电询问我：“你怎么啦？没事吧？”我只能笑，笑完后还是笑，答曰：“我会有啥事？如果他们编造的事真属实，我还能给你回电话吗？”

“那些玩意儿是人吗？”朋友们愤怒道。

我没有生气，也不会生气了，因为，坐在相应的位置上，有人对你提出些批评和意见，也很正常，谁能保证我们的工作就一定做得十全十美呢？不过，我只是想告诉我的诸多作家朋友们：有很多“传说”和“传言”，是荒谬和不正确的，我们应当学会三思、学会分辨是非。

亲爱的德华，上面的这些话，我是对你说的。我的兄弟，你走了整整 3 年，这 3 年像一转眼的光景，但这个世界上，做着一官半职的人，做人真有些难，因为你一说话就有可能惹事，你不说话，也同样会惹事。所以有些心里话，只能留着跟你说，我的好兄弟——著名编辑家、作家出版社原副总编杨德华。

3 年前的夏天，你突然离我们而去，让我伤心又伤感。因为在近 5 年中，我失去了两位“杨氏”挚友，他俩是和我并肩一起工作数载的好同事，且他们都与我同为猴属相。一位是《中国作家》

杂志副主编杨志广、一位就是你杨德华。

德华是作家出版社的资深编辑家、副总编，是我任作家出版社社长期间重要的同事。你是我最值得信赖的好兄弟、好助手。太可惜——年富力强的年华，你就英年早逝。然而令我感动的是：在与我一起工作的 3 年多时间里，其实你早知道自己已患上绝症，却从没有停止过工作，更重要的是在我们共同工作的时间里，我们一起给张炜、莫言等著名作家连连推出了许多重要的作品，包括张炜的巨著——四百余万字的十卷本长篇小说《你在高原》（获茅盾文学奖），自然还有许多数不清的其他作家的优秀作品。可以说，尤其是张炜的《你在高原》的出版，如果没有你德华呕心沥血的编辑与组织工作，很难想象这部作品是否能够在上一届茅盾文学奖中摘取桂冠！从德华生命最后日子里写的日记中，我们同样可以看到他为此书出版所付出的巨大劳动和心血。

你在病逝前的 3 年间，大小手术 20 余次，每一次都是要命的大手术，你总能奇迹般地挺了过来。我一直认为这是很罕见的，而且这样的事只能发生在德华身上。

你是个勇敢的人；一个真正的视死如归的人；一个真正把生命溶入事业的人；你的存在，让你的作家朋友们感到写作的意义；你的勤劳和敬业，让作家出版社保持了自己的高端品味以及中国文学的水准。

你所做的一切，别人不用再去操心；作为朋友，你是永远的无须设防的那种人；作为同事，因你的存在而让他人多了温暖，多了充实，多了底气和力量。

一个再伟大的人，都恐惧死亡。但德华从来没有过，你清楚自己什么时候患了绝症，知道自己的病严重到何等程度，明白每一次手术对未来的你意味着什么……你从来没有害怕过。每一次手术后，不久便又来上班，问你怎么样时，你总是笑笑，说没事。接着就是问：还有啥事交给我的？无数次，我不忍心你拖着虚弱的身子来到单位提出这样的请示，甚至感到是不是我们在犯罪——让一个即将离别人世的病人还去工作和操心！但我对你有时几乎又是一种依赖。比如张炜的大作，浩浩十卷，哪个编辑都扛不起。当我们决定要出版它时，几乎没有一个编辑是可以独立担当得起这部大作的统领和全盘设计任务的，最终，居然还是德华你主动要求承担这一重任。那会儿，我甚至认为我这个当社长的有些太残忍。不过你说，张炜这部大作是你负责编辑和所抓的书，你愿意为它全力以赴。

德华为了《你在高原》，你真的全力以赴了。其实，我们经常会说到“全力以赴”这个词，然而很少有人真的去全力以赴。德华可能是极少数的为了工作和事业、为了朋友和作家们的作品问世而真正去全力以赴的人。

你因此使自己的生命闪烁出耀眼的光芒。你因此也让自己的人生走上了高原——那是个多数人走不到的高原。

这样的人和这样的生命难道不是很稀贵吗？越是稀少的才是珍贵的，越是珍贵的才是永恒的。天国里的德华，你尽可安息了，因为你的生命和精神已经播种在我们心田里，我们永远的想念你、学习你，并且不时地在聊天中提及你……

2014 年 8 月 29 日

美男儿走了，那真叫心痛

——恸祭恩师张锲

您走了，走得如此突然！突然得叫人感觉天旋地转……

2014年1月13日——也就是今天下班时，我在回家的路上听到了我的恩师、中国作家协会原副主席、中国报告文学学会原会长、中华文学基金会原常务副会长、著名作家张锲先生去世的消息……这又是一个令人无法相信的事。就在几小时之前，我还在办公室里盘算着哪一天去看我的这位好师长、老领导！

冬至寒，心至痛……

老领导张锲比我年长二十余年，但他一直是我成长路上的好兄长、好导师。他是著名的报告文学作家，又是新时期中国报告文学的重要组织者和创作者，一直领导中国报告文学学会工作。他在中国作家协会担任副主席和书记处常务书记，又是中华文学基金会的创始人和老领导。说来也巧，我现在在作协的岗位和所兼任的中国报告文学学会会长和中华文学基金会理事长等职务，基本上就是他当年在位时的角色。

从这一点上讲，我是他名副其实的接班人。而我记得二十多年前，当我在报告文学界刚刚开始崭露头角时，张锲就如此兄长般地对我说过这样的话——“建明，你在报告文学方面成绩卓著，将来是我们的接班人啊！”

20年后的2013年夏日，在第三届中国报告文学学会换届大会上，当我被推荐为新一届会长后，好师长张锲再一次深情地握着我的手，说："建明，把学会交给你，是我最放心的。好好干，你有能力，又有那么多好作品，你是当之无愧的。"

我对师长的期望和鼓励，深表感谢。

后来，由师长张锲一手缔造起来的中华文学基金会新一届理事长之职，也由我接任。老会长又一次用一双温暖的手握住我，说："有建明你来当家，我还是最放心！"

其实，这些年他已经重病缠身，常常行动不便，说话很少，但见我时，总是断断续续不停地想把心里的话倒个干净——我能真切地感受到他有许多话想说，但我们之间不用很多话就明白了彼此。他对我的信任每每叫我感动、催我奋进。

平时我叫他"老张"，其实应该是"老师张锲"四个字，简而称之，"老张"从来没有不高兴过。

老张在文学上、在报告文学上、在中华文学基金会的事业上、在中国作家协会的领导岗位上，他的贡献是与新时期中国作家协会会史和新时期中国文学史紧紧连在一起的，他从安徽走向中国文坛，他以诗歌扬时代，他以报告文学记录时代，他以热情和激情为文学和作家朋友们铺路搭桥……他年轻时的帅气，令人羡慕；他领袖式的作风，气势磅礴、气壮山河！

他是一个绝对的美男儿！

他美在外形——五六十岁时，张锲老师有张相片与毛泽东的形象极其相似，有一天我见后大吃一惊；

他是一个绝对的美男儿！

他美在文章上——今晚我再读他的《生命进行曲》时，更感觉他的美："岁月的风霜过早地带走了我的青春，在我的胸膛里，却还跳动着一颗炽热的心……"

他是一个绝对的美男儿！

他美在为人上——所有与他认识的和不认识的人，只要他认为需要并且能够帮助的，他都会伸出热情和真诚的双手，像对待自己的兄弟姐妹……在作协、在基金会，老张就是一位永远的兄长，照顾着所有人。

他是一个绝对的美男儿！

他美在对时代、对人民、对祖国的那份赤诚——他的《热流》《改革者》……永远被历史和文学记载。

你——我亲爱的恩师张锲，你让我们永远地怀念你。

放心，我和所有爱戴你的报告文学作家们、全国的作家们、你的好友们、你的读者们，将高歌你的“生命进行曲”，去完成我们的生命进行曲！

2014 年 1 月 13 日晚急就

那飘香的雪茄送他远行……

我们的好友，陈忠实先生走了，带着我们许多人的挂念走了，走得很突然。我在广州讲课的时候有人把这个消息告诉我时，我一下子有些发愣：因为他是个不该这么早就走的人。

他走的这一天，我在广东一大学讲课，是因为在广州青年作家协会的朋友们倡导下，在广东高校里发动了一次“阅读经典”的征文活动——18年前写的《落泪是金》成为今年的“主宾”，所以我也成了颁奖主宾而参加此活动并为大学生讲课。

《落泪是金》里讲的第一个贫困大学生的故事就是在白鹿原，也是当年我采访的一个地方。那时我第一次真正知道原来陕西真有一个叫“白鹿原”的地方，后来我问陈忠实先生，他写的《白鹿原》是不是就是蓝田的那个我所看到的白鹿原。他说：“就是的。”那一次是我与陈忠实先生第一次真正的接触与深谈。后来机会就多了，每年的主席团会、各种作协会议等，经常坐在一起。我发现他烟瘾很大，而且是抽雪茄烟。“香得很，来劲！”他在我这个“烟友”面前很得意地谈论他的“烟道”，于是我们之间多了一份情谊。

曾经有一段时间我试着抽雪茄，但那烟味实在太凶，终不能成为每天必需的“枪杆子”。一些朋友知我抽烟，所以也有人送雪茄给我，自己抽不了，我就想起了忠实先生，于是我们之间又多了一份情谊——每次只要他到北京开会，我就悄悄送他一盒雪茄。有一次送他一盒古巴雪茄，他竟然笑笑，说：我只抽中国雪茄。哎，他还挺“爱国”啊！

我乐了！

日常中的陈忠实先生是个很安静的，一般不跟人多说话，即使是文友。但他的那张瘦削的脸给人印象太深刻：纯粹的“西北风脸”，如刀刻一般！他太瘦了，瘦得连我这样不胖的人都感觉他过瘦了……然而我们以前并不知道他其实是有病在身。而我潜意识里有些害怕他抽烟抽得太狠、太凶，早晚……果不其然！

我不知舌癌与抽烟有没有什么必然的联系，但抽烟太凶太多总不是什么好事。

去年开始，因为一次出国，我断然决定停止三十几年的“烟史”。家里的所有香烟，全部出清。但还有两盒雪茄则不忍“清扫”，原因是我想到了老朋友陈忠实。

什么时候忠实先生再到北京，好让我把这雪茄送给他呢？只有雪茄，没有了其他烟，于是我有时会拿出一支雪茄放在鼻子底子闻一下：啊，真香……那雪茄是飘着香的，难怪忠实先生特别钟情于它。

而今忠实突然走了，我的那几盒雪茄再也送不到他的手上，这让我好不惋惜，好不惆怅！

但忠实先生，我想对你说：我会好好地将这些你喜欢的雪茄放置好，一旦有一天我特别想你的时候，会给你点燃一支，然后希望那飘香的雪茄味带着我的友情去送送远行的你……

啊，忠实先生，你要走好！我和你的所有朋友都想念你……

2016 年 5 月 1 日

那无声的泪水很酸、很酸……

中国作家协会会员、农民作家沈仁法去世了，他走得无声无息，11月8日，我在中央党校学习，一条陌生的短信出现在我的手机上：

> 何叔叔，我是常熟沈仁法的儿子沈飞敏。父亲因病于昨天下午一点四十分离世。遵照父亲遗嘱，发信息告知各位生前挚友……

这一信息，让我心头一紧，隐隐作痛。

沈仁法的死，或许除了他家人外，不会令他人产生什么感受，因为他太渺小了，在中国作协会员中或许他是名气最小的一个，在文坛上几乎也没有地位，即使在他的老家江苏常熟，真正承认他是个作家的人也极少。老沈活着的时候，写过3部小说，他写小说本来就给人感觉有点“精神毛病”——他是一名真正的烧窑工，在旁人的眼里，干这活的人除了力气，还弄啥文字，不是“神经出毛病”还会是其他什么呢？在农民们和他身边的人看来，种地人把地种好，把孩子养大，把家里的日子搞得好一点就是他的本分了。写小说、当作家是那些闲着没事干的人才去做的黄粱美梦。沈仁法偏不是，他当窑工，干活时累得像狗一样狼狈，歇着的时候，一身臭汗，别人嘻嘻哈哈地或去冲个澡回家抱女人，或打老K牌、搓麻将了。可沈仁法则独自躲在一间脏兮兮的屋子里，抽着最便宜的香烟，在会计和经理扔下的废纸上写啊写，日复一日、年复一年地写，一直写了十几年后，他逢人就说自己已经写了一部“长篇小说”，要当作家了。工友们、乡亲们嘲讽他：“你沈仁法也能写长篇小说？也能当作家？怕是抄人家的吧！啥小说，狗屁狗屎一堆呀！哈哈……”工友们、乡亲们把他的那些稿纸拿过去、拿过来地瞅着，然后再度浪一样地嘲讽他。沈仁法生气了，抢过稿子，说：“你们懂个啥？”

他拿着自己花一二十年工夫写完的小说去找出版社。

“我要出书。”沈仁法根本不知道什么样的出版社能出他的书，后来经“书商”介绍，竟然认识了北京某出版社，书果真出来了。

出书后，他打听到了北京有个老乡在中国作家协会工作，于是他跑到北京，找到了这个老乡。

这老乡就是我。从那个时候我才知道了我家乡还有一个对文学如此执着的农民写作者——第一次见面时，我怎么也不敢相信眼前这位比农民还农民的人正在跟我吃一样的“写作饭”。

“你是我老乡，你必须帮我。你不帮我，我就死得更快了！”沈仁法这样对我说。

“我不容易啊，太不容易了！在农村要种地干活，还要养家糊口，想当作家，就得受得起各种讽刺嘲笑，还有家人的骂……我为了写书，放弃了全家的致富可能，还欠了几万元债……所以若你不帮我我不是死定了？”

听了这样的话，我还能有什么法子呢？

从这一刻开始，我觉得我必须帮一帮这个一生做着文学梦的农民老乡。

几个月后，沈仁法又拿来一本书，且说他要求加入中国作家协会。

“你行吗？”我笑。老实说，我对老沈的文学水平表示怀疑。

“不是出两本书就能申请入会吗？”沈仁法为人很执着，他认为有两本书出版就可以天经地义地当真正的作家了！

我回答他："得由专家评审，而且你至少先得当省作协会员。"

沈仁法说："有你在作协当官，我还担心啥？"

没办法，在他眼里，我这个老乡能搞定他入会的一切，否则就太不够意思。

无奈，我推辞说："最好你再写一部，最好不要再写武打一类的'传奇小说'了。"

他听进去了，说了一声："听你的！"

几个月后，他突然打电话给我，说这回他写了一部真正的小说，是他生活一世的积累。

"你一定得给我写个序。"沈仁法说。

对这样一个老乡，我只能"服从"，否则我知道后果：肯定我在老家一带就听不到有关自己的好话了。

于是我不得不认真看看他的作品了……不是我所经常看到的那种小说，不过也算超出了我对他外表的印象——作品至少比他人好看些。

序写了，书也出了，剩下的就是加入作协了！

沈仁法是这么想的，所以他一路这么去做了：先在范小青主席的帮助下加入了江苏省作协，紧接着又申报中国作家协会。

显然，如果这一环我要是给他掉了链，沈仁法不知是否要上吊——"我已经什么都没有了，就一个愿望：加入中国作协！否则我就再也无法在家人和朋友面前活下去了！"沈仁法说这话时，一双小眼睛直盯着我。

我看到一个弱者的乞求泪光，这泪光叫人心软、心痛、心酸……沈仁法说的是心里话，他再当不了作家确实难在家人和乡亲们面前活下去、活得有一点点尊严了！他为写作、为出书已经欠了一屁股债，更重要的是周围的人根本不认为他是个作家，"你们不相信是你们的事，我加入了中国作家协会就是正式作家了，到时你们爱信不信，国家承认我是作家了！”他这么对人家说。想想，他把这话已经放出去了！这样一来加入中国作协成了老沈的一个心病，成不了不是真要他的命吗？但加入作协是必须经过一些必要的程序……

老实说，审查老沈入会时，我心头很纠结，同时压力也很大。作为中国作协副主席和书记处书记，我们是不能参加或决定谁能入会、谁不能入会一类的事的，只能等待专家评审。终于有一天，创联部主任孙德全告诉我：沈仁法通过了！

太好了！那一刻我真的非常高兴——为老沈高兴。他有救了！生命有救了！家庭有救了！更有面子了！

老沈知道后，高兴得连声说：“老弟，我给你磕头！磕一百个头！”

沈仁法当作家了！这回他老家的人不得不对他另眼看待了！沈仁法的腰杆和脖子再不是那种窝窝囊囊、畏畏缩缩的了！他是作家了！而且是中国作家协会批准的作家了！再没有人不相信他是作家了！

没多久，沈仁法又来电，这回口气很理直气壮：“何兄，镇里让我写一部改革发展史，还要给我钱，你一定要帮我忙，报告文学是你的强项！”

“你先写吧，写完了再说。”我告诉他。心里想：这回老沈也有饭吃了！

大约在去年中旬，沈仁法带了镇上一名干部来京找我，说希望等他书写好时我给写序。

又是写序，我只能苦笑。

“你一定要写，你肯定了，他们才不敢说我写得不好了！不然我的稿费也会泡汤的。”沈仁法独自将我拉到一旁，悄悄地说。

我无奈答应了。

老沈的书到底写得如何，至今我不太清楚。只听说已经写好了，因为在今年4月25日，老沈突然又发讯来说：能不能给他弄个“重要作品”扶植项目写写，“好让我再吃个好饭”。他又要农民的那副可怜相了。

我苦笑着断然回讯他：无门！并说：好好扎根在家乡的土地上，争取写出更好的作品。

“哈哈，不好意思。实在是在家待着发闷，我知道我不配。谢谢兄弟了。”他回讯表示理解。后来我不知道老沈在干什么，今年6月11日，他又发讯来问：“兄弟，在不影响你工作的前提下，能不能继续帮我这个穷兄弟弄点事做做？

我复他讯：看机会。祝好。

老沈复讯：谢谢兄弟。端午节好。你功成名就了，要好好保重身体，不要弄得骨瘦如柴，看着心疼。

我回讯：谢谢。再摸摸自己脸颊，确实很瘦，有什么办法呢？

又过了3个月，我已经根本把这个穷老乡的事甩在脑后了，突然沈仁法又来讯，这个讯让我吃惊万分：

> 兄弟，本人已患肺癌绝症，看来我将不久于人世。谢谢你这么多年来能者多劳的关心与帮助！我在九泉之下也不会忘记的……

我看完讯，立即给沈仁法发回：我的天哪！赶紧找个空气好的地方休养！我们这儿有位老作家当年得了你同样的病后，就是靠这个办法居然养好了病！你赶快出去找地方！

我这样说是因为我清楚沈仁法哪来钱治这绝症嘛！

他立即回复：好的，听兄弟的。

我又复：到无污染的海边或原始森林！及时联系，开始记“病况日记”……我的意思是希望老沈能够总结一些体会与病情比较。

知道了兄弟。再谢。老沈又复。

一个与我并不怎么熟悉又没有什么关系的作家牵住了我的一丝情感。就在我挂念之时，8 月 29 日，沈仁法又来讯：

> 兄弟，我现在在浙西寻找休养之地，可都不理想！主要是树木太矮！不知兄弟能否指点迷津？

我立即回复：温州泰顺县山区不错，我曾跟谢晋导演几年前因拍电影去过。一定要找人少环境无污染的地方……

发完讯，我也不知道自己做得对还是做得不对，总之这种无奈之举对老沈到底管多少用实在不知。想想很惭愧。

他回复道：谢谢兄弟了。

这上面的讯息至今一直在我手机短信簿里留存着。后来沈仁法再也没有讯了，我以为他还挺好的，真找到了治疗和休养的“好方子”——按我给他指点的怪招。老实说，虽然老沈在之后的时间里没有与我联系，可我内心非常担忧：一是怕因为我的“歪点子”误了他的治疗，二是怕他独自一人出去受苦。对一贫如洗的小作家而言，得了绝症，他能有什么希望呢？我当时想能帮他的也就是这么一招了：少花冤枉钱，力所能及地进行治疗，或许有奇迹出现！

然而奇迹并没有出现，相反在极短的时间里，沈仁法过早地去世了……从得知病情到离开人世，才前后不到 3 个月！

呜呼！小人物的命就该如此不值钱？就该如此卑贱？

对沈仁法这件事，我无法释怀……

前天，我发讯给他儿子，希望知晓老沈的病情。其子沈飞敏向我讯述：

> 父亲于8月7日觉胃不适，至常熟海虞卫生院就诊拍片，发现晚期癌症肝转移，后至常熟二院做CT及胸透等，经副院长确诊为晚期肺癌症转移，不建议放化疗，建议保守治疗。以后至东南医院上海长海医院等多家医院就诊，期间尊重父亲不做放化疗的意愿，不间断服用无锡范老中医的中药积极治疗。后于9月2日至浙西疗养一天，因接到父亲的姐姐过世的消息回家。9月10日至四川邛崃市战友处疗养，因不适应当地偏辣饮食，觉身体每况愈下，于9月27日电话我兄长，要求回家。因“十一”长假无火车票，且身体不适乘坐飞机，便由我与兄弟于9月29日出发，驾车34小时、行驶两千多公里至四川接父亲回家。10月2日至家中。其后半个月仍能自理及外出散步，半月后身体状况不允许乃卧床。期间还至医院治疗一周。至11月6日晚尚神志清晰，能报出自己的手机号。至7日早晨吃过早饭后再吃中药时已不能自主下咽。后于下午1时40分在我怀中安详离世……

读这一段老沈的病情，不由令人泪泣。

这是一个农民作家的最后岁月痕迹。就像他的命运一样，是个苦命与短命的可怜人。老沈走了，留下他唯一感到骄傲的是他的“中国作家协会会员”的身份和一个作家的荣誉。他虽然在作家队伍中默默无闻，渺小得很，但他有他自我充实的方式。为了文学，他在没有尊严的岁月里实现了内心的那份文学尊严。

像沈仁法这样的中国作家协会会员至少还有几千人——他们虽然是作家，但他们或许都在大文学的风景线里没有任何身影，然而我们依然应当给予他们最崇高的敬意，因为是他们的存在才使得中国作家队伍今天如此壮大，才使得中国文学有了各个层面的绚丽多彩！

沈仁法先生，你可以安息了！ 中国文学里有你的一个身影留在了我们记忆中……

2013年11月13日

你是樱花？是。
——祭青年女作家田静

在我数以千计的学生中，你即便穿着光艳的旗袍，也仅是我记忆中一闪而过的青年倩影。但这几日，你的音容笑貌却无时不在我眼前浮现和重复……你不该走得如此仓促，走得如此令人心碎。35 岁，对今天的女孩子来说，就是最耀眼和最丰满的年龄，更何况你膝下还有一个漂亮可爱的 3 岁女儿……

你是中国作家协会有史以来会龄最短的会员——田静的名字是在今年 5 月初公布的新一批会员中出现的，而到你突然病逝的 7 月 6 日还不到两个月……谁对此负责？谁如此无情地拉走了一位优秀的女青年报告文学作家？谁能告诉我这是为什么？

心肌炎突发？因为感冒而住进医院几天后突然说是“心肌炎”而亡了？这无法不让我们不懂医的人感到巨大的惊骇与悲愤！

7 月 6 日下午，我到河北石家庄作协作家培训班讲课，因为你和程雪莉都是我的优秀的报告文学学生，自然在进学堂的第一眼我就会注意你——可当时只见雪莉，却不见你的身影……然而写着你名字的标签赫然放在桌上。已经开讲的我不能问你为什么没来，哪知道其实这个时候你已经在经历了一场与生命最后挣扎的极端痛苦之后，那颗美丽而年轻的心脏刚刚停止跳动——7 月 6 日下午 2 点 30 分，田静，在你的老师正走进讲堂的那一刻，你竟然撒手而去……你肯定不曾想过自己是怎么啦！我们谁也不可能想到美丽、要强，又有几分淑女性格的你会突然离大家而去。

这天，这地……这世界怎么啦？

两个多小时后，饭桌上，坐在身旁的河北省作协新任党组书记康振海直向我道歉，说临时去处理“田静的事”才没能听我的课，“田静？田静怎么啦？”听到熟悉的名字，我便惊讶地问，因为一个河北作协不可能有几个“田静”。

“她走了。刚刚走的……”康书记说。

“走了？走哪儿去了？”我和关仁山兄弟一起异口同声地反问道。这天下午，仁山主持我的讲课，我们的脑子里对田静的“走”根本没有概念，她这么年轻的姑娘，能“走”哪儿去嘛！

“去世了，突发性心肌炎……”康书记又说。

“什么？去世了？田静？”我无法相信。所有的人都无法相信。

“是田静。”证明是田静“走”了的还有其他几位刚刚从医院回来的作协领导。

这饭无法吃了！当时雪莉也在桌上，她突然叫了起来，打开手机给我们看田静前两天发给她的讯息，那讯息上还惦记着“要听何老师讲课”的事和她宝贝如何如何的那些文字……

“这难道是她与我最后的诀别？”雪莉的眼里噙着泪花。我们都沉默无语。

田静是鲁迅文学院第24届学员，这一届是“报告文学高研班”，是我极力主张办的第一期报告文学高研班，五十多个学员如今有相当一批人成了我们报告文学阵营的优秀作家，他们的成长令人欣喜，而田静就是其中的一位。她还是我们中国报告文学学会青年创作委员会的副主任，出版过多部作品，如《国家储备》《边关万里》等。关于田静，我有些愧意，因为几乎没有单独地跟她说过话，但她的两次发言令我印象深刻：一次是在鲁迅文学院班上的研讨会上的发言，另一次是今年不久前在韶山召开的全国青年报告文学论坛上她精彩而富有内涵与理论功底深厚的发言，尤其是后一次。当时我甚至想，田静是不是应该成为一名女文学理论家更合适？而当四月底在中国作协书记处会议上审议新一批作协会员，我看到“田静”的名字时，曾怀疑这是不是另一个我“不认识”的“田静”？因为我印象中的田静早应该是作协会员了。事实上，新会员“田静”正是我的学生田静。

她，成了中国作家协会有史以来一万多名会员中会龄最短的会员，一位优秀的青年作家，以如此的方式告别我们，在她才华刚刚崭露的时刻，叫人无法接受，我等悲痛异常……

茫茫人海中，田静像昙花一般，在我们面前飘然而逝。如此无声，如此悲情，甚至连我们想重新拾起目光，细细看一眼你的容颜与聆听你掷地有声的理论观点的机会都没有了……悲乎！

是的，田静，你就是一片樱花，虽然如此短暂地出现在文坛，但丝毫不影响你的美艳与才华的永恒光芒，我和你的同学们都会深深地想念你，随时和永远！

年轻时我们这样热爱文学

我听过两任总理——朱镕基和温家宝面对全国作家代表讲话时讲到他们年轻时曾经都有自己的“作家梦”。从习近平总书记最近在文艺座谈会上的讲话内容，便知他也非常熟悉和热爱文学。其实，文学对每一个有理想和梦想的人来说，它都可能是我们年轻时的“恋人”。有人与这个“恋人”结婚了，便成了作家，没有与其“结婚”的人，有可能成了另一个职业的历史性人物。

年轻时我们都一样，我们都如此热爱文学——

似乎是很遥远的事，但似乎又像昨天由自己编织的一次次憧憬的梦想。我们年轻的时候没有像现在一样拥有这么巨大的书的世界和像雨一样多的媒介，我们有的只是早出晚归的“造反有理”“打倒！打倒！”的恐怖岁月。真羡慕今天的人，又真憎恨今天的人——因为现在许多人躺在书海里却不知何处是知识，不懂得如何放下躁动的心，去静静地挑几本有用的书慢慢地、细细地将它读完……

我们那个时候并非如此，然而我们那个时候却异常珍惜每一次阅读、每一本书，甚至对每一次阅读都要用最廉价的方式和最原始的手段，一一地记下阅读的心得和体会，或者写上几段深情的文字。

那时的我们每一次阅读都像饱餐了一顿山珍海味，如果有了第一次便紧接着梦想第二次……我记得自己第一次看一本厚厚的苏联小说纯粹是个偶然的机会：小学暑假时没有地方可去，便到了亲戚家瞎转悠。也就在这无聊的转悠间，我看到了一本没头没尾的厚书。

书的前面少了十几页，估计是被之前看的人撕掉了，或者是被人当作“毒草”给“锄”了一遍。书的后面也被人这样“锄”了一遍，所以它成了没人关注的“垃圾”扔在大家不注意的地方。而我把它捡起来后，就再也没有放下，一直到读完，读完后又悄悄地藏了几天，最后不敢藏了，又把它悄悄地放回亲戚家。那个时候，藏“毒草”是有罪的，也会让人觉得很可怕，因为大人们告诫我们：凡是“毒草”，就会影响“身心”，我们是“革命的接班人”，任何“毒草”都不能沾边。但这本“毒草”却早已“毒”到了我的心灵深处——事实上我内心则像着了迷似的被书中的故事吸引着、感动着，并且从此将书中的主人公模仿了一辈子。书中的那个人的名字我也记了一辈子，这个名字就是保尔·柯察金。

我之所以热爱和崇拜保尔，是因为他是一个穷苦人家出生的革命者，他有与冬妮娅的初恋，他有少年时拿枪战斗的惊险经历，他还有青春时修铁路和与白匪搏杀的战斗场面，以及同女友丽达的一段刻骨铭心的炽热爱情……最重要的是他后来成了“钢铁战士”和作家。这些都让我迷恋，都让我崇拜，都让我向往，都让我刻意地朝着他的人生轨迹奋斗着、模仿着，一直到现在。

他的一段话，当时我和许多人都能倒背如流，这段话也曾鼓舞了无数的中国青年。保尔的这段话这样说：“人最宝贵的是生命，生命每个人只有一次，人的一生应该这样度过：当他回首往事的时候，不因虚度年华而悔恨，也不因碌碌无为而羞愧；这样，在临死的时候他就能够说：我的整个生命和全部精力都献给了世界上最壮丽的事业——为人类的解放而斗争。人应当赶紧的充分的生活，因为意外的疾病和悲惨的事故随时可能结束他的生命。”保尔的这段话的最后一句许多人没有在正式场合将它读出来，是因为他不像前面的话高亢和革命。

当我能背诵这段话和书中许多情节后，居然仍不知道读过的这本书叫什么名。太巧合，后来又在另一个邻居家读到了保尔特别钟爱的一个革命者“牛虻”的《牛虻》小说。这种巧合，我想肯定是我这辈子的一种“宿命”——让我与文学有关，干一辈子文学事。

我许多次在给今天的文学朋友讲课时谈到自己童年时代的这段记忆和阅读经历。真的太宝贵、太影响我一生了！

后来的阅读似乎就变得“方便”多了——有心者总能成事。我开始注意，每每“破四旧、立四新”的行动中，总能从“造反派”的身后，及他们行将烧毁的书堆里发现几本“毒草”，有的是“大毒草”。那时我记得有两本“大毒草”是绝对不能碰的，它们是《欧阳海之歌》和《青春之歌》。少年时的逆反心理就这么强烈，你越不让的我们就越要去“试试”。于是“欧阳海”和“林道静”这两个名字便这样烙在我的心中。他们跟保尔不太一样，但我却能从书中发现他们也很崇拜保尔或保尔式的“战斗生活”。为了两本书，我还经历了一次惊心动魄的挨打：父亲是个小官，小官在“文革”中也必须是被打倒的“走资派”，因为造反派们说他的“主子”是刘少奇和邓小平。带头揭发和批斗父亲的恰恰是父亲一手提拔的人，父亲也是他的入党介绍人。那个人就住在我家旁边——很长很长一段时间，我一直认为这样的人是世界上最可恨的人。后来发现在中国历朝历代社会里，这样的人其实很多，今天也是如此。同一个单位的人，你不知道哪里得罪了他，他会一辈子针尖对麦芒地磕着你，好像他不是妈肚子里生出来的一样，没有半点人性。这样的人最终会有报应。

父亲被打倒，接下来的事就是我们家时刻面临被“抄家”的恐惧。这是我在十来岁时经受的最恐怖的事，至今仍不能释怀——因为不知哪天突然会有人举着铁棍和红缨枪之类的造反武器，把你的家团团包围，然后一脚踏开大门，冲进来一通翻箱倒柜，拿走和砸烂他们认为的一切“封资修”和一切“复辟”的所谓“罪证”。40来岁的父亲，脾气耿直，刀架在脖子上就是不认罪。这让可怜的母亲每天急得不知如何是好。那时我的妹妹才两三岁，姐姐早已不上学了，留我这“独生儿子”必须“好好保护”。母亲执意把我藏到亲戚家，可我不愿走——因为我在家的一个旮旯里藏了我心爱的几本“毒草”。如何保存它们成了我的心病。突然我有了一个心计：我发现母亲整天想着如何偷藏她从娘家带来的那些嫁妆和几段“洋布”……我想唯一能够“安全”的就是将我的那些“毒草”夹藏于母亲的那些“宝贝”之中。哈，居然成功了！一天，我发现母亲在黄昏时借着月光把她的那些“宝贝”藏进了只有我们家人才能找得到的那口枯井之中。母亲真是聪明，而我想她也是急中生智的无奈之计吧。那个时候，如果一旦被造反派们查出，肯定罪加一等。后来这两本“毒草”成了我童年时最亲密的“伙伴”，一直陪伴我到中学时代。

我在初中和高中阶段读了五年书，那时学制时间常常被改变。但是许多人并不知道，在“文革”后期的1972年、1973年时，各地出现了一股被后来称之为“修正主义回潮”的时光。何为“修正主义回潮”？实际上是教育部门按照周恩来总理的指示，开始恢复课堂正常读书的秩序，也重新有了考试等基本的教学形式。这应该说是“文革”中唯一的一段比较好的教育新秩序。记得我们升高中时的考试，不仅严格，而且考场上用的是“ABCD”卷，就是前后两排4个考生的卷子完全不同，相互之间别想偷看，偷看了也没用，卷子都不一样。可想而知，这种考试有多严。这也就造成了后来出现了张铁生“白卷英雄”一说。我的初中和高中老师，都是上海来的，初中的班主任姓夏，是位很严厉的女教师。高中的班主任也是上海人，是一位从南京大学毕业的高才生，他在“文革”中落难到了我家乡，并成了我们的数学老师兼班主任。他叫张伟江，后来是上海市教委主任，我们至今常见面。张老师是个标准的教书匠，没有脾气，为人极好，只知教书，不问政治，所以在他的教育下，我们在高中阶段学到不少知识。另一位老师叫符鲁元，是我们的语文老师，他对我的影响是终身的，是他让我对文学产生了一生的兴趣和追求。

语文老师符鲁元先生是同学们最喜欢的老师。他的课堂，基本上不讲课文，讲得净是历史上的故事和传说，滔滔不绝，古今中外，似乎他无所不知，这让我们每每渴望和期待听他的课。我原本的一点文学爱好在符老师那里得到了“裂变”——符老师注重我们学生的读书，并且经常出题目让我们练作文。有一次，苏州地区按照上面的要求，对我们这些中学生进行“摸底考试”，全苏州的同年级作文题目是统一的，最后考试成绩出来，我得了84分。这个分数不是很高，但绝大多数同学最多只能得五六十分，相当多的人则不及格。记得考试成绩出来的那天符老师见了我后，脸上特别灿烂，他眯着眼告诉我：你是全苏州摸底考试作文最好的一个。我不敢相信这是真的，因为我的成绩也就84分。后来慢慢明白了，所有的人都是低分，我这84分就是“状元”了。这一次高分给我的激励是空前的、一生的，从此我便有了更多的“作家梦”……

“文革”依然在进行之中。“白卷英雄”出来后，学校再度陷入无政府状态，整天“批林批孔”。我的“作家梦”受到了极大的摧残和打击。不过还有机会——其实任何时候，只要你有恒心，人生的目标总是离你越来越近。那时我们江苏的《新华日报》上每月有两期副刊版，那上面有许多散文、诗歌、短小说之类的文章。这些文章成了我相当一段时间的“文学导师”。煤油灯下，我把每一期《新华日报》副刊版的文章都剪下来，钉成一本又一本的“文学作品集”供自己学习，也作为自己练习写作的“参考书”。那种学习是精细和认真的，我会对每一篇自己感兴趣的作品反复细嚼细品。

1974 年夏季高中毕业至 1975 年冬天的日子，是我一生中最艰难的岁月。与农民们或在 40 多摄氏度的高温下，或在零下十几摄氏度的冰水里干活，我们时而在农田水利的战场，时而在“双季稻”的收割现场，时而又在江河滩的拉纤路上……那种苦，不是一般人所能扛得住的。当“劳动少年”时所经历的那一幕幕永远铭刻在我的记忆之中，一辈子都不会忘却。现在有些知青一说插队如何如何的苦，比起我们吃过的苦，简直就是小菜一碟、天壤之别。我一直认为，至今还没有看到一部反映“回乡知青”的小说和纪实作品，这才是中国文学的一种真正缺失。因为在那个时代，真正受到大苦大难的是我这样的“回乡知青”。下乡知青是“飞鸽”，随时可能飞走了，而我们“回乡知青”却无处可逃，再苦、再绝望，也只能忍着，即便身子骨被大山压垮、粉碎。

多少年后，我跟朋友们说：南方农民们所干的活我没有一样不会干，而且样样干得不错。尤其是插秧，我是绝对的“快手”，一天插秧能挣 30 多个工分，而且我还当过纤夫。朋友们听后嘲笑我是“吹牛”。我心想：这还用“吹牛”吗？拉出来试试就知道。

不过再苦的时候，我们还有甜美的事，这就是“文学”。苦难的时候，历史上许多大作家们完成了自己的经典之作。苦难的时候，对文学爱好者来说，完成的是对自己人生的丰富性和意志的锤炼过程。大概我们属于后一种。莫言兄曾经也跟我说过他类似的少年时代的“文学梦想”：几个有些头脑的年轻人，通过写黑板报，练就了一点儿“文学修养”，于是便成了当地小有名气的文学青年。在当代中国文坛上，在诸如我这个年龄的作家中，有一批文学人就是这样成长起来的。

至今仍然记得：我们同乡的几位年龄相仿的“文友”们聚集

在一个农村生产队的仓库内，晚上睡在稻草铺上，白天和黄昏则乐此不疲地进行文学创作——只有一个星期时间，且是冬季农闲时节，否则也不可能有这么长的时间让我们几个“农村精英”能聚集在一起。要知道，那时外面“批林批孔”的风正吹得紧着呢！很好笑，我们几个文学痴迷者，竟然借着“批林批孔”的学习班时间，埋头在煤油灯下进行文学创作。我记得除我之外，还有一位叫姚坤元以及一位姓龚的女孩子，其他人记不住了，共7个人。后来乡友都干什么去了，我一点不清楚。只有姚坤元先生一直跟我有联系，这位文学痴情者其实比我有才情。1975年年底我当兵离开家乡后，坤元兄一直继续做着他的“文学梦”。可“文学梦”不能当饭吃，于是姚坤元当了漆匠，之后又开红木家具工厂，生意做得不小，在苏沪一带颇有名气。尽管如此，坤元兄一直没有放弃文学创作，现今时常我的手机里还能收到他的“文学段子”——他的段子后面一般都会注明“原创”（每每看到这两个字，我就会心头发笑）。

上面这些都是发生在“文革”时期，发生在我十七八岁之前的故事。

然而，我真正的“文学课”是从进入部队开始的。那应该是在1975年之后的四五年间，那时我们的国家正是结束“文革”的前后几年，尤其是1976年之后的那段时光，各行各业，百废待兴。最令我难忘的是我和一位战友褚勇军（他是我的领导，部队新闻干事）多年一起读书、写作的岁月。褚勇军父亲是部队一野战医院的政委。褚爱好文学、喜欢读书，尤其爱好古典文学。我受褚的影响很深，而且因为我们共同的爱好，才有了那几年时间踏踏实实的“文学补课”。这一段时光极其可贵，受益匪浅。我和褚勇军成了那个时候最好的战友，只要一有时间，我们就跑到当地的一家新华书店去买书。那书店距我们部队驻地有十来里路，当时书店进书非常少，尤其是中外名著，不是每天都有进货，通常一周才会有一批新书到店，而且每个人只能买一两本。问题是，书店每次进货也只有几十本书，所以购书人需要排队，即使排队也未必就能买到。为这，我和褚勇军可就苦透了。为了能够买到书，我们必须早早地出发，争取在书店开门之前排队在最前面，否则就前功尽弃。哪知我们认为去得很早——早晨四五点钟就出发，可到书店一看，人家买书的队伍早已像长龙般延伸到大马路上……那个时候，人们对知识的渴求，真是令人感叹。于是我和褚勇军后来只好改成凌晨一两点钟就开始从部队驻地出发，跑步赶到书店。这样我们就总是当排队的“第一名”。可这“第一名”是多么不容易，你得在寒冷的露天待上六七个小时——书店是八点半才开门。这六七个小时里，我和褚勇军只能裹着军大衣或静坐在书店门前的石条上，或在书店前的马路上小跑步。尽管如此，我们从来没有感到何为苦，相反每次捧得一两本新书回到部队后，总是无比满足和幸福。如此一两年下来，我宿舍里放满了中外名著，它们是英国作家勃朗特的《呼啸山庄》、笛福的《鲁滨孙漂流记》、萨克雷的《名利场》、奥斯汀的《傲慢与偏见》，法国作家雨果的《巴黎圣母院》《悲惨世界》、巴尔扎克的《高老头》《欧也妮·葛朗台》、大仲马的《基度山伯爵》、小仲马的《茶花女》、普鲁斯特的《追忆似水年华》、司汤达的《红与黑》，美国作家海明威的《老人与海》，俄罗斯作家肖洛霍夫的《这里的黎明静悄悄》、高尔基的《母亲》《我的大学》、托尔斯泰的《安娜·卡列尼娜》，以及中国古典名著《唐诗三百首》《宋词选》……那个时候，我和褚勇军通常还买不到同一本书，所以只好经常交换着看。他是一个唐诗宋词迷，每天早晨带着书跑到部队营房后面的山坡上背诗诵词。他告诉我，他一天背两至三首，准备用一年时间把千首唐诗宋词中的经典作品全部背下来。我很佩服和崇拜我的这位年轻首长，便跟着他，每一周总有三五天时间跑到营房后面的山坡上背诗诵词。我记得自己的记录是背过一百多首唐诗宋词，而褚勇军则能背近300首。相比之下，我更喜欢莎士比亚的作品，除了莎翁的经典剧本名篇外，尤其喜欢他的十四行诗作。对宋词和格律诗我也很钟爱，曾经有一段时间在给恋爱对象写信时总会“赋诗”一首或赠词一篇。

在买书十分困难的岁月里，我和战友几乎买到了我们想要的全部的中外经典著作，这是一件至今令我依然骄傲的“成就”。后来我有三大箱图书，并跟随我辗转东西南北近十年，一直到从部队转业时，我5个箱子的“家当”中有4箱是书……

还有特有趣的事：1983年末，我从内蒙古呼和浩特的北京军区某部回到北京，调到武警部队工作。在内蒙古那个部队时，条件十分艰苦，我记得刚到呼市时，冰天雪地，早上出操，一会儿冰碴就在嘴边结起。尽管如此，初来乍到北方，这对我一个南方人来说，仍异常兴奋。清楚地记得，我到呼和浩特当天晚上是与老战友白绍华（我们原来都在基建工程兵当新闻干事）在一起，听他讲述他们部队在沙漠里寻找战备地下水的故事，感动得我一夜未合眼，在到呼和浩特的第一个星期内就写了篇《大漠觅泉人》，稿子发给当时的《新观察》，很快发表了。此文后被内蒙古自治区政府评为“内蒙古自治区成立35周年优秀征文”一等奖，奖品是一条毛毯。北国冬天虽然寒冷，但那条“文学毛毯”令我心窝温暖无比。

北国的故事并没有结束。

我所在部队有个图书室，由政治部负责，有一名宣传干事负责买书和管理。由于我是北京调过去的，家不在呼和浩特，平时就住在办公室。战友们一到星期天就回家了，我光棍一人就是读书写稿，那时连电视都没有。孤独对不爱学习者来说是孤独，而对喜欢阅读的人来说从来不会有孤独。在我不停借书看的过程中，发现了一个问题：书总不够看，借了一本没两天又得换书看。偏偏那个管书的干事又常不在班上，尤其是到了星期天、节假日，没书看的我就感到内心紧张和焦虑，于是到处寻找好书看——当然最好进那个放图书的屋子里去。突然有一天我发现，原来那个放书的屋子的门，只要使劲一推就能轻易而入。哈哈，我对自己的这一发现偷着乐。从此以后，我看书就不再受局限。但有时看完一本好书后就极不愿意放回原处，所以渐渐我放衣服的木柜变成了满满当当的书箱——坦白说：谁也没有发现。但后来坏事了：在我离开呼和浩特调回北京时，人到了火车站，却突然被赶来的政治部的同事叫住了，说“何干事你暂时不能走”。我不知何故，看对方神色很严肃，似乎有什么重要事情。大概相持了一段时间后，我的另一位战友（好朋友，姓薛）赶过来，对那个干事说：没事了，你回去吧！我的战友送我上了火车。我不知自己做错了什么，但从战友们的表情看得出，问题似乎还有些严重。后来等我到了北京若干天后，我的好战友悄悄写信告诉我，说有人发现我“借”了不少书而没有还，当时他们想追回并准备给我个难堪，是我的这位好战友帮忙化解了，说人家不就是因为喜欢文学才拿走了几本书而已，何必大惊小怪嘛！我听后又是好笑又是脸红……

年轻时，我们如此热爱文学。文学让我们明白了读书和品味书中的知识与人生经验是何等的重要！

其实，年轻时的一些习惯和爱好会延续一生。比如现在，我自己写的书也多了，但丝毫不会因此而忽略好书和对必读的书的阅读。有时连自己都会吃惊：如像前年写作《忠诚与背叛》一书，当新书出版后，重新整理为创作此书参阅的图书，竟然有近百本之多！前些日子看到有人读了一个大学，便攻击和嘲笑我们那个年代因“文革”而失去读书机会的人“读书极少”，他哪里知道，课堂上的知识和学校里所读的几本书，在人的一生中只能算作人活在世上一辈子中喝的“第一口水”而已。靠喝了“第一口水”就显耀自己，未免太可笑了。人活一辈子，活到老，学到老，这是周恩来总理留给我们的一个箴言。

如今有一个问题，我想问自己，也想问大家：如今到处书山书海，我们为什么不再把书当成“宝贝”？如今我们从事职业文学，又为什么许多人并不把文学当作一种神圣，这到底是在进步还是在倒退？

日本人为何不愿去西点军校?

如果到纽约，大概有过军人身份的人，都比较喜欢去参观一下西点军校。但去过一次后你就会大呼上当了——对职业军人来说是这样，不过对旅行者来说，依然不枉“到此一游”。

西点军校的校园环境很美，有山有湖，深谷隐绿，蓝天白云，再加几分神秘，非常适合那些向往军队而又想寻找点刺激的旅行者。乘上半个来小时的汽车，便到了这个著名的“军事秘密重地”。在这里，我们可以远远地看到一些行色匆匆的穿迷彩服的美国军人，有男有女，也可以在那个长满绿草的广场上听导游介绍西点军校的官兵是如何如何地在这里举行训练及毕业仪式。其实估计所有的游客都没有见过真正的西点军校的学员在这块广场上训练。我看出名堂了：会做生意的美国人，现在完全把这块军校的金字招牌当作纯粹的生钱机器了！事实上，你在这里休想真正看到一眼西点军校的军事训练实景。

作为军人，我觉得美国人开辟这条旅游线路，实在是坑人。但对那些完全没有一点军事常识的孩子和普通旅游者来说，倒也不能算是太蒙人的旅游项目，因为在这里毕竟还可以看到一点军事“硬件”，比如老掉牙的坦克、二战时的飞机；比如据说是美国南北战争时期的“老西点”军人的传说故事。旅游嘛，天下皆一样：添油加醋的故事和传说，再加几件真真假假的模型，以及一位能说会道的导游，也就“圆满”了。

但对于西点军校具有特殊需求的我这样的人来说，“老美”显然不会那么傻，他们把军校的核心部分瞒得严严实实，根本连瞧一眼的机会都不会轻易给你。

“快下车，去看这里一座非常特别的教堂哟！”那个上了年纪、只说英语的美国导游在嚷嚷，好像他给了大家一个前所未有的惊喜那般招呼着一车游客。

“走吧，去看看。”同行的作家朋友推着我下车。

“不去不去！”我坚持不下车，告诉他：“在欧洲什么样的教堂没去过？到这儿看啥教堂！”

我闭眼养神。十几分钟后，车上的人又满了。我问身边的朋友：“咋样？”

他摇摇头：“不咋样。”

我笑了，笑他“笨”。

要说西点军校全是骗人的也不对。这里有其他国家和任何地方都没有的几样东西，令我开了眼界——

在西点军校有个军事博物馆，不大，但内容颇为丰富。多数展品在地下室，要顺着螺旋形楼梯往下走才能到达。除了历史介绍外，在这里我看到了几样与今天世界反法西斯胜利 70 周年相关的宝贵原物：一样是德国法西斯的投降书，一样是日本法西斯的投降书，还有一样是希特勒用的黄金小手枪。

70 多年前的那场让全世界伤亡了近亿人的战争，最终以挑起这场战争的法西斯们投降为终结。今天我们仍然在以不同方式来纪念这一历史事件，足以说明它给人类带来的教训太深刻！德国和日本的投降书，证明了这两个国家曾经犯下的不可饶恕的罪行，以及这两个国家历史上的那不可抹掉的黑色一页。以前曾听说日本人都不太愿意到西点军校来，我们并不明白其原因。此次到西点军校博物馆一看才明白，原来此地除了存有当年二战日本国的投降书外，更有一样令日本人心惊胆战之物，那就是曾一眨眼让日本死了几十万人的“小男孩”——原子弹实物。

1945 年 8 月 6 日清晨，一架从提尼安岛起飞的美国空军 B29 超级堡垒轰炸机飞抵日本广岛上空，机上携带一枚重 4000 公斤代号为“小男孩”的原子弹。

这一天上午 8 点 15 分钟，在这座拥有 25 万人口的城市上空，美军 B29 轰炸机投弹仓被打开，“小男孩”立即从 9400 米高空开始了自由落体，经过了 57 秒的下落伴随着一系列复杂的触发过程到达了它的预定位置，距地面 600 米的高空。这一时刻一个小的爆炸引发了 64 公斤低临界值铀的连锁反应，这其中只有 0.7 公斤的铀发生裂变而只有 600 毫克转变成了能量，这是一个覆盖几公里范围内摧枯拉朽的爆炸能量，巨大的冲击波摧平了下面的城市，淋浴般的向一切生物发射出致命的核辐射。 大约 7 万人瞬间死亡，另外约 7 万受伤及受到核辐射的人死于 1950 年。

之后，“小男孩”的胞弟“小胖子”——另一颗原子弹在长崎又被投下，日本的另一座城市也顷刻在地球上消失，数十万人成了鬼魂……

这就是第二次世界大战最后时刻，让日本最终选择了投降的关键性一役——原子弹威力使日本的军国主义有了痛苦的末日。然而几十年过去后，日本人并没有牢记当年的痛苦一幕，今天仍在不断复活军国主义，这是非常危险的，因而也让邻国的中国等国家十分担心。日本的年轻人现在不是特别清楚他们的先辈犯下的罪行，自然也不会太深切地感受到被原子弹降服的那种巨大的民族创伤。他们只是内心深处惧怕去西点军校看到“小男孩”和让他们抬不起头的投降书，我倒是想：既然美国跟日本的“哥们”关系那么铁，何不把西点军校的这两件宝贝放到日本的东京都，在那里选择一处日本人都能看得到的地方来公展，这或许对遏制这个国家的军国主义复辟能起到事半功倍的作用。

我希望这个建议能够获得美国政府的采纳，那中国人民肯定会特别赞赏“山姆大叔”的。

2015 年 7 月 7 日上海至北京飞机上

少了她，中国文学又会怎样?

今天我必须向正在召开的全国“两会”请假，去参加一位中国文坛上不可少的大姐的遗体告别仪式。这位大姐就是著名编辑家、深受我们文学界尊敬的刘茵大姐。“三八”节，送走大姐，真是悲切!

刘茵大姐在文坛上的地位不算高，但她是我们新时期中国报告文学名副其实的“催生母”，也有人称她是“中国报告文学之保姆”。我认为这几种赞誉不过分，因为我们这一代作家的成长、进步，几乎都离不开她的特殊哺育、培养与关注，我本人就是其中的一个。30多年前，我刚20岁出头，在部队工作，在遥远的湘西默默地爱上了文学。那时受徐迟先生的《哥德巴赫猜想》的影响，我第一次尝试着写报告文学，也根本不认识任何行内的人，就从邮局将稿子寄给北京的大刊物编辑部。哪知竟然获得了这本由茅盾先生任主编的文学杂志的偏爱，给刊发了。后来他们又推荐此文章参加一个全国性文学大奖的评选并获了奖。之后刘茵大姐在庆祝建国35周年时编了一本《中国报告文学优秀作品选》，其中有二十来篇作品，按出版年份排列，我的这篇题为《腾飞吧，苍龙》的文章排在第三，徐迟的《哥德巴赫猜想》、理由的《扬眉剑出鞘》、魏巍的《谁是最可爱的人》等都在其中。那时我根本不认识大编辑家刘茵大姐，十来年后我调到北京工作时才与她认识。第一次见面时，刘茵老师吃惊地说：“啊，你就是何建明呀?！我们以为你怎么着也有四五十岁吧！咋这么年轻啊！”这是我正式步入报告文学领域的时候。于是从20世纪90年代初开始，刘茵大姐便成了我最有力的扶持者和引路老师之一。自我1998年出版成名作《落泪是金》至去年出版《南京大屠杀全纪实》，这 20 多年时间里，我共创作了 70 多部长、中、短篇报告文学作品，期间几乎每一部作品在面世前都会得到刘茵大姐的重视、点评和推荐。我知道，像我的好友、当代最著名和最具有实力的报告文学作家黄传会、李鸣生、邢军纪、徐剑、王宏甲、赵瑜等，都不同程度地得到过刘茵大姐的特殊扶植和关爱。我们这些人基本上支撑着 90 年代以来的中国报告文学大舞台，因此人们称刘茵大姐为“中国报告文学之保姆”是有道理的，她的悉心关怀惠泽着我们。

刘茵大姐生前并不喜欢人家这样称呼她。她从来是个谦虚和低调的人，总在文学大舞台、大景象的后面，默默地为我们这些台前的人奉献、鼓劲，因此这特别让我们感动与敬佩。

刘茵大姐对我的关爱有加之处，是在我每每遇到困难和意外伤害时——

我是从部队转业后到了作协系统工作，对文坛的复杂景象以前虽有所闻，但没有亲身体会。自出任作协副主席后，我才有了深切感受。其实文坛这些年已经清亮和平静多了，但还是有个别人喜欢挑事、想当“英雄”。这不，这些年就有那么一个人总爱跟我过不去，常在文人圈里和网上不断对我散布些毒语。刘茵大姐对此曾不止一次愤愤地站出来力挺我，帮助澄清事实真相。比如当有人说我如何如何“插手评奖”“拣奖”，甚至“巨贪”时，刘茵大姐就会打电话过来劝我别生气，别放在心上。有一次她实在太看不惯这帮人的无耻行径，愤怒地说：“建明，我看这人是得神经病了！‘文革’时当造反派的劲头又出来了！你别理他！”我听后笑笑，说：“感谢刘老师，放心，如今我们不是‘高官’吗？人家骂我们几句也属正常，把自己的事做好、多写些好作品比什么都强。真相总是真相，绝非因为个别人的胡说八道而改变。再者，俗话说得好，善有善报，恶有恶报，我相信正义总能战胜邪恶。”刘茵老师听后大为赞赏，连声说："对对。不过你还是要注意些，小人难防啊！"她的这话，这些年一直在我耳旁回响……在今天的社会里，人与人之间的基本感情和关系已经被撕裂，各种利益关系、各种政治意图、各种扭曲心态充斥于我们身边，十分可怕，没有定力必会被击倒，刘茵老师的话给了我很多帮助和提醒。刘茵作为一名心地善良的老师，有她的存在，让我们文学界多了许多温暖与亲切。

在闻悉刘茵大姐噩耗后，我立即给阎刚老师发去一讯表示深深的慰问。阎刚老师马上给了回讯："她生前经常同我赞扬你艺术家的勇气和对报告文学所做的贡献……"。阎刚老师带来刘茵大姐与他本人对我的又一次关爱与赞誉，令我感动。

刘茵大姐的去世，之所以会让我们感觉少了她对中国文坛是一个很大的损失，除了她身上的那份仁慈、善良与母亲般的爱外，更在于她对文学作品的精到、内行，以及对文字的精细、讲究、优美、严谨的作风和精神。这是她成为我们中国文学界大家共同尊敬的大姐和著名编辑家的最重要原因。

在新媒体时代，编辑的功利和责任心缺失，有时简直无法形容，错字、错句、错题……满篇皆是，而且他们根本不在乎。这也让我格外感觉刘茵大姐走后，对我们中国文学的损失何止是失去了一位尊敬的大姐，而是失去了一位托起中国文学精品与文学高峰的重量级人物。没有了她，我们会突然感到自己作品的毛病更多了，因为我们的作品少了一个坚定而崇高的"保护神"……

刘茵大姐，你走得太匆匆，令我们无比惋惜和痛心！

为了你和文学，我们需要继续更加自觉地加强自身的修养和历练。为了你和文学，我们需要继续更加努力地为这个时代和我们的国家与人民倾情倾力。

2015年"三八"节晨写于"两会"驻地

诗界三年失三大员，哭痛我心……

北京的冬天很冷，冷透了我的心

李小雨去世了！突然！太突然！两天前的深夜 11 点病逝——我们都是今天才知道。就在我准备写此文时，手机上出现了“李小雨”的来电显示，又吓了我一跳……一接，是她女儿的来电，告诉了我她妈妈去世的噩耗。

北京的冬天真冷，冷得我痛

在李小雨走之前的前一年冬天里，著名诗人韩作荣去世……

在韩作荣去世之前的 2013 年的冬天里，著名诗人雷抒雁去世……

三年中，中国诗界三大员相继走了，走得匆匆，走得让我们不知所措，走得如此突然，走得让文坛朋友们的内心深处一次又一次的震荡与不安……

三个大诗人，分别担任过《人民文学》《诗刊》的主编、常务副主编，是中国当代最有影响的英年而去世的大诗人。他们都是我的好同事、好学长、好文友。然而他们又都是在冬天的日子里走了，走得整齐，走得无声，走得惊天动地！

北京的冬天太冷，冷得我流血

李小雨是当代诗作频出的著名女诗人，今年才 64 岁，刚刚从

《诗刊》负责人的岗位上退下不久。因为中国诗歌学会前会长韩作荣在去年突然去世后一直没有人敢接这个学会领导之职，而实际上李小雨已经把这副担子挑了起来。韩作荣任中国诗歌学会会长之职是因为雷抒雁前年突然去世，韩作荣接过了雷抒雁的会长之职……三位中国诗坛大员和领军人物，如此“前赴后继”，堪称文坛奇事！也实在蹊跷！

苍天对中国诗界如此不公，为何？他们都是同一量级的新诗体重要人物，中国作家协会重要刊物的掌门人，也是我作为中国作家协会副主席的下属分管单位的负责人。

李小雨是三位大诗人中唯一的女性。她的诗才显然是从她父亲那里遗传和继承下来的。她的父亲是仍然健在的 88 岁的著名诗人李瑛先生，她和她父亲都是中国当代的大诗人，而这种情况在文坛上极少，仅此这一点，就极让我们深怀敬意。

我们都叫她为“小雨”，因为她的名字里有这两个字，更因为她的性格和平时说话的细声细气，如江南的蒙蒙春雨一般……

我们喜欢叫她“小雨”，是因为她的诗如同蒙蒙细雨般可以浸透你的心……

我们在冬天冷得心痛，是因为小雨这样的女诗人不可能再度出现，重复诞生。

她是唯一的。

她的离去，让我们在春天到来之前感到特别寒冷！

李小雨，一路走好，像春雨飘落一样，让我们留恋你的柔软与湿润……

2015 年 2 月 13 日

他改变了很多人的文学基因

今年 10 月 15 日，是中国新时期报告文学的奠基者和开拓者徐迟先生的百岁诞辰。作为报告文学作家，我们无不以感恩之心怀念徐迟先生。

毫无疑问，徐迟先生发表于 1978 年 1 月的《哥德巴赫猜想》是他一生中最重要和最闪耀的代表作。曾记得，当年《哥德巴赫猜想》给因“文革”而沉闷和压抑了十余年的中国所带来的那股尊重知识、尊重知识分子的“科学春天”之风是何等的强劲！从某种意义上讲，中国后来以昂首阔步的豪迈姿态走向四个现代化建设的伟大征程，并取得举世瞩目的辉煌成就，徐迟的《哥德巴赫猜想》是一首叫人无法忘却和永远不可抹杀的中国走入新时代的激情战斗曲，它通过奔放浩荡、感情丰沛、入情入理的艺术感染力，让那些多少年来弓着腰为共和国拉车却得不到起码尊重的知识分子重新扬眉吐气；让人类用自己独有的聪明与辛勤劳动锤打出的知识，从臭气熏天的垃圾堆的最底层，重新被抬到了神圣的殿堂……让整天撕着课本打架的学生重新回到了安静的教室；让监牢农场里的工程师、科学家重新回到了实验室和科学院；让千千万万“臭老九”们再度感觉自己有了生的希望和活着的价值。一个文明古国的伟大历史从此也就揭开了全新的时代画卷，而这个时代画卷上所呈现给世界的是中国式的波澜壮阔、风起云涌。于是，一个文学家所塑造的名叫陈景润的“哥德巴赫猜想者”，向我们迎面而来，成为民族的榜样和知识分子的代表。文学的力量何等之大！大到了我们整个社会在一天之内以惊天动地、惊涛骇浪、惊心动魄之势，完成了对科学、对知识、对知识分子评价的彻底颠覆。这就是《哥德巴赫猜想》——一部报告文学作品在30多年前所带给我们中国的伟大贡献；这就是我们今天为什么要以特别感恩之心感谢和纪念徐迟先生的原因所在。

中国改革开放30多年取得的成就，中国改革开放30多年来对我们每个人、每个家庭、每个单位、每个行业所发生的翻天覆地的命运变化，中国改革开放30多年对世界和整个人类发展所做出的推动与影响，与一部由中国人写的《哥德巴赫猜想》的报告文学作品和一个叫徐迟的作家有没有一点关系？回答是肯定的，而这份肯定使同样为一名报告文学作家的我，由衷地感到无限的荣耀和文学尊严的崇高。

《哥德巴赫猜想》和徐迟先生对一名普通作家的影响同样是深远而巨大的，这种深远和巨大有时令人无法想象，因为大家都知道，人的基因是父母遗传给我们的，我们的生命基因无法改变，但徐迟先生和他的《哥德巴赫猜想》，改变了无数人的人生基因和事业基因。我便是其中之一。许多人现在都称我为“报告文学作家”，而我自己也从没有否定过这样的职业称谓。其实，大家并不知道，我最初的文学之路，是从诗歌和小说开始的，诗歌写作是因为朦胧的爱情而激发出的；小说创作是因为20世纪70年代末，我与我的战友们经历了在南方中越边境上的那场自卫反击战争。如果不是今天的纪念会，我早已忘记了自己曾在20多岁时写过和出版了第一部名为《东方毒蛇》的长篇小说。我的最后两部中篇小说《第二道战壕》和《橄榄绿》，分别发表于1982年和1984年。然而之后的30余年里，我再没有写过小说，为什么？因为有一个人动员和鼓励我去做了另外一件事，并且因为这件事，让我的人生基因彻底发生改变！

就是徐迟先生和他的《哥德巴赫猜想》，引领我走上了从此没有改变的报告文学创作之路。这一写就是35年。在生命最重要、最宝贵的30多年里，我几乎没有停止过一天因报告文学而活着的时间与空间；30多年里，我几乎没有停止过一天与报告文学结伴而行的悲喜之情；30多年里，我几乎不知道还有哪一种音乐、哪一个画面、哪一个人，能像报告文学一样吸引我、感动我、甚至是摧残我，令我迷失！没有。真的没有。

35年！因为您——尊敬的徐迟先生，为了继承您的以讴歌伟大时代为己任的报告文学事业，我从一个军队的年轻小伙子，写成了两鬓斑白的小老人！因为您——尊敬的徐迟先生，为了学习您充满激情而又颇具文采的《哥德巴赫猜想》，有无数个夜晚，我会突然从梦中醒来，迅速爬到书桌上去完成一次又一次的创作和对文体本身的攀登与实验。因为您——尊敬的徐迟先生，为了弘扬您的报告文学价值观，我跋涉了30余年，从湘西的古老村落开始，走向荒野的矿山、冰冷的雪地、酷热的沙漠，甚至是可怕和要命的十几公里纵深的煤井坑道，甚至跑到战火纷飞的非洲苏丹的达尔富尔、利比亚的的黎波里海岸……想起那些岁月，我的眼前立即会重新被“5·12”大地震那地动山摇、血流成河、尸横遍野的景象所包围；会立即浮现“非典”现场人们在窒息和死亡威胁下的那一幕幕惊恐与悲惨的情形；会立即回到那个独自一人在深山老林里跟在一个失业的残疾农民身后，屁颠屁颠地跑了十几里路去听他讲述自己如何送儿子上学的故事的场景。那一刻没有人把你当作家、更没有人把你当什么局长、部长，甚至连一口饭、一口水都不会有人想着给你。报告文学作家高尚的时候，要比所有高尚者都高尚，否则你无法抵达高尚者的灵魂深处；报告文学作家勤奋的时候，要比所有种地的农民都勤奋百倍，否则你无法听到一个卑微的社会弱者心灵的真实呐喊；报告文学作家勇敢和伟大的时候，要比任何一个战士和水手都勇敢和伟大，否则你的任何努力都可能半途而废；报告文学作家还必须具有特殊的忍耐力，意想不到的官司、善良和恶意的讽刺打击，都可能是毁灭和撕裂你意志与信仰的炮弹。为报告文学而活着的人，是钢铁和柔情凝练成的，是汗水和火焰交织成的。喜悦和痛苦、思考和张扬陪伴我们的一生；荣耀和心酸，注定了我们的命运是如此起伏与反差巨大。

作为一名报告文学作家，我们常常要这样责问自己：为什么非要干报告文学这个苦差事呢？为什么非要坚持这个常常吃力不讨好的文体的创作呢？当一个个“为什么”在自己心中滚动和涌出时，您——我们尊敬的徐迟先生便会出现在我面前，您的《哥德巴赫猜想》，以及这个“猜想”之下作为一名时代歌手的伟大精神和思想品德，就是一种榜样、一面旗帜，它令人立即产生一种新的更高层次的前进动力和方向感，这就是徐迟先生给予我个人的成长和我事业的基因改变后所获得的一点体会与感情波澜。

中国的今天，是一个伟大而精彩的，能让文学彰显五彩缤纷的时代，我们的生活、我们的人民、我们的社会变革，给予了报告文学格外恩赐，几乎每一片土地、每一项事业、每一个变化中的社会的人和人的所有活动，都是报告文学创作的丰富素材，我们没有理由放弃和自我贬低报告文学文体的价值和它早已被主流社会所广泛认可的客观现实。事实上，还没有哪一种文体在记录、表现和宣扬改革开放的中国的贡献上，可以同报告文学相比。这一点毫无疑问。尤其在今天，当一些明明是正能量的人和事，却被“小道消息”和网络丑化，负面传闻越来越多的时候，报告文学必然对消除和打击这样的歪风邪气起到其他文体形式所不能替代的效果。有人说，今天的报告文学面临死亡和边缘化；也有人说，它将被非虚构写作所替代。我在这里明确而准确地告诉大家：

在中国，在继续沿着社会主义特色的道路继续前行的当下和未来，报告文学不仅不可能死亡和边缘化，相反，它会比任何一种文体更具生命力，更放射光芒，更有市场和读者，更被主流意识所认可。原国家新闻出版总署在前几年每年所进行的年度出版与阅读调查中，一次又一次地告诉我们：喜欢和热爱纪实类作品的读者，其人数远远超过虚构类的读者人数；在座的朋友们应当知道，中国的主流媒体如《人民日报》《光明日报》，曾经在头版发表报告文学作品的只有两次，一次是50年代魏巍的《谁是最可爱的人》，一次是1978年的徐迟的《哥德巴赫猜想》。但在今天，我们的《人民日报》每年至少要发表20篇报告文学。尤其是《光明日报》，仅十八大以来的一年多时间里，在头版、甚至头版头条先后发表了多篇报告文学，其中有我的两篇，李春雷一篇，还有一篇是年轻作者王国平写的。事实上，《光明日报》在10年前的2004年7月26日就在头版和二版也发表过我的另一篇名为《永远的红树林》的报告文学。11年前的“非典”期间，上海的《文汇报》也曾有过非同寻常的壮举，连续用8个整版发表了当时我写的报告文学《北京保卫战》。在近两届的中宣部“五个一工程”奖中每一次都有超过三分之二的获奖图书是报告文学作品，更可喜的是在上一届的“五个一工程”奖获奖的十几部电影中有三分之一的电影也是根据报告文学作品改编而成的。这些事实，都很好地说明了报告文学不仅没有死亡和边缘化，恰恰充满了无限的生机和活力。

近些年，总有一些人在说非虚构写作将替代报告文学。在我看来，作为丰富和充实报告文学创作的一个写作现象，我们对非虚构写作将给予更多的关注、支持和包容。但，这里有一个学术概念必须予以澄清：所谓的非虚构，其实最早在国外提出的并不是我们今天一些人所理解的非虚构概念，它最早是由法国著名小说家左拉先生，针对当时的小说家们所倡导的新自由主义写作而提出的一个创作观点。作为当时法国小说界的领军人物，左拉实在无法接受那种坐在家里、远离生活的同行们的胡编乱造，因此提出小说创作必须尽可能地接近生活本真。为此，他自己身体力行，为写一部铁路工人生活的小说而不惜用十几天时间亲自趴在火车的车厢顶上，去细致地观察铁路上的人间万象，从而形成了他后来被人称之为“非虚构”的写作风格。这就是国外流传已久的非虚构写作的真正起源。近几年来，以美国一批新闻记者为代表的写作者所引领的新自由式写作风尚，在西方世界较为流行，其中最有代表性的就是前几年翻译到中国的那本由雪莉·艾利斯写的《开始写吧！非虚构文学创作》。这本书的作者其实是一个创意写作培训师，是跟我们中国的广告设计师差不多的自由写作者，她所倡导的所谓非虚构写作，好比我们中学里的写作课一样，是专门培训那些缺乏基本写作经验的初学者，如何按照自己的心理感觉进行文字表达而提供的一种课堂写作教学方法。这种创意写作自由度大，不像小说可以全虚构，也不用像传统报告文学那样必须对真人真事有严格要求，自由而随意，尤其注重和倡导作者的自我感受的表达，因此受到一部分因在小说创作中不能很好地艺术虚构、作品越来越没人看而苦恼的小说家们的欢迎；同样，这种非虚构写作也受到了一部分因从事传统报告文学创作那种必须遵循对真人真事不能有半点虚假的文体要求而束缚手脚的写实体作家的欢迎。因为这种新的非虚构写作，可以写到五百年、三千年前的事，也可以将一个白宫的真实事件搬进文中，又可以将自己内心完全虚设的故事放入其中，这就是非左拉时代的今天西方国家的非虚构写作。中国是个文明大国，包容和吸纳他人的优秀文明成果和文学经验，一直是我们的明确态度。然而，像雪莉等倡导的所谓现代式的非虚构写作，其实在中国早已非常成熟了，说白了就是记实体散文写作。它并不是什么新鲜玩意。即使如此，我们中国的文学家，依然对西方写作者的那种灵活、自由和开放式的写作经验，从不拒绝。但是必须指出的是，中国有中国的传统与习惯，中国有中国的文体之美和所集成与积累的成功经验。中国自20世纪二三十年代以来，以瞿秋白、夏衍和新中国成立之后的魏巍、巴金、丁玲等尤其是徐迟为代表的老一代作家们，他们继承司马迁《史记》这种优秀纪实作品的创作经验和中国人对历史真实的那种毫不留情的严谨治学态度，同时又吸收和发扬了世界现代报告文学奠基人基希先生的报告文学文体创作特点，形成了中国自己的报告文学。这就是：严格将时代性、新闻性、现实性、批判性和文学性融为一体，早已被广大读者所接受和喜爱的一个充满生机活力，并有自己独立文体要求的文学种类。

非常巧合，在前些天的国庆期间，我在上海与上海高校的几位曾经是非虚构重要推手和倡导者的年轻学者们，一起进行了较为广泛深入的交流和讨论，还了解了他们如今正在努力推行的“创意写作”行动。据我了解，这类写作实验其实都没有超越报告文学文体和中国传统的纪实创作范畴，只是加进了写作的灵活度、自由度及个性化。而这几点，我们现有的报告文学文体创作并不排斥，同时我们也仍然坚持着报告文学固有的对客观事实的严肃性，因为我们在宣传和传播中国精神与人民的时代风貌的过程中，不能有半点虚构和虚假。否则，就完全失去了报告文学文体的庄严性和它的客观性！真正优秀的报告文学，追求的除了写作的自由与形式优美外，更多的是在内容上要经得起历史和社会的检验，同时还要经得起当事人和客观的审查，这是这一文体最严肃和最严谨的地方。有人称对报告文学的这些要求，是戴着手铐脚镣跳舞。那么我要说，这正是报告文学文体所具有的特殊性。所以，所有从事报告文学写作的人必须要具有不可不崇高、不可不严肃的写作态度。任何企图想绕过这一文体的要求，都是对这一文体认识上的偏差和变异，其结果必定会误入歧途，从而损害报告文学文体本身的光芒！

今天的中国，整个社会都呈现出开放和进步，我们的报告文学文体，也在接受和吸纳所有新鲜的空气，包括非虚构在内的诸如个人化写作、心灵史叙述、口述回忆录、传记创作、自由度非常大的纪实体散文等写实体作品，以及它们的新写作经验，都将为丰富和发展报告文学文体提供有益的养分和广阔的空间。

面对一个全新的飞速发展的时代，在纪念徐迟先生诞辰一百周年的时刻，作为一名报告文学作家和现任中国报告文学学会会长，我愿意与所有同行们，誓志将徐迟先生开创的中国新时代报告文学文体和他所倡导的文学价值观、文艺观及其文学精神继承与发扬下去，努力实现中国报告文学创作的新纪元，以满足时代和人民对我们的要求和期待。

2014 年 10 月 9 日

晚霞里的回望

太阳已经开始落下，晚霞一片绯红，红得异常，甚至有些惨淡。这是在宣告太阳一天的生命即将结束。有人会说晚霞好艳丽，有人会说它异样灿烂。其实，这只是太阳一天生命的最后回望，这回望里饱含了痛苦与挣扎……

今天我去看望一位老作家。他病了，患的绝症——我不知道他自己是否清楚，通常患这样的病，他的家人和亲人都会瞒着本人。我想他并不太清楚自己的病情，最令人心痛的是他有半身已经失去知觉了，但他依然能认出我来，并且向我伸出拇指，夸我太能干了，又写了一部《南京大屠杀全纪实》的书，了不得。后来一个多小时里，他就什么话都没有说了。我不知是他脑子生病使然，还是有太多的东西不想说了，总之我感觉特别的难受。

一个正直的老作家，看到比他年轻的人写出了大作品，通常他们都是很真诚地祝贺你。如果在平常我听到这样的话，多少会有些高兴，甚至内心有份感动。然而这种感觉今天不再，我感到特别的沉重和痛苦。因为我知道，等下一次与他见面，也许是在八宝山那个冰冷的、凄然的、悲切的地方。我已经一把年纪了，可一想到此我的眼泪还是迷住了双眼，无法抑止……

人，悲莫过于明知快要死的时候却并不知道还能支撑多少时间。这些年里，常常在我某一天上班时，突然会被告知：某某熟悉的昨天还好好的人不在了，哪天在八宝山举行遗体告别。那个时候，你会不知所措，一天甚至几天的情绪都会受影响，内心产生无比痛苦的冲击。

人，悲莫过于得知自己的熟人和朋友过些日子就要永远地离开你了，而你则在清醒中面临这样的时刻……

几年前，在我父亲病重的最后时刻，他希望我在他身边，我也的确回到了他的身边。但该走的时候还必须走，因为要上班，要去做那些不管是无聊还是有聊的事，你是属于要“上班”的人，你就得去办公室处理那些永远处理不完的破事，比如某某人的奖金、某某人的工作关系、某某人的职称、某某人出国旅游的申请等，你不去处理人家就会骂你、操弄你，甚至在民主测评时狠狠地“打倒”你一下。这就是无奈。那天离开父亲病榻的时候就是因为这个，而我明明知道父亲不会有太多日子了。我还清楚地记得，离开父亲的那一刹那，他的目光里充满了期待，我知道他是在期待我能不能不走，能不能在他生命的最后时刻伴陪着他走过最痛苦、最恐惧的那一瞬……然而我没有，我还是走了。嘴里说着“爸，你没事的，放心。过几天等你好些后我再回来看你”一类的话。我知道自己在骗自己，最可憎的是自己也在骗父亲……

那一天我走出父亲的病榻时，正好看到天西边一片绯红的晚霞。那天我站在绯红的晚霞下，感到那片晚霞犹如老天在下着血一般的泪雨，它丝毫没有美感，它甚至倒像是一片惨烈的、想要把我那虚伪的感情彻底化为灰烬的熊熊烈焰……

后来我很害怕看到那些绯红的晚霞了。因为父亲在我回单位上班的一个星期后便去世了。等我再回到他身边时他的躯体早已冰冷，我顿时感觉那天我看到的晚霞便是父亲身体里流出的最后一片血水……

绯红的晚霞仍然每天在夕阳最后落下的那一刻出现在天边。那一天，我又看到了血泪一般的晚霞……今年元旦后上班的第一天，作家协会的大楼里，有人通知我某某日到八宝山参加顾骧先生的遗体告别仪式。顾骧老先生去世了？我第一个反应是不相信。可消息是确切的，顾老先生没能用硬朗的身体支撑着度过新年元旦就离开了我们。这让我的心猛然沉了一下。顾骧先生是作协的老同志，他在主持创研部工作时我还没有到作协工作，但后来因为他与我都是周克玉上将的友人、熟人，所以便成为“江苏乡党”。半年前，周克玉将军不幸去世，在参加八宝山周克玉将军遗体告别后，顾老先生给我发了一条短讯，说现在作家中的新四军老战士已经很少，他担心像他这样年龄的老战士以后没人照顾，希望我多多关心这样的老战士。我立即回讯告诉他：放心顾老，只要您说一声，我会立即按照您的指示去办。但之后顾老先生再没有给我发过任何短讯。而当我再次知道他的消息，则是他的去世噩耗。

在那一天的晚霞里，我还看到了吕雷先生——他也在元旦的节日里，突然离我们而去。这是怎么了？我想问苍天，为什么如此不留情？好端端的人就这样一个个走了，就像你这血一样红的泪雨，稍纵即逝地在我们面前消失了，消失得如此无情和残酷。晚霞啊晚霞，你的绯红原来真的就是血一样的泪雨，点点滴滴地想戳穿我们脆弱的心扉？

第一次真正与吕雷先生接触，是因为参加他的一部报告文学作品的研讨会。他是位小说家，当我第一次读他的报告文学作品时，暗暗大吃一惊：原来广东还有这么优秀的报告文学作家啊！记得那天我从北京飞往广州的飞机是半夜才到，第二天上午就要参加吕雷先生的作品研讨会。我的发言稿是在凌晨三点多开始写的，基本上是一蹴而就，题目用的是“纪实之美”。我赞吕雷先生的作品之美，也赞他作为小说家写报告文学所呈现给我们的文体之美，以及记录广东改革开放历程的历史真实之美。正是这一次，我们成为不错的朋友。从此我也一直认为，广东的报告文学作家中，吕雷是写得最好的一位，而且期待他写出更多的报告文学作品。然而，我等啊等，等到的却是吕雷先生的不幸消息……

他让我又看到了我恐惧的那片晚霞。

天上的云，每天来来去去，不知其数。有些云，给我们留下了记忆，有些则没有什么印象。人难道不正如这一片片稍纵即逝的云一样吗？那永远离我们而去的人，亲人和朋友，他们的生命就是每一天在我们面前沉下去的晚霞。那泪雨般血红的晚霞，常刺痛着我们的心，常感怀着我们的情，常让我们内心有一份深深的歉意……因此，我们应当立即意识到一件事：所有今天仍在忙碌工作着的人，是否应当多花一点时间，来关注和陪伴那些明天、后天抑或不知什么时候便要悄然离开我们的亲人和朋友呢？是否应该在他们“太阳落山”前给予他们最后一点温暖与温馨呢？如果是的话，我们看到绯红晚霞时或许就不会像我曾经一样感到害怕了。是这样吗？

2015 年元月 10 日晚

我的青春书香往事

助手小范拿来我30年前出的第一本书，说是从“孔夫子旧书网”上花了120元才买到的，他的脸色颇有些尴尬，怕我嫌贵了。“再多100元我也要！”手捧熟悉而又陌生的“处女书”，我很有些激动。说真的，即使再多一点钱我也一定要把这“失传”多年的书买回来，因为我一本也没有了。

这本名为《缉私大王》的书，是我的第一部中短篇作品集，由解放军出版社出版。一看版权页上的时间和定价，叫我好不惊叹：天哪，那个时候的书真便宜，才1元2角钱！版权页的出版时间为1986年3月第一版。

整整30年啊！那个时候我从解放军北京军区调入刚成立不久的武警部队工作。当时，全国刚改革开放不久，沿海走私活动异常猖獗、福建省武警部队有位缉私英雄的事迹在全国传扬开了，所以我奉命去采写一篇报告文学，发表后有了些影响，于是解放军出版社的编辑找到我，希望出版此书。但那是篇只有几万字的中篇作品，所以与编辑商量的结果是：将我以前发表的作品一起集成一部书出版。那时出书不易，更何况是解放军出版社要为我出书，自然有点欣喜若狂之感。于是，我便把1978年至1985年创作的7篇中短篇作品汇集到一起，凑成了这部很薄的“处女书”，取其中之一的“缉私大王”为书名。由于文字不多，所以定价仅为1元2角钱。在今天看来，一本书仅1元2角钱，绝对是不可思议的事！我当过作家出版社社长多年，用现在的定价看，这部书定到24元也不算高。

辗转30年，当年印数1万册的书，结果我自己竟然一本也没有了，未免有些遗憾。我托助手想法子从旧书网上找找看，还真买到了，但价格却令我大感意外：1元2角钱的原价，竟然涨到了120元!

“人家说是名人书籍，具有文物价值。”小范说“卖家”如此说。

我听后不觉有些好笑。不过，我仍然感觉它很值，尤其是对我而言，120元买回我的第一本出版物何其合算!

捧起“处女书”，读其中的一篇篇作品，眼前不由浮现起当年的一幕幕情景……作品中的许多人物，现在不知他们人在何方?处境如何?再读我自己的“后记”，更是感慨万千——

> 十四年前，当我还在上中学，就一直是班里的语文尖子。那时，我经常得意忘形地瞅着那帮同学的一双双充满嫉妒目光的双眼，做着一个美好的梦：将来，我还要写大部头的书!
>
> 十四年后，我的梦终于实现了!感谢解放军出版社给我这个喜欢“白日做梦”的青年，铺展了一条金色的路。
>
> 有人对我说，像你这样二十七八岁的人，正是血气方刚，喜欢织“梦”的年龄。是啊，梦有时多么美好，然而它毕竟是虚幻的，而生活才是真正充实和多彩的……

这是我当时“后记”中的前面几段话。那时我二十七八岁，推演到“十四年前”，应该是我在中学时第一次在苏州日报上发表小诗的时候，可见“作家梦”在我青春初始时就有了。十三四岁的人其实不可能知道自己一生到底会朝向何方发展，但那个时候树立起的理想则能影响一生。这不，我的青春初始所树立起的“作家梦”，后来一直激励和支撑着我前行，甚至连我自己都不曾想到会在后来还当上了中国作家协会驻会副主席，出了一本又一本的“大部头”！如此而言，“梦想”是能够改变一个人的命运的。而青春时的选择动力，影响的可能是一生。

意外欣喜的是，小范还为我找到了我的第一部长篇小说《东方毒蛇》。这也是丢失的版本，我家中未存原版。这部作品是在1987、1988年创作的。当时的我，除了写报告文学，还写诗歌、散文、小说，似乎想“通吃”。当时我常用“剑铭”作发表小说的笔名。《东方毒蛇》是根据上海滩上一位真实的拳王的故事写成的。写这部长篇小说有几个背景：一是我当时在武警部队，天天与一批拳击、格斗手在一起，为他们写教材；二是我参与了拳击运动的解禁过程；三是当时武打小说特别流行，所以有了这一题材的小说创作。这部书由解放军昆仑出版社出版，由王侠先生当责编。王侠先生当时是昆仑出版社的编辑部主任，老资格的编辑家，为我的长篇小说处女作花费了很大力气。这部书印了2万册，在当时也不算少了，但若干年后竟然连我自己都没有了存书。记得上海电影制片厂曾跟我谈过改编拍摄的事宜，但后来因为种种原因未果。《东方毒蛇》记录了我当时的文学创作热情和水准。这本书的定价是2.85元，比第一本书贵了一倍多，但仍然让我久久发笑，太便宜了！

呵，30年前的20世纪80年代，那是个多么富有朝气而清朗的年代！它是我的青春年代！它也是我的青春书香年代！

我在部队的十个“第一”

接到《解放军故事会》主编丁晓平请我写些“部队的故事”的约稿，一回想：我的军人生涯距今正好40年。

呵，岁月如此匆匆……

在当代作家中，跟我一样有军队经历的不算少。有军队经历的作家，跟其他作家不太一样：我们注重个性的局部，但更关注时代；我们注重情感，但更在乎原则；我们注重荣誉，但更关切实际；我们注重冲锋时的风采，但更不惧死亡；我们注重完美形象，但宁可做有缺憾的伤员；我们注重每一次奖励，但更多时候愿做默默无闻的子弹壳……总之，我们是军队里的文人，有与战士一样燃烧的热血，也有卢梭式的冷峻思想。

我们是以笔武装起来的钢铁勇士，我们把军人的战场和流血牺牲，铸制在自己的思想与激情的纸上，让一切爱与愤抒写在笔端。

我的许多“第一”，是部队给予的——

第一次写的新闻稿在中央人民广播电台《新闻联播》栏目播出时，大江南北的战友们，在部队营房的广播喇叭下倾情聆听，那一刻我像战场上的战斗英雄一样荣光——师长亲自叫我坐在他身边，新闻播放结束时他让全体官兵向我敬礼。那时我20岁。

第一次写的纪实散文名字叫《湘西探险记》。为了写好这部作品，我和专门从事战备及民生地下水普查的部队官兵转战湘西的每一个村庄、每一座山峰。那时的张家界还不叫张家界，大庸这个地名是我作品里的主要探险之地。好险峻的山，好深险的渊，好难吃的湘西“辣盐饭”——有一次夜晚，我们投宿老乡家，天黑却没有灯火，饿极的我们坐下来不顾一切先吃老乡们做好的饭菜……天，这是什么饭呀？苦、辣、咸！又不止这，还有腥、臭、酸。似乎也不确切，总之这样的饭我从来没有吃过，欲咽不能。白天野外边行军、边工作，翻山越岭百里路，肚子饿啊！我的眼泪被“逼”而流，不想吃了，我悄悄用胳膊肘捅捅身旁的连长。他轻轻说：吃吧，要不明天怎么赶路？唉，我默默想：正如平常部队参谋长说的那样，我这个机关兵，也许太缺乏艰苦环境考验了。于是，我咬牙硬把那碗饭吃了下去，眼泪鼻涕也跟着流了一大通。第二天我问战友们：湘西老乡的饭你们吃着真就那么香？就没有一点不舒服的？怎么全是咸酸苦辣又腥又臭的烂菜根啊？战友们听后奇怪，说：不是吧，昨晚给我们做的米饭很香呀，只有菜是辣盐菜根嘛！莫非你端的那碗是腌菜料盆？我的天，难怪我在那碗里一颗米都没吃到啊！我突然明白过来。哈哈……战友们反应过来后，个个笑得前仰后合，说你这机关兵确实该下部队锻炼锻炼了！第一篇纪实散文就是这样的在湘西地区工作的真情实感之作。那时的湘西险峻，而现在的湘西美丽。

第一次写报告文学是因为我觉得写新闻报道稿似乎不过瘾了，尽管在《人民日报》头版、新华社通稿和《解放军报》等报刊经常整版发表作品，但总感觉主人公的事迹受到新闻稿的限制不能完整与尽情地表达。而那时徐迟著名的《哥德巴赫猜想》便对我起了催化作用，我决意也将人物事迹写成报告文学。后来我把三万字的稿子从湘西寄给了北京的一家由茅盾当主编的杂志，之后的日子就是天天盼着北京的信件，那时，若收到报社和编辑部的回复信，激动的心情远胜收到女友的情书。但是，很久都没有收到这个杂志社的回信，直到后来我想，或许人家根本就没拆我的信，稿子应该早被扔进了废纸篓……就在我发誓永远再不写

"报告文学"的时候，却突然收到这个杂志的编辑寄来的一个大信封，那一刻我的心跳得咚咚作响，连吃午饭的军号都没有听见。我急切地拆开信封，翻开杂志，在目录上迅速寻找自己的作品题目和名字，找到了！然后认认真真地开始一字一句地读"何建明"的作品，仿佛那个作者"何建明"是个遥不可及的他人、是我曾经极其羡慕的他人、是高不可攀的他人。当时就是这样有趣。我心里在想：现在我终于可以朝作家的方向前进了！那一篇报告文学，后来被杂志推荐去参加一个全国文学奖项的评奖，竟然还获了奖。那是我走上文学道路的第一个台阶，它对我的一生都产生了极大的影响。那年我 23 岁，傻小子一个，北京文学圈里没有谁认识我。

第一次也是至今唯一一次写遗书是在 1979 年的冬天。当时南方中越边境战火正急，我所在的部队也已整装待发，只等上级的出征命令。对于从来没有经历过战争的年轻官兵，"上前线打仗"既让我们心底紧张，同时更多的则是豪情满怀。面对战争，是军人就不会选择后退。大家默默拿起笔给父母、亲朋、女友留下了遗书。遗书寄给父母是绝对不行的，那不是让父母伤心吗？在矛盾中，我一次次地写，又一次次地撕毁，最后我的"遗书"在赶往前线的途中扔在了悬崖的山谷间被风吹走了……

我第一次在几百人面前发言讲话，是在北京参加全军基层新闻报道工作会议时。会议有项内容是请几位部队基层新闻先进工作者介绍经验，我是发言人之一。记得那次发言时，我紧张得军装都湿透了。发言结束后，那些认识和不认识我的人都过来向我祝贺——原来我是团级新闻报道员中上稿率最高的一个，一年内在省级以上报刊电台见报（播出）达 120 多篇（次）。我自己也是会后才知道的。那时，部队特别重视新闻见报率，我成了全军的新闻先进工作者。回到部队后没几天，就接到通知让我到北京报到，说是要调我到《解放军报》工作。我的命运第一次搭上了“直升机”。到北京报到后，我先进了位于白石桥42号的兵种总部。结果一进去，就被宣传部的首长“扣”住了：你不能去《解放军报》，我们自己也需要新闻骨干。就这样，我被留在了兵种总部，后来由我们部队的另一位报道骨干顶替我调进了《解放军报》。那一次调动改变了我的一生，假如当时我到了《解放军报》，也许今天完全是另一个“何建明”了，而绝不会是现在中国作家协会的何建明。

第一次我被动离开北京工作，是因为遇上了“百万大裁军”。我所在的兵种，七十余万人被一纸命令撤销，我的许多有前途、有才能的战友们，就是在那时离开了部队，无目的、无方向地去重新寻找人生的目标。而我选择了继续留在部队，但是不能留在北京了。驻京的各个兵种和部队正在经历山雨欲来风满楼的大裁军风暴，我被调到了塞外内蒙古自治区首府呼和浩特的北京军区某部。我是南方人，去时正值冬天，到呼市的部队后，当晚就想逃离——寒风呼啸刺骨，山上一片白茫茫，床铺前的玻璃窗是破的，雪透过缝隙飘进来将我的被子打湿了一片……我这才知道什么是边防部队！其实，呼和浩特离真正的边防部队还有上千里远。真正的边防部队有多苦，我或许根本不知道，我只顾暗自在心里感叹着自己的“悲惨命运”。就在那段时间，我熟悉的一个“新闻”朋友也调过来了，我们曾一起参加那次全军基层新闻工作会议，还算是投机。我们坐在床头彻夜聊天，他给我讲部队在沙漠上工作的事情，我被感动得热泪盈眶，彻夜辗转难眠，伏在洒满雪花的床铺上写啊写，那篇题为《大漠觅泉人》的散文，在我到内蒙古的第一个星内里写就，后寄往了北京，发在《新观察》杂志上，还被自治区政府评为建国35周年征文一等奖。从那时我更体会到了生活对文学是何等的重要。从这个意义上看，任何苦都算不了什么，也许恰恰是最好的人生新境遇呢！

第一次重回小说创作是参加武警部队的第一个创作班。1983年我被北京军区某部从内蒙古调回北京，到了武警部队。没几天就接到通知，参加武警部队创作班。记得创作班学习是在嫩江畔的富拉尔基，这个小镇很美，我们的创作班就开在当年苏联专家住的楼里。大约有30多名武警部队的战友们在此创作。当时武警部队刚成立，我们都是从各兵种调来的，谁都不认识谁，所以都有一股憋着劲比赛的架势。总部创作室的陈淀国和刘秉荣两位老师负责此次创作班，他们要求我们写小说，一个星期内交稿子。老实说，当年大家的压力都很大，除了初次办班都想表现一番外，更重要的是大家对武警部队的情况都不熟悉，怎么写，写什么？心里完全没底。硬着头皮写吧，苦思冥想，最后不得不调动我在塞外一年的野战军经历，构思了一个短篇，竟然在小说创作组得了“状元”，后来被刊登在武警第一个文学作品集《这里有片橄榄绿》（解放军文艺出版社出版）中作为头篇。现在想来，这个创作班虽短，但对我以后的创作影响很大，至少有两点收获：一是创作有时是被“逼”出来的；二是竞赛可以催发出人的潜能。

我的第一部电影作品，是1987年我根据武警部队参与1983年“严打”（严厉打击刑事犯罪的简称）活动，从北京武装押解数千名犯罪分子将其“流放”到新疆等地的事件而写的一个电影题材。最初写的是一部中篇报告文学，题为《大押解》，发表在《芙蓉》杂志上。后被珠江电影制片厂看中，让我改编成电影。江浩先生后来也介入一起参与编剧。电影于1990年正式公映，后被评为优秀故事片。上面的小说连同这部电影，至今应该仍是武警部队的“两个第一”。今年春节，我代表中国作家协会党组去看望老作家，我去探望的老作家中就有陈淀国老师。几十年没见，再次见面我们异常激动。陈淀国老师在我探访他后不几日写了一篇短文，讲了我们几十年未了的情谊，令我十分感动。

我的第一本文学著作的出版时间是1986年，由解放军出版社出版，是部中短篇报告文学集，责任编辑是王伟，十几年前他就病逝了，很让我心痛。之后我连续有三部书是在解放军出版社出版的。有一次我到解放军出版社开会，说这里是我的“文学摇篮”。此话没错，我至今对解放军出版社心存感激，对那些帮助过我的编辑们心存感激。

第一次与老部队的战友们重逢是在2012年。那些我在湘西当兵时的老战友、老首长从四面八方赶到北京，他们听说我当了“部长”，非要一起叙一叙。盛情难却，当去赴宴。北京饭店里，几十年不见的老战友，模样还认得，但都已不再年轻。其中有我最敬重和亲切的战友、曾经很长时间里当过我直接领导的褚勇军，他对我的文学生涯影响很大。当时我就是在他的影响下，每天早起补习文学经典阅读课。记得印象最深的是我们俩为了去书店买名著，时常一清早从部队营房出发，赶十来里路，到新华书店去排队。那时每人每次只能买一本书，有时排几个小时也是白等，因为有限的新书被排在更前面的人买走了。后来，我和老褚就赶更早的时间从部队营房出发，最早一天凌晨两点就起床，到书店里时还不到三四点钟。天很冷，尽管我们穿着军大衣，却仍然冻得浑身发抖，但当买到新书后那股兴奋劲儿，早把受的一切苦都扔在脑后了。回到部队，我们俩就上营房后的山上晨读——背唐诗宋词，那是我们每天的必修课……回忆当年爱书惜时的情景，很是怀念。

如今我已经离开部队很久，但身体里流动的热血我认为仍然是军人的，文思里涌动的也总有些军人的性格与气度，所有这些，我不想改变，因为我感觉没有哪一种感情和气度比中国军人的更好。

2015年6月12日

潇洒走纽约

5月28日上午，我率中国作家代表团应邀参加了亚马逊公司与人民文学出版社共同举行的“中美作家对话”活动，地址在书展中心的E103会议室。巧合的是，前一天27日，我自己的《南京大屠杀全纪实》英文版新书首发式也是在这里举行。

“对话”现场几乎坐满了人，其中有不少美国人。作为中国作家代表团团长，主持人邀我上台讲几句，这是很自然的事。

我上去说了这样的开场白：

今天我特意穿了比较休闲的衣服，是想告诉美国的同行和所有关注中国的世界各地的朋友们，沉默和胆怯了很久的中国作家，今天已经能够非常自信和潇洒地来到你们面前了。这份自信和潇洒源于我们中华民族积累了五千年的文明和改革开放30多年来国家的强大，以及我们中国作家在文学上的努力和毫不逊色于他人的实力，因此我们来到纽约这个世界舞台的中心，期待获得你们同等的了解。其实，中美两国作家之间相互了解是很不对等的，因为中国作家对美国作家的了解，远远多于美国作家对中国作家的了解，而美国包括其他世界的文学同行甚至普通的读者，除了知道一个莫言外，几乎对中国的其他作家知之甚少，甚至一无所知。这是不公平的，当代的中国文学群星璀璨，无论是小说、诗歌，还是我们独具特色的报告文学创作，其水准绝不比别的国家差，

> 甚至超过了多数国家的水平，尤其非虚构的报告文学创作成就，可以说是任何一个国家所不能比的。因此我们认为：在今天的国际环境下，中美两国作家的相互了解比任何时候都更需要、更迫切……

这段“休闲”式的开场白，获得了场上一片掌声。

此次中国作为“主宾国”应邀参加在纽约的书展，可以看出中国出版的国际影响力和所拥有的真正实力。在现场，我看到“老外”特多，他们都是排队买票进场，尤其是书展的第二天——28日，来到现场的美国人更多。我是时隔17年后再次来到纽约。美国朋友问我今天的纽约与17年前比有什么不同？我不加思索地回答：外观变化不大，原来是“两栋楼”（纽约双子楼，“9·11”事件时被撞毁了）现在是“一栋楼”——这“一栋楼”是指在“9·11”事件遗址旁新建了一栋摩天大厦。美国朋友笑了。

从外观看，纽约确实没有多大变化。然而，变化的是中国在美国的影响力，包括我们这些人在美国所受到待遇的翻天覆地、今非昔比的变化：17年前，我也是个作家，但那会儿，我是随着朋友乘着他开的车，从加拿大边境，怀着特别复杂而好奇的心情，拿着一本红皮图书入境美国——我记得是当时在国内影响极大的《根本利益》。在办旅游签证时，一位美国海关人员在我与书之间看了又看，以证明我的作家身份。我想她一定对“红色”的书有些反感，不过最终她还是对我“放行”了。那次的“美国之行”我就是这样进入的。一路上住的是汽车旅店，基本上像流浪汉一般。17年后的今天，我依然是作家，但已经是以中国作家协会副主席身份率领中国作家代表团，应美国政府之邀来到纽约，手持“红皮”的外交护照，一路畅通无阻。自然住的也是比较好的，是在曼哈顿最繁华的中心地段。

27日书展开幕式，由中国派出的政府官员主持仪式，证明了本次中国“主宾国”的地位。显然，中国作家们也获得了尊重——他们的座位被安排在中美官员后面的嘉宾席位上。我回头的那一瞬间，看到了苏童、刘震云、毕飞宇、雪漠、冯唐、赵丽宏、曹文轩、蓝蓝、徐则臣、邵丽……这些熟悉的作家同行。这一天，他们如宙际的璀璨群星，格外引人注目。

谁说中国作家无人理睬？谁说中国文学无人问津？

仪式上，和我一同前排就座的国家新闻出版广电总局的吴尚之副局长、中国驻美大使崔天凯和我国驻纽约总领事馆总领事章启月，他们都是我的老熟人，在纽约相见分外开心。

结束仪式后，我到了国际展区的英国新经典出版社的展位。在这里，我收获的喜悦自然格外的多：该出版社竟然让我的5本新译作品全部亮相于此，它们分别是《国家》《江边中国》《南京大屠杀全纪实》《生命第一》和《红墙警卫》。作为一名中国的非虚构的报告文学作家，能在国际书展上一次展出5本英文版新作，还有比这更值得高兴的事吗？

在书展现场的一个来小时，我接受了几位外国媒体记者和作家同行的采访与交流提问。印象最深的是加拿大的一位杂志女记者的询问。她对我作为一名“官员作家”相当感兴趣。她的问题是：中国发展极快，令全世界关注，现在大家的目光都盯着你们中国。作为作家，你为什么不用小说这样的文体来表现当代中国，而是用非虚构的纪实体作品来表达呢？我清楚明白地回答她：中国的发展以及发展过程中呈现的人、社会和制度方面的种种事情，连我们中国人自己都感觉有时不太适应，可以说每天都在兴奋、激动甚至迷失的状态中，许多事情我们还没有理解和认识，它便来到了我们面前，因此我作为一名写实体作家，必须把中国人的这种在大发展中所呈现的人和社会包括制度在内的变化，以及变化过程中所发生的感情与思想、观念与过程写出来，这样一方面对自己国家的历史是一种尊重，同时也能帮助世界直接和准确地了解中国。关于这一点，虚构的小说和其他文体是做不到的。

我和加拿大女记者的对话，很快引起其他“老外”们的兴趣。在全球可持续发展基金会纽约总部担任文化主管的罗奇女士，对我的回答频频点头赞同，她说：“中国的发展令全世界注目，你们那里发生的事情，尤其是一些大事件，都会影响到其他国家，所以我们特别愿意看到那些深刻地、客观地、生动地反映当代中国情况的写实作品。何先生的作品比如《国家》，我看后特别感动，也明白了原来除了小说以外，在中国还有一种独特的报告文学也是如此精彩地吸引读者。”她表示很喜欢这种文体，我对她表示了深深的谢意。

我注意到，“老外”读者对我的几本书都比较感兴趣。尤其是反映 2008 年汶川大地震的《生命第一》和展现毛泽东形象的《红墙警卫》。而那些新闻记者出身的“老外”则比较喜欢反映现实中国发展的《江边中国》和外交题材的《国家》等作品。

27 日晚上，我们参加了纽约国立大学孔子学院组织的中国作家与读者和学生的对话活动。会议厅基本坐满了听众，当然中国面孔占多数。这一点能够理解。我们去了 8 位作家，除我之外，还有刘震云、毕飞宇、赵丽宏、曹文轩、徐则臣、蓝蓝、冯唐。年轻的医生出身的冯唐很受欢迎，他可以直接用英文说话，可以“自说自话”——自己阐述观点又自己翻译。进学院后，组织者给了我们每个作家一个提纲，算是让我们准备。我拿到的题目是：关于数字化阅读进入当代社会后，文学和纸介读物还有多少生存可能？一看这个问题，我就有些痛苦，因为同样的问题，在中国讲课时时常被问及，而且下至中小学、上至国务院机关，我应邀讲课时都会遇到这类问题，看来大家对此已经有很大的关注度了。

我以为这是我们中国目前存在的忧虑，没想到全世界都面临着同样问题。我这样简答道："虽然时代的发展使我们很多时候已经被高科技所支配和影响，我们出门可以随意选择高铁、飞机和高速公路，一眨眼的工夫到了千里之外。但大家是否与我有同感：无论我们走多远，无论我们坐什么样的现代化交通工具，回家的路我们仍然得一步一步地走……而文学和阅读，则正如我们回家的路一样，它需要细细地品味和深怀感情。"在回程的路上，我看到"侨报"中引用了我上面的这段发言。

那个夜晚是我们中国作家与在场读者和学生交流最活跃的一夜，两个小时，我们每个作家大约回答了两三个问题。作为中国作家协会副主席，我还不得不回答一些"作家制度"方面的问题。记得到美国之前，我们作家访问团顺道访问了墨西哥。在墨西哥大学"中美交流中心"的一个活动中，现场坐满了参加的墨西哥学者和学生，对话的范围也非常广，有些问题甚至很"尖锐"。比如，你们中国为什么对莫言特别好，而对高行健就一般了，可他们都是诺贝尔文学奖的获得者呀！我看到现场的中国外交官有些紧张，他们在担心我们能否回答好这个问题。显然这样的问题需要我来回答。几乎毫无思考，我答道："据我所知，我们国家的人民和我们作家同行，得知莫言先生获诺贝尔文学奖后，自然特别地高兴，因为他是我们自己国家的作家；关于高行健，我们对他也是非常尊重的，也祝贺他获奖，但他是法国籍作家，自然无法与我们对自己国家的作家的热爱程度相比。"

交流会后，大家热议我的回答聪明、机智、准确而圆滑，我坦言：我说的全部是真心话。回想 2012 年莫言获奖时的情形，当时中央电视台《新闻联播》直播莫言获诺贝尔文学奖消息后，央视直接连线到我的手机上，问我如何看？我当时正在江苏老家休假，央视连线到晚饭桌上的我时，我这样回答央视的提问："对莫言获奖，作为同行和朋友，我和中国作家们都由衷地向他表示祝贺，诺贝尔文学奖给了中国作家，既是莫言先生本人的喜事，也是全中国作家一百多年来的一个梦想成真的大事，所以我们都很高兴。其二，莫言能获此殊荣，是因为我们国家强大了，文学和文化强大了。”老实说，不是作协新闻发言人的我真不知道自己的回答是否“越位”。几天后我回到北京，见了党组李冰书记，征求他对此事的看法。李冰书记非常肯定地说：“你回答得非常好。”这时我才把悬着的心放了下来。

这样的事经历多了，我自己有个体会：与外国人打交道，遇上“外交问题”和“敏感问题”时，你的回答只要真诚与真实，只要心系国家和民族，只要有专业水平，什么问题都难不倒你。自信非常重要，智慧自然也是不能少的，而更需要的则是说话的艺术。

我最开心的是 28 号晚上应邀到中国驻纽约总领事馆与留学生和总领事馆的外交官们交流。原因有二：一是因为我与总领事章启月大使是老朋友，她是我外交部著名的女新闻发言人；二是她是我写的外交题材作品《国家》的主要经办人。我们因此见面后特别开心。在未到纽约时，章启月大使了解到我在纽约的行程后，就特意征求我意见，问我能不能到总领事馆来与留学生和年轻的外交官们交流并演讲，我欣然答应。

演讲的现场坐满了人，我的题为“国家”的演讲整整用了两个多小时，现场的气氛和对话的部分非常热烈。用与我同行的作家朋友的话说：“何团长你的演讲越来越精彩，这一场是最棒的。”我听后有些得意。事实上，我写《国家》时以及在几十年报告文学创作中所见的爱国故事实在太多，随便拿些出来跟大家交流都会很精彩。当然，演讲的技巧十分重要。一般情况下，我从来不用讲稿。在“全民阅读节”前一天，我给中南海的国务院机关人员讲课，两个多小时也是脱稿讲的，我发现这种效果会更好一些——用心、用情、用文学艺术进行交流。

中国如今正越来越多地走向世界，文学和出版亦如此。在与世界的交流和交往中，我们既需要实力，更需要内心的强大和自信，当然也特别需要专业水平，这就要求我们不断熟悉外面的世界，改进我们自身的问题。这样的交流与交往才会达到预期的效果。

不知何时再赴纽约？但我坚信，下一次我们中国作家的风采会比以往任何时候都更加引人注目。

2015 年 6 月 5 日

一片纯粹的雪花消失了……

——泪送青年文学理论家熊元义

本来我很喜欢北方的冬天，但现在我很惧怕它。近三年来，每年都要在这个季节送走几位文坛挚友，着实令人悲恸。

青年文学理论家熊元义昨晚彻底地离开了我们，这个噩耗令人无法接受，因为他太年轻……就像北京每年的第一场雪纷纷下来时我们那样喜欢它，可它很快又消失了。熊元义也是，他在名声和学术成就如日中天时，转眼却人已逝。呜呼！

我们都知，在当代文学理论界，像熊元义这样坚定马列主义毛泽东思想和中国特色社会主义文学理论的专家不多。有一些自认为很了不起的“大理论家”，其实根本就没有认真研究过最基本的社会主义文艺理论。而熊元义一向坚持的马列主义文艺观点及中国特色的社会主义文艺理论成果（他有多部此类专著），常常被刻意贬为“另类”，这是熊元义在近几年中无数次当面向我和许多文学界、社科界朋友陈述与苦诉的一个事实。他的死，与他这几年心头不畅有直接关系，其中之一就是其多年潜心研究的理论成果得不到“行内”认可，甚至常被人为地冷落与排斥。这是极其可悲和凄凉的。

熊元义的身体一直十分健康。尽管有人说他发病是之前连续出差所致，但这不是主要的诱发原因。在他突发脑出血之前的几天里，他一直在跟朋友唠叨他想“调走”的事，“十分的不爽”，是他这几年口中直抒最多的话。我们都知道他的所指。熊元义为人直率，从不圆滑，而且见不得那些见风使舵者的要手腕行径，所以他在风气并不太正的文学理论界和批评界基本不被重视。熊元义敢作敢为，尤其是为文友的事，他敢上刀山下火海的精神令人敬佩。我言他如一片雪花，是因其心地善良和纯洁，还有些十分单纯和偏激的文人气。而这也恰恰就是熊元义的性格与为人，就像纷落而下的初冬之雪，虽有一丝寒意，人们却特别喜欢它。

作为熊元义的单位领导者之一，我为没能帮他争取到应有的能发挥才能的平台而深感自责。作为兄弟，我为未能爱护好他而感到悲痛和内疚……

元义兄，你的情、你的意、你的才，终将铭记在我和所有与你感情深厚的朋友心中。当在病房里看到你只能借助呼吸器维系生命的那一刻，我的心早已痛至彻骨……愿天堂里，你能重新带着爽朗的欢笑回到你所愿望的阳光世界吧！

2015 年 11 月 16 日

永远不老的是青春

密林中，树在答问——
什么是生命
健康的灵肉，有思想、会呼吸
什么是生活
心脏的跳动和地球的旋转，合为一体
什么是美
不要修饰，赤裸的身体是站着的真理
什么是幸福
滚烫的泪，滚烫的血，支撑着挺立着
什么是骄傲
让每天的太阳攀着肩头升起
什么是渴望
从头到脚献出自己，甚至影子
什么是欢乐
让星星和小鸟营巢，给它们甜蜜
什么是理想
生活该永远是一支绿色的火炬……

这是我近期读到的诗。这是我近期读到的一个 88 岁长者的诗。这是我近期读到的最最年轻和青春的诗。它像流水般潺潺地淌在我的心中，它像花儿般绽放在我的灵魂，它像海潮般激荡着我的血液！

谁说中国没有好诗？谁说老人不再年轻？他和他的诗是片永远不老的天幕，足足在中国诗坛扬帆了半个多世纪，而今依然闪烁着灿烂光芒……

这是今年这个春节我收到的一份最喜欢的礼物——著名诗人李瑛的新作《比一滴水更年轻》。整个假期，我如饥如渴地咏读着这部诗作，胜过节日的百种美味佳肴，营养并惠泽我的情感世界。

一年前的春节，我前往李瑛先生家里探望他老人家。我们一见面的话题便是当前的中国诗歌问题，而且一谈就是几小时。当时老人家给我的全部感觉是，他的思想和反应是非常非常年轻的——我指的是他的那颗心和他作为诗人的心境。当我得知老前辈虽年事已高，但几乎仍在天天写诗时颇为感动，于是约定给他出本新诗集。现在——365 天过去了，李瑛先生把新书寄给了我，同时附了他一封深情的信件——这是我熟悉的笔迹：有些抖动，却依然流畅；有些苍老，却依然刚健。他说我是他新作的第一个读者，他是我的前辈，却用“您”来称呼我，令我感动和百感交集。老诗人在信中关照我在从事作协日常行政工作之余，“也能关注一下诗歌”。这既是一份信任，更是一份期待，我心头深感温暖。

我喜欢读李瑛先生的诗——称他为“先生”是因为我内心敬重我的这位文学前辈、部队老首长及诗坛常青树。不知是受李瑛先生的影响，还是我读了他的诗后总有一种冲动，近年有时我也跟着写些诗歌习作（我将自己的这种行为称为“诗界票友”）。是的，我很喜欢李瑛先生的诗，是因为读他的诗不感觉与他有年龄上的距离，更没有情感上的差异。他的诗永远有种向上的力量，永远有股奋发的朝气，更有年轻人的一般激情，完全是青春式的，甚至是童音般的清澈与嘹亮。他是一个革命者，一个老军人，他的诗里洋溢着钢铁般的战斗豪情，硝烟烽火，然而更多的则是细柔的倾诉，如水如流，如歌如笛。他是一位长者、一个智者，他的诗里饱含着对人间世故的深刻理性的认知，更有万般温情的明智思辨。说先生的诗影响了几代人一点不为过，我记得那次全国作协代表大会上，时任总理的温家宝在人民大会堂言及“我是读着李瑛先生的诗成长起来”的话后，又问了“李瑛先生来了吗？”当时李瑛先生从几千名代表中站起来示意的那一刻，多少双眼睛里流露出对诗人的无限敬仰和崇高敬意！

这是一个杰出诗人的荣耀。这是一个杰出人格的崇高展现，我们都为李瑛先生叫好并向他致敬。无论是对于部队官兵还是一般的读者，李瑛先生的诗已经影响了新中国的整个时代，这是毫无疑问的。然而像他一样能一直笔耕的诗人并不多见，尤其是像他的诗一样永远保持着那种激情与青春的韵律者则更稀罕。从1942年开始发表作品，至今漫漫七十余年，光出版诗集就达60部，而且永远保持着广泛的读者群，这也许只能是李瑛先生一人！这样的诗人，我们谁不敬重他？关键是李瑛先生的诗始终保持着青春和孩童般的清脆与纯嫩，这几乎是任何人都不可及的。

他是一个纯粹的诗人，尽管名气超人，官职显赫，德高望重，然而当我们与先生在一起时，你听不到一丝的杂音噪声，他纯粹得像个婴儿，他干净得像个童男，他的思想里、他的眼睛里只有诗和诗的朋友。然而他的诗里却有鲜红的血，有带火的炮弹，有燃烧的火焰，更有万般的柔情、激荡的豪情、千丈的深情……而让我感受最强烈的则是他的青春激情。

《比一滴水更年轻》这部诗集，收录了李瑛先生近两三年中所作的新诗，共142首。先生的勤奋和高产，在中国诗界罕见。试问：还有谁在85岁高龄的耄耋之年仍能歌喉不停、激情依旧？李瑛先生是唯一的一个。纵观新作，皆是一位长者对人世间深刻的回望与温暖的感触，而所有的诗作中呈现的则是一个长者的理情思考和捕捉到的独特偶得，读来寓意深长，百味交织。

可以和任何一颗星谈话
可以和任何一棵树谈话
但不要和孩子们谈泪
生活中有许多苦难和辛酸
但不要和孩子们谈血
涂满时代面孔的血
快乐的翅膀会折断
在他们不会辨认
红色和白色之前……
否则有一天
发生在他们床边的事
会使他们在惊恐中
迷失

（《把真实生活告诉孩子》）

这是一位历经沧桑的长者的深刻教诲，或许也是他一生积聚的人生经验。现实生活中，我们有多少人不愿将真实告诉孩子，常用谎言欺骗自己的下一代，结果肯定是可怕的。一个诗人长者，既告诉了我们人生经验，又道出了他的担忧。是啊，人生复杂而错综，真理在何方？真理是什么？

它如此精致和完美
无畏地袒露在阳光里
静静地站着，静静地……

它不喧哗，也不哭泣
右边是谬误
左边是美
对它，无论赞美或诅咒
它始终不发一语
没有爱的真理是孤独
从容地站着，从容地
真理
透明，像水晶
锋利，像剑
发光，像太阳
飘扬，像风中的旗帜
是我的哲学和宗教

（《真理》）

难道不是吗，我们这些俗人有几个真正知道真理为何物！

当手杖
成为我世界的一部分
我却比一滴水更年轻
因为这个时代
因为我的祖国……

显然，这是一个长者的心声，这心声让我们深切地感受到岁月的无情与有情——无情的是苍天留不住生命，有情的是时代和祖国让留不住的生命“比一滴水更年轻”。是的，水是清新的，像露珠般；水又是活泼的，像生命一样永远流动着；水更是有温度的，像血液般。水是有生命的，比水更年轻的生命一定是有理想、有志向、有信仰的生命，一定是有爱、有义、有情、有智的生命，这样的生命永远年轻。

现在，我就是这样
生活在我的祖国
在崭新的思想中
在成熟的渴望中
在燃烧的激情里
前方，我们所追求的
梦的现实和现实的梦
就是我们飘扬的精神的旗帜
因为对复兴的渴盼
因为这个时代
因为我的祖国
今天，虽然我已经年老
却比一滴水更年轻

李瑛先生的诗，是他的生命之歌，其诗篇里荡漾的皆是激荡的青春呐喊和对中国梦的强烈渴望，这样的生命能不“比一滴水更年轻”吗？李瑛先生的诗一如既往地充满了理想主义和浪漫主义的情调，他的诗始终带着温暖的阳光和清新的春意，向上，健康，力量，有情，是它的主调；青春和活力，是它的躯干。他的诗常常以细微的事物观察来撬动时代和人生的大主题，常常以“小我”的情思撼动灵魂的天宇。正如他自己所言：“一件作品，若能跳出‘自我’，超越个体生命的有限存在而复归于人生世界的整体，着眼于追求超功利的境界，追求审美理想和某种深刻的哲思、自由的人格和积极的生活态度，达到情与景相汇、意与境相融的美学境界，才是上乘。”他又说自己的体会：“在我的写作中，我努力追求意境的高远，希望每首诗都能尽量传出一种思想内涵，并营造出一种特有的韵味，使读者透过强烈或恬淡的画面感受到透彻空灵、华美圆融、‘意随象生’的美丽境界。我力图使我的表现对象，一水一石，隐含天地间生命的顽强和静穆，一草一木，历数时空往复的流转，阅尽风雨中的飘零与生机，使之具有更广阔的美学背景。”“我也越益追求天然、节制、简洁和生动。‘天地有大美而不言’，许多话都已融在自然万物的意境之中，大与小、虚与实，浓与淡，含蓄与显现，我更看重它深刻的艺术表现力和容量、它的朴素率真与灵动、它的韵律节奏的和谐之美。”

读完如此精辟的诗论，我们才真正明白了为什么写了 70 多年诗的李瑛先生永远比“一滴水更年轻”的生命真谛。

呵，亲爱的诗人，正如您自己所言，是时代、生活和诗把你变成了孩子，而我们也因为您的存在才同样可以学习着“比一滴水更年轻”的心境与生命。

祝永远年轻的您健康长寿、诗作频生。

甲午（2014 年）春节

出版说明

何建明先生是中国文坛著名作家，长年坚守在报告文学一线。“非典”、汶川地震、天津大爆炸、利比亚撤侨等重大事件发生时，何建明先生都尽可能出现在第一时间、第一现场，将第一手材料及时地呈现给读者，将中国故事讲深、讲透、讲生动、讲精彩。他强烈的责任感和使命感让人感动，其直面真相、忠于现实的精神令人钦佩，是中国当代报告文学界极有影响力的领军人物。

有感于斯，我社特收录何建明先生近40年创作的报告文学作品，结集为《何建明文集》三十卷出版。这些作品是对时代、社会、自然和人文的记录、呈现与见证，是作者响应时代的召唤，置小我于大我之中，循着时代背景和社会需求而创作的，完整、真实地表现了社会各个层面人物的喜怒哀乐，代表了当代中国纪实文学、非虚构创作的高峰水平，大气磅礴、激情豪迈，极具胸怀和气量。其中多部作品获得鲁迅文学奖、国家图书奖、“五个一工程”奖、徐迟报告文学奖等。

每个时代都有自己的特征，每部作品都有自己的特点。为了全面展示何建明先生历时40年创作内容、使用语言和文学风格的变化，本文集对何先生已发表的所有作品原则上不做修饰和润色，除特殊情况外也不做大的删节和修改，以保证今天的结集出版，仍不失当年作品的激情和味道。